Un hombre para siempre

MACHOS ALFA CON CUERPAZO.
MUJERES INTELIGENTES.
HISTORIAS ERÓTICAS.

UN HOMBRE PARA SIEMPRE

LAURELIN PAIGE

TRADUCCIÓN DE
Cristina Riera Carro

CHIC

Primera edición: diciembre de 2021
Título original: *Man in Love*

© Laurelin Paige, 2020
© de esta traducción, Cristina Riera Carro, 2021
© de esta edición, Futurbox Project S. L., 2021
Los derechos morales de la autora han sido reconocidos.
Todos los derechos reservados.
Esta edición se ha publicado mediante acuerdo con Bookcase Literary Agency.

Diseño de cubierta: Laurelin Paige
Corrección: Carmen Romero

Publicado por Chic Editorial
C/ Aragó, n.º 287, 2.º 1.ª
08009, Barcelona
chic@chiceditorial.com
www.chiceditorial.com

ISBN: 978-84-17972-61-5
THEMA: FRD
Depósito Legal: B 18787-2021
Preimpresión: Taller de los Libros
Impresión y encuadernación: Liberdúplex
Impreso en España — *Printed in Spain*

Capítulo 1

Tess

—Tu prometido —repetí, porque es que ni de coña. Ni de puta coña Scott Sebastian (el hombre que me había asegurado que no tenía ni mujer ni novia, el hombre con el que me había pasado las últimas tres semanas tonteando y follando, el hombre que me había traído el café a la cama cuando me había despertado en su dormitorio esta misma mañana) era el prometido de Kendra Montgomery.

Aun así, aquí lo tenía, junto a ella y con aspecto de sentirse tan incómodo como yo; sus ojos saltaban de un lado a otro en un intento por evitar los míos. Y aquí estaba también ella, con un anillo tan grande como la tapa de un pintalabios en el dedo. Por eso no lo había pronunciado como una pregunta, porque, cómo no, Scott tenía que ser su prometido. Cómo no, joder.

—¡Sorpresa! —exclamó Kendra con una sonrisa radiante. Como si se esforzara demasiado y, entonces, decidí que tenía que tratarse de una broma. Que había descubierto que yo había actuado a sus espaldas y había hecho la presentación a los Sebastian y que esta era su forma de vengarse.

Pero, entonces, ¿por qué Scott dejaba que Kendra lo agarrara del brazo de esa forma?

Kendra debía de habérselo contado y esta también era la venganza de Scott por todos los secretos que no le había revelado. Incluso era posible que toda esta estratagema fuera idea suya.

Mierda. Quizá incluso me lo mereciera.

No, no me lo merecía. Era una broma cruel y de muy mal gusto.

—¿Lo dices en serio? —Mientras pronunciaba esas palabras, supe que sí. Porque Kendra Montgomery no llegaría a esos extremos (involucrar a sus padres, celebrar una fiesta) solo para darme un supuesto merecido.

Dejó de forzar la sonrisa.

—Debería haberte dicho algo —empezó, con aire culpable—. Lo sé. Y después puedes enfadarte conmigo, te lo prometo. Pero, por ahora, puedes conocer a Scott.

Alzó los ojos para mirar a su prometido (¡su prometido, joder!) y le regaló una sonrisa que era más sincera.

—Ella es mi asistente, Tess Turani.

Parecía que esperaba que nos estrecháramos la mano, pero yo no se la ofrecí, y él tampoco.

—Tess y yo ya… —empezó Scott, con el ceño fruncido, y me di cuenta de que estaba a punto de decirle que ya nos conocíamos, algo que Kendra ya sabría si de verdad me hubiera mandado a hacer la presentación a la empresa.

Así pues, Scott no sabía nada de mi mentira. Y Kendra tampoco. Lo que significaba que esto era real o que estaba teniendo la pesadilla más espantosa de mi vida, y como los zapatos que había sacado del armario de Kendra me iban un poco pequeños y los pies me dolían mucho, decidí que se trataba de la realidad.

Me sentía tan conmocionada y avergonzada y traicionada, todo a la vez, que fui incapaz de intervenir para salvar la situación.

Afortunadamente, Scott no terminó la frase.

—¿Has dicho *asistente?* —preguntó, centrándose en mi cargo con la misma atención al detalle que había demostrado durante las últimas tres semanas.

Si la tierra se hubiera abierto y me hubiera engullido en ese instante, seguramente la noche habría mejorado.

—Puede que no sea la definición adecuada —respondió Kendra—. No puedo hacer nada sin Tess. Me ayuda a mantener los pies en la tierra.

Podría ser la descripción de una empleada que la sustituye para hacer presentaciones a clientes importantes cuando la jefa no está, ¿verdad?

Tal vez. Solo si Scott lo daba por bueno y no insistía, pero como últimamente parecía ser la tónica habitual en mi vida, no tuve tanta suerte.

—Es fantástico que tu empresa haya crecido hasta el punto de que tengas a alguien que te pueda ayudar a hacer presentaciones a los clientes.

No sabía que fuera posible sentirme todavía más pequeña de lo que ya me sentía.

Kendra clavó los ojos en el suelo.

—Ah, bueno, es que ella no hace presentaciones. Todavía. Pero hablamos mucho del tema. —Cuando me miró a los ojos, vi una disculpa reflejada en los suyos. O la promesa de que de verdad quería ofrecérmelo, solo que aún no había tenido la oportunidad y las típicas excusas de mierda que siempre me soltaba cuando le pedía que me dejara hacer alguna presentación.

Enseguida recordé todas las razones por las que estaba resentida con mi amiga, ahora jefa.

Scott parecía confundido, y con razón.

—Pero si le pediste que presentara…

—Mejor que no hablemos de trabajo en una ocasión tan especial como esta —intervine enseguida. Ahora sabía que lo había engañado, y Kendra todavía no. Pero eso no significaba que tuviéramos que montar un numerito abordando este tema ahora mismo.

Aunque, bien mirado, montar un numerito no empeoraría mucho más la situación.

Scott era su prometido.

Forcé una expresión que esperaba que pareciera agradable.

—Felicidades a los dos. Menuda sorpresa. Vaya, ahí está tu padre, Kendra. No he podido saludarlo todavía, y seguro que tú aún tienes que saludar a mucha gente, así que voy a…

Me fui, dejando la frase inacabada mientras me acercaba a Martin Montgomery. No sabía lo que le iba a decir cuando estuviera frente a él. Tenía un nudo en la garganta y la única frase que se repetía una y otra vez en mi mente era «es su prometido».

Sin embargo, el padre de Kendra había sido mi excusa para huir y ahora que los pies me dirigían hacia él, no sabía cómo cambiar de rumbo. Si al menos hubiera sido capaz de controlar mis pensamientos, me habría ido directa a la habitación. O, mejor todavía, habría pedido un Uber y me habría marchado a casa a morir en brazos de Teyana en vez de quedarme en esta fiesta de postín. No me habría importado que Scott y Kendra me vieran. Habría salido corriendo.

—Tess, ya decía yo que eras tú. —Martin Montgomery me dispensó el abrazo paternal que siempre me daba cuando me saludaba—. Kendra ha insistido mucho en que vinieras. De hecho, eres la única persona a la que ha querido invitar cuando esta mañana hemos decidido montar la fiesta. Ha dicho que necesitaba tenerte a su lado.

A pesar de mi aturdimiento, me pareció raro. Kendra era una persona solitaria. A veces, y aunque nuestra amistad se había diluido tras acabar la universidad, me daba la sensación de que yo seguía siendo su amiga más cercana. Eso no quitaba que ella formara parte de la alta sociedad y no tenía ninguna duda de que había mujeres en su círculo a las que habría invitado a la fiesta del anuncio de su compromiso. ¿Por qué era yo la número uno de la lista cuando no se había ni molestado en decirme que estaba prometida?

Era como si no quisiera que nadie lo supiera.

Lo más probable era que me estuviera calentando demasiado la cabeza. No era algo sobre lo que ahora pudiera pensar con claridad. Necesitaba aire. Necesitaba salir de aquí.

—Te agradezco como siempre tu hospitalidad, Martin, y me alegro de haber podido venir por Kendra. —Mentira, mentira, mentira, mentira, mentira—. Espero que no te importe, pero no me encuentro muy bien, así que, si me disculpas, voy a subir a la habitación para tomarme un ibuprofeno. —Y a cambiarme, porque no pensaba volver en tren a Nueva York vestida de Vera Wang y eso era lo que haría después, seguro.

—Sí, claro. Lo lamento. Si necesitas algo, pídeselo al personal.

—Gracias, muchas gracias. —Empecé a alejarme con la cabeza vuelta hacia él, por eso no vi al hombre corpulento que tenía enfrente hasta que choqué contra él—. Lo siento, no lo había visto. Ay, señor Sebastian.

No sabía si era mejor o peor que este Sebastian en concreto no fuera Scott, sino su padre.

—Henry —me corrigió, con la misma brusquedad que la última vez que lo había visto en Sebastian Industrial durante la reunión para decidir si su empresa iba a patrocinar o no a la Fundación para la Lucha contra la Disautonomía.

La reunión en la que me había comportado como si tuviera la autoridad necesaria para coordinar un acuerdo de patrocinio cuando bien sabía que no era así.

Y eso que creía que la velada no podía ir a peor…

—Henry —desistí—. Te pido disculpas por haber chocado contigo. No me encuentro muy bien y tenía prisa por irme. —Traté de apartarme, pero dio un paso al lado conmigo.

—Ahora que Kendra ha regresado, espero que sea ella quien se haga cargo de las negociaciones —dijo, como si no le acabara de decir que me encontraba mal. ¿Y si hubiera tenido que vomitar? Ojalá tuviera ganas, para poder vomitar encima de sus zapatos Berluti Scritto.

—Todavía no lo hemos hablado. No quiero empañar la celebración hablando de trabajo. —De nuevo, me aparté a un lado.

De nuevo, volvió a obstruirme el paso.

—Cuando lo habléis, estoy seguro de que Kendra llegará a la conclusión de que un cliente tan importante como Sebastian Industrial merece ser liderado por el mejor talento de la empresa.

Ah, era una amenaza. Sutil, pero una amenaza en cualquier caso. Él había sido el único obstáculo que había impedido que el contrato de patrocinio se firmara. Scott me había prometido que al final accedería, y el hecho de que Henry estuviera teniendo esta conversación conmigo parecía indicar que así sería. Siempre y cuando fuera Kendra quien se encargara y no yo.

Si me hubiera quedado algo de dignidad, habría reivindicado mis capacidades.

Pero no me encontraba en posición de hacerlo. Y, si existía la mínima posibilidad de que la FLD pudiera conseguir el patrocinio, tenía que portarme bien.

—Supongo que Kendra estará de acuerdo —dije, y era más cierto de lo que el señor Sebastian sabía, puesto que iba a quedarme sin trabajo en cuanto Kendra descubriera lo que había hecho.

—Si la Fundación es importante para ti, como supongo que lo es, por cómo te deshiciste en elogios y la pasión con la que la presentaste el otro día, Kendra estará de acuerdo.

Lo había entendido la primera vez, pero logré mantener un tono neutro:

—Lo hablaré con ella mañana a primera hora. —Por teléfono, desde mi apartamento en Jersey City.

—Perfecto. Nosotros también nos quedamos a pasar la noche. No dudes en avisarme si necesitas que intervenga en la conversación.

Maldita sea, ¿se quedaban a pasar la noche?

La madre de Kendra me había dicho que no les quedaban habitaciones libres. Tenía sentido que los Montgomery ofrecieran a los futuros suegros de su hija que se quedaran en Greenwich a pasar la noche en vez de tener que volver a la ciudad tan tarde un sábado por la noche.

Lo que significaba que Scott también se quedaría a pasar la noche, evidentemente.

Lo que significaba que yo también tendría que quedarme a pasar la noche para hablar con Kendra de la FLD y explicarle lo que había hecho. Al menos, si quería que el patrocinio se firmara.

De no haber sido por Teyana, mi mejor amiga, quizá habría decidido que no valía la pena. Pero, para empezar, Tey era la razón por la que había engañado a todo el mundo. Sufría

POTS, una afección del sistema autónomo, y lograr que Sebastian Industrial patrocinara la FLD para aumentar los fondos, la investigación y la divulgación del síndrome que mi amiga sufría a diario se había convertido en una prioridad por ella. Era una cuestión personal.

—Si te necesito, te lo haré saber —le dije, tensa—. Y ahora, si me disculpas, por favor… —Iba a pasar la noche, pero no pensaba quedarme ni un puto segundo más en esta fiesta.

Y, esta vez, dejó que pasara por su lado.

Pero Kendra me interceptó. Al menos no iba a acompañada de Scott.

—Por favor, no te enfades conmigo por no habértelo dicho —me suplicó.

Sinceramente, con lo poco que me contaba sobre su vida personal a estas alturas, no me sorprendía nada descubrir que se iba a casar sin haber sabido que mantenía una relación seria. En otras circunstancias, habría puesto los ojos en blanco y habría dicho «típico de ella».

Pero era la prometida de Scott. Y, aunque la traición de Scott no era culpa de Kendra, igualmente estaba enfadada con ella. Y tenía muchas razones para estar enfadada con ella, como que me hubiera encargado una tontería tras otra como a ella le venía en gana y me hubiera tratado como si fuera menos que ella. Además, estar enfadada me daba munición con la que negociar mañana cuando Kendra descubriera que tenía las mismas razones (o incluso más) para estar enfadada conmigo.

—Ahora no es el mejor momento para hablar de esto, Kendra. —Como había hecho con Henry, me hice a un lado para rodearla.

Y, como había hecho Henry, me cortó el paso.

—Tess, por favor, por favor, por favor. No puedo con esto si estás enfadada.

—¿No puedes con qué? ¿Con ser sociable? ¿Con estar prometida? —La voz me salió más alta de lo que pretendía. La bajé para continuar—: Creo que sola te está yendo divinamente.

11

Empecé a rodearla, pero cambié de idea porque, de pronto, tenía ganas de más:

—¿Por qué no me lo habías contado?

Vaya, quizá sí que estaba más dolida de lo que pensaba porque me hubiera dejado de lado.

—¡Ocurrió, sin más!

—Ocurrió, sin más. O sea, que esta mañana te has levantado y has decidido que te casabas y que ah, sí, incluso tenías un anillo de compromiso escondido en uno de tus bolsos de diseño.

Kendra soltó un ruido de exasperación.

—Vale, hubo una parte que ocurrió hace unos meses, pero hoy he decidido responder que sí. No sabía si quería. Por eso tuve que irme. Para aclararme las ideas.

No ayudó. Porque incluso aunque Scott no hubiera estado prometido oficialmente cuando había estado conmigo, era imposible que hubiera olvidado que le había propuesto matrimonio a una mujer no hacía tanto. Una mujer que, encima, era mi jefa, y él lo sabía.

—Me lo podrías haber contado —le dije, tratando de centrarme en lo que sus secretos revelaban sobre nuestra relación más que sobre mi relación con Scott—. Podría haberte ayudado. ¿No decías que no podías hacer nada sin mí? Si de verdad dependieras tanto de mí, me habrías explicado lo que pasaba.

No. Nada de esto ayudaba. Solo me hacía enfadar más.

De hecho, me estaba ayudando a sentirme menos culpable por haberle mentido. Más justificada en mi decisión de actuar a sus espaldas porque… Kendra se podía ir a la mierda.

Y Scott Sebastian también se podía ir a la mierda.

Esta vez, cuando traté de rodearla, me agarró del brazo.

—¿A dónde vas? ¿Te marchas? ¡Por favor, no te vayas!

Al menos se había dado cuenta de que era una opción.

Estuve a punto de cambiar de opinión otra vez y decirle que me iba.

Pero ¿y la FLD? ¿Y Tey?

—Me marcho de la fiesta y me voy arriba. Me daré un baño y me tomaré un ibuprofeno. Cualquier cosa que quieras decirme puede esperar a mañana.

Pareció animada por el hecho de que no me fuera de su casa.

—¡Podemos hablar esta noche! Vendré a verte a la habitación cuando se haya ido todo el mundo.

Ni de lejos tenía energía para enfrentarme a ella esta misma noche.

—No, ni hablar. Esta noche no. Estoy muy cansada. He tenido una semana muy larga. Después del baño, me iré a dormir. —O, mejor dicho, me echaría a llorar hasta quedarme dormida del agotamiento.

Le cambió la expresión, pero no insistió.

—Mañana, pues. Lo siento. Lo siento mucho.

Retrocedí y me fui directa a las escaleras mientras su última disculpa resonaba en mis oídos.

Y la creía.

Pero no era suficiente para hacerme sentir menos destrozada. Notaba que las lágrimas me asomaban a los ojos. Faltaba muy poco. Enseguida podría darles rienda suelta. Solo tenía que llegar a…

Una mano me agarró con firmeza del brazo y me metió en la antecocina.

—Tenemos que hablar —me soltó Scott.

Me sentía dolida, con el corazón roto, pero la primera emoción que me embargó al verlo fue la furia.

—¡Estás prometido, joder!

A pesar de la oleada de calor que me inundó al notar su tacto, me lo saqué de encima con un empujón, como si fuera tóxico.

—Eres su a-sis-ten-te —me espetó, con la misma rabia.

—No querrás insinuar ahora que eso está al mismo nivel. —Recordé todas las veces que me había mentido deliberadamente y ahora veía cómo había logrado eludir la verdad cada vez: «A día de hoy, no estoy comprometido con nadie en ningún sentido», me había dicho la primera noche que habíamos pasado juntos. «¿Ha hablado de mí alguna vez?», me había respondido cuando yo le había preguntado si tenía una relación muy estrecha con Kendra. «Pues ahí lo tienes», me había contestado cuando le había respondido que ella raras veces lo había hecho.

Madre mía, pero qué idiota había sido. Joder, pero idiota de remate.

—Sin duda hay quien consideraría que se trata del mismo nivel de engaño —dijo, cerrándose en banda y jugando la carta del «Tú me has mentido más»—. Incluso hay quien diría que mentir para lograr el patrocinio de una empresa que vale miles de millones es peor.

Dicho así, mi mentira era una calamidad.

Pero, para considerarla peor, significaba que las empresas eran más importantes que las personas y con eso sí que no estaba de acuerdo:

—Si eres uno de esos, no eres quien creía que eras.

No hacía falta que lo dijera. Era evidente que no lo conocía en absoluto.

O quizá sí que hacía falta que lo dijera porque le había hecho cerrar la boca y torcer el gesto con aire de culpabilidad.

Refrenada su furia, la mía no se disipó, sino que se extendió y se diluyó de forma que sentí mejor lo que había debajo: humillación, desengaño, culpabilidad.

—Mi mentira ha sido para ayudar a gente. —No sabía si me estaba justificando ante él o ante mí misma.

—¿Ayuda que actúes a espaldas de tu jefa? Kendra no tenía ni idea de que nos hemos reunido, Tess. ¿Por qué no tendría que saber que estás colaborando con nosotros? Y ha dicho que nunca has presentado. —Le titilaron los ojos al caer en la cuenta de algo—. Un momento. Si no sabe que has presentado… Por el amor de Dios, Tess, no me digas que no es un acuerdo legítimo.

Si se lo planteaba ahora por primera vez, significaba que también se sentía muy dolido.

—¡Es legítimo! ¡Claro que lo es! Es tu empresa la que está redactando los contratos. Cualquiera podría hacer de enlace entre vosotros y la FLD. Podría haber dicho que trabajaba para cualquiera, y el acuerdo seguiría siendo válido. Solo dije que era de Conscience Connect porque me daba credibilidad. Bueno, y porque trabajo allí de verdad, aunque no en ese puesto.

Ahora que ya había empezado, lo solté todo:

—Pero hace mucho tiempo que estoy preparada para presentar y nadie conoce la FLD como yo; al menos Kendra no. Sabía que seríais el patrocinador perfecto para ellos y le sugerí que os la presentara, pero no quiso. Ni siquiera quiso oírme sin ponerse a la defensiva.

—Por mi culpa —musitó él y se apoyó en la encimera que tenía detrás.

Lo imité con la encimera que había en el lado opuesto.

—Luego desapareció y conocí a Brett en la fiesta. Me dijo que estabais buscando una organización a la que patrocinar y vi la oportunidad de demostrar lo que era capaz de hacer y de ayudar a la FLD. Y como ahora se lo cargue… —Podía explicárselo todo a Kendra y quizá no sería de ayuda. Ella podía decidir que no le importaba guardar las apariencias con la FLD. Ahora que comprendía cuál era su relación con Sebastian Industrial, era imposible que estuviera dispuesta a perjudicar su relación con ellos. Y menos si podía culpar a una empleada que había ido por libre todo el tiempo—. La verdad es que no paré a pensármelo muy bien.

—Yo me encargaré. —Era la misma voz que había usado en la sala de reuniones, cuando me había asegurado que su padre firmaría los contratos.

Dudaba que él poseyera la autoridad necesaria para hacer tales promesas, ni ahora ni antes.

—No puedes ir…

Me cortó:

—Sí que puedo y lo conseguiré. Los contratos se firmarán. Kendra tiene la suficiente desenvoltura empresarial como para no oponerse y mi padre terminará aceptándolo. No tienes que preocuparte. Pase lo que pase, me aseguraré de que el acuerdo se firme.

Todavía estaba intentando asimilar sus palabras empáticas y tranquilizadoras, pero él continuó:

—Ahora tiene más sentido que nunca que yo también lo respalde.

Se me encogió el corazón al recordar por qué tenía más sentido que nunca:

—Estás prometido.

—Tess… —Sonaba tan cargado de dolor como yo. Como si le hubieran disparado una flecha al pecho y esto fuera lo que pronunciaba al ser abatido.

Antes de que pudiera continuar, una mujer a la que reconocí de mi búsqueda en internet asomó la cabeza a la antecocina.

—Aquí estás. El fotógrafo quiere sacaros una fotografía a ti y a Kendra juntos.

La madre de Scott me miró con una expresión que indicaba que sospechaba que estábamos liados.

—¿De verdad, Scott? ¿Hoy precisamente?

Pareció como si cualquier otra noche lo hubiera pillado engañando a su prometida y no hubiera pasado nada. Me habría hecho gracia de no ser porque todo era un desastre.

Scott se enderezó y miró a su madre como si le dijera «dame un momento». Como no se fue, él suspiró y me miró:

—Esto no ha terminado, Tess.

Se marchó y esperé unos segundos. No porque me importara si alguien nos veía saliendo juntos de la antecocina, porque eso me importaba una mierda. Esperé porque la rabia se había ido con él y ahora me paralizaban las ganas de tirarme al suelo y echarme a llorar.

No sé cómo, logré quedarme en pie.

No sé cómo, logré salir y subir las escaleras.

No sé cómo, logré llegar a mi dormitorio, donde cerré la puerta, apoyé la espalda contra ella, me hundí hasta el suelo y me puse a sollozar.

Capítulo 2

Scott

«Esto no puede estar pasando».

Me lo repetía una y otra vez en un mantra silencioso mientras seguía a mi madre entre el gentío. Era imposible que esto estuviera pasando. En cualquier momento me despertaría en mi cama, en mi casa, junto a Tessa, y esto no habría sido más que una pesadilla.

Pero no se trataba de una pesadilla.

Era mi vida real. Estaba metido en este puto berenjenal. Me estaban alejando de la mujer de la que me estaba enamorando para irme a hacer unas fotos con mi prometida, una mujer de la que no estaba enamorado (y nunca lo estaría). Y como me había visto obligado a asistir a la fiesta de los Montgomery (había demasiada gente para poder llamarlo «encuentro improvisado») sin ningún tipo de previo aviso, no podía hacer otra cosa que sonreír, asentir y rezar para que hubiera una mínima posibilidad de que nada de esto estuviera pasando de verdad.

Necesitaba beber algo.

Un camarero se acercaba con una bandeja de copas de champán, pero, antes de poder coger una, mi madre me hizo girar por un pasillo, me metió en un baño y cerró la puerta.

—¿Qué demonios estás haciendo? —me preguntó, con el ceño tan fruncido como le permitía el bótox. Era su cara de enfado, pero solo quienes tenían una relación estrecha con Margo Leahy Sebastian sabían identificarla como tal. Para el resto del mundo, seguro que parecía tan compuesta y serena

17

como siempre: con su pelo largo y rubio (teñido) peinado a la perfección, el pintalabios (del tono adecuado) como si se lo acabara de aplicar y su cuello (estirado quirúrgicamente) bien erguido. Nadie diría que bullía de indignación.

Pero yo sí.

Hacer enfadar a mi madre no era una novedad. Ya no me preocupaba, solo me irritaba. Sobre todo cuando ya estaba haciendo todo lo que me habían pedido tanto ella como mi padre. Incluso había cogido el coche para venir a las putas afueras para la velada de hoy sin replicar, un error del que me arrepentía soberanamente ahora mismo. ¿Qué más quería de mí, joder?

¿Y por qué lo teníamos que hablar en el baño?

El hecho de que estuviéramos encerrados en el baño me permitía dar rienda suelta a mi rabia; de hecho, me apetecía hacerlo desde que había visto a Kendra con el anillo al llegar, pero, por experiencia, sabía que no valía la pena. Era mejor complacer a mi madre y quitármela de encima.

—Creía que querías que me hiciera unas fotos.

—No hay fotos. Ni siquiera hay fotógrafo. Te estaba rescatando de ti mismo.

Se me había acabado la paciencia.

—No estoy de humor para adivinanzas, mamá. ¿De qué coño hablas?

—¿Escondiéndote en la antecocina con una sirvienta? Y precisamente esta noche.

—Un momento. —Ahora ya estaba más que irritado. Estaba rozando la categoría de «furibundo»—. En primer lugar, Tess no es ninguna sirvienta, aunque tampoco es que eso importe ahora, pero quiero dejar las cosas claras, joder. Trabaja con Kendra.

Para Kendra, más bien. Que tampoco importaba. Su explicación de por qué había fingido ostentar un cargo superior al que tenía en la empresa tenía sentido. Conocía de primera mano los tejemanejes que uno se veía obligado a hacer, los acuerdos que tenía que contraer para llegar a algo en esta vida. Aun así, me dolía ser la persona a la que había engañado.

Eso no significaba que lo que teníamos no fuera real. Tenía que serlo. Lo notaba. Era imposible que solo fuera por mi parte.

—Pues claro que trabaja para Kendra —replicó mi madre con cierta repugnancia.

Ahora sí que estaba furibundo.

—¿Qué cojones se supone que significa eso?

—Mira, te voy a dar un consejo, Scott. —Alargó los brazos y me enderezó la corbata, aunque no lo necesitaba—. Tus aventuras amorosas, que no ocurran en tu casa. Es más fácil mantener la discreción de esta forma, e independientemente de lo que tu esposa opine sobre que te lleves a otras mujeres a la cama, te aseguro que no le va a hacer ninguna gracia que juegues con sus otras relaciones. Puedes tener una amante. Pero en otra parte. Y, bajo ningún concepto, en la fiesta del anuncio de tu compromiso.

Eso fue la gota que colmó el vaso.

Le aparté las manos de mi corbata.

—¿Desde cuándo lo de esta noche se ha convertido en una puta fiesta de compromiso? —El mensaje que me había mandado decía que era una cena con la familia Montgomery. Y punto. Me había encontrado con el mensaje en cuanto había mirado el teléfono por la mañana, después de que Tess se hubiera ido.

«Ah, por eso se ha marchado con tantas prisas», caí en la cuenta. Aunque no tenía ni idea de por qué Kendra había necesitado que Tess viniera, a menos que supiera, de alguna forma, que supondría una tortura para mí, y esta no debía de ser la razón por la que la había hecho venir.

Aunque lo cierto era que sabía muy poco sobre mi futura mujer y mucho menos sobre su forma de actuar.

No, no era mi futura mujer.

Pero llevaba puesto el anillo.

«¡Joder! Esto no puede acabar así».

—Ya te he dicho quién iba a venir. ¿Qué esperabas? En cuanto apareciera en público por primera vez con el anillo puesto, era un anuncio de compromiso. No oficial, claro. Celebraremos una fiesta formal más adelante para hacerlo oficial, aunque no por necesidad. Los invitados de esta noche son amigos íntimos de la familia Montgomery, así que quizá lo mantienen en secreto un tiempo, pero ahora ya se ha hecho público. Se filtrará a la prensa. Ya sabes cómo funciona este mundillo.

Sí, claro que sabía cómo funcionaba el mundillo de las relaciones públicas. Ya estaba pensando cómo cojones podía enterrar la noticia antes de que se propagara porque y una mierda que este compromiso iba a terminar en boda.

Con la perspicacia que la caracterizaba, mi madre me leyó el pensamiento:

—No hay vuelta atrás, Scott. Tú mismo lo aceptaste.

Pero eso había sido antes.

Ahora, mi vida había dado un giro de 180 grados y si hubiera algo de justicia en este mundo, cualquier cosa a la que yo hubiera accedido previamente ahora sería nula e inválida.

Sin embargo, sabía que el mundo no funcionaba así. Ni siquiera para un Sebastian.

Sobre todo para un Sebastian.

Pasaron lo que me parecieron horas y horas hasta que los invitados se fueron. Mis padres se retiraron antes, lo que debía considerar un golpe de suerte, puesto que no me quedaba energía para aguantarlos. Necesitaba tomar esa bebida que llevaba toda la noche buscando.

De hecho, lo que necesitaba era hablar con Tess.

Pero antes tenía que hablar con Kendra y, para eso, necesitaba meterme alcohol en el cuerpo.

Encontré a los camareros en la antecocina vaciando copas de champán. Agarré una y me la bebí de golpe y luego me tragué otra antes de volver a salir en busca de Kendra.

La encontré apoyada en el sofá, estirando y moviendo el cuello hacia un lado y hacia el otro, como si la velada se le hubiera hecho tan cuesta arriba como a mí. No estaba dispuesto a creer que podía darse el caso.

Tras ella, Leila Montgomery daba órdenes a los camareros del servicio de *catering* en las tareas de limpieza de esa forma tan suya, con amabilidad pero a la vez autoritaria. Martin se encontraba fuera, fumando un cigarrillo. La lluvia había amainado, pero no se alejaba de las ventanas, lo que hacía pensar que hacía fresco y aún había humedad.

Si no hubiera conocido a Tess, ¿estaría ahí fuera, tratando de forjar una buena relación con él?

Me estremecí solo de pensarlo.

No me interesaba entablar una buena relación con los Montgomery porque ni de lejos iba a formar parte de su familia. ¿Por qué llegué a pensar que esta era la vida que quería? Prácticamente no recordaba al hombre que había sido cuando había tomado esta decisión.

El hombre en el que me había convertido ahora tenía que sacarme de esta situación.

—Tenemos que hablar.

Kendra me miró con ojos cansados. Titubeó un par de segundos antes de suspirar.

—De acuerdo, podemos hablar en mi dormitorio.

Habría preferido no hablar en la habitación, pero teníamos pocas opciones si no quería que alguien nos oyera. Aunque los invitados se habían ido, la casa estaba llena de personal limpiando y también estaban los padres de Kendra y los tres estudiantes chinos que habían acogido.

—Bien —respondí y me aflojé el nudo de la corbata, aunque estaba seguro de que esa no era la causa de mi sensación de asfixia—. Tú primero.

Solo había estado en casa de los Montgomery una vez y no había visto más allá de la planta baja. La seguí por las escaleras y en el descansillo dobló a la derecha, pero miré a la izquierda, preguntándome de quién serían los dormitorios que había en ese lado.

En realidad, me preguntaba cuál sería el de Tessa.

—Tus padres están en este —anunció Kendra cuando pasamos por delante de una puerta cerrada—. Por si querías saberlo.

No, pero resultaba de ayuda.

Pasamos por delante de otra puerta cerrada antes de que se detuviera frente a una tercera que abrió. Se dirigió directa a la cama, donde se dejó caer y me miró con expectación.

Cerré la puerta al entrar y no me preocupé de buscar dónde sentarme antes de abordarla de forma directa:

—¿Qué cojones, Kendra?

—¿Perdona? —Parecía tan molesta conmigo como lo había estado yo cuando mi madre me había preguntado lo mismo hacía unas horas.

Por mí se podía ir a la mierda. No tenía ningún derecho a estar molesta. Era yo quien tenía ese derecho ahora mismo.

—No te atrevas a fingir que no sabes a qué me refiero. ¿Reapareces y de repente le dices a todo el mundo que estamos prometidos sin ni siquiera hablar conmigo antes? ¿No te parece un poco arrogante?

Me fulminó con la mirada.

—Es que estamos prometidos. ¿Acaso lo has olvidado?

En realidad, no lo estábamos. Al menos la última vez que había hablado con ella.

—Lo único que recuerdo es que te fuiste diciendo que necesitabas tiempo para decidirte.

—Pues ahora ya me he decidido. —Giró la cabeza para sacarse un pendiente y el pedrusco que reforzaba su afirmación de que estábamos prometidos acaparó la luz del dormitorio.

Puto anillo. Era tan grande que hasta resultaba de mal gusto. Solo mi madre podía escoger algo tan pretencioso.

Me pasé la mano por la cara y me obligué a hablar con más serenidad de la que sentía:

—De eso hace tres putos meses. —De acuerdo, no estaba mucho más tranquilo, pero es que estaba muy enfadado, joder. Al menos, controlaba el volumen—. Te fuiste sin decir nada. Y cuando me puse en contacto contigo hace un par de semanas para preguntarte qué cojones pensabas hacer, no solo no me respondiste, sino que directamente desapareciste del mapa.

Alzó las manos en un gesto de frustración.

—¡Porque necesitaba tiempo para decidirme! ¡Sin ningún tipo de presión!

—Ahora no hagas ver que te he presionado. —Tal vez mis padres lo habían hecho, pero no tenía ningún derecho a jugar la carta de la presión. Había tenido mucho más tiempo para decidir que yo.

Dejó los pendientes en la mesita de noche con un golpetazo y me miró con una expresión que indicaba que me estaba comportando como un estúpido.

—¡Solo con existir me has presionado! Cualquier mención del apellido Sebastian era presión, y te recuerdo que el apellido Sebastian está en todas partes en Nueva York, y yo solo podía pensar en esta decisión trascendental que tenía pendiente y que tenía que tomar. Era asfixiante, Scott. Tenía que aislarme del mundo, de todo y de todos, para pensar con claridad.

Era muy consciente de lo difícil que era huir del apellido Sebastian.

Con todo, no pude evitar pensar que su respuesta a lo que se le había presentado como la oportunidad de su vida era exagerada y de niñata consentida.

Y, aunque no era importante y no era por lo que quería enfadarme, sí que quería enfadarme con ganas.

—Así que tenías que decidirte. De acuerdo. Pero deberías haberlo hablado conmigo cuando tomaste la decisión para que supiera de qué iba lo de esta noche cuando he recibido la invitación, o mejor dicho, la orden, de venir aquí. Esto ha sido una encerrona, Kendra. Te has puesto el anillo y se lo has ido enseñando a todo el mundo. Me has presentado a tus amigos y empleados como tu prometido. Y ni siquiera me has invitado tú a venir. Que ha sido mi madre, joder. ¿Qué cojones…?

Se encogió de hombros.

—Técnicamente, fue ella quien me propuso matrimonio.

—Eso ahora no viene a cuento, joder. —Apenas conseguía controlar la voz. Apenas conseguía controlarme. Tenía ganas de asestar un puñetazo a la pared. O lanzar algo. A ser posible, ese anillo tan ostentoso. Y mejor si Kendra lo llevaba puesto cuando lo lanzara.

Mi ira debía de ser evidente porque, de repente, Kendra parecía arrepentida.

—Mira, no sé por qué te parece tan grave. Tu familia me planteó la propuesta, y tú parecías estar totalmente de acuerdo en aquel momento. Pues bien, ahora la he aceptado. Me parece que a tus padres les ha encantado que lo hiciera. No sabía que era tan importante que primero hablara contigo. ¿Qué más da? Ya hemos quedado en que follaremos con quien queramos aunque estemos casados y no se me ocurre nada más a lo que este acuerdo pueda perjudicar, así que ¿por qué iba a cambiar nada?

—Pues lo cambia. —Tenía derecho a estar confundida. Yo también lo estaba. Tampoco había creído que terminaría con alguien a quien amara. Qué demonios, ni siquiera sabía qué era el amor. Y con el acuerdo de que podíamos follar con quien quisiéramos, no había tenido ninguna razón para creer que casarme fuera a afectar a mi estilo de vida.

Este había sido mi razonamiento cuando había accedido a todo este circo.

Sin embargo, ahora estaba Tess.

—Un momento. ¿Te lo estás replanteando? —La expresión de Kendra revelaba que no había concebido que pudiera darse esa posibilidad.

La respuesta inteligente era decirle que no. La forma inteligente de proceder era cumplir con el acuerdo. Lo menos inteligente era echar por tierra todos mis planes vitales por una mujer a la que conocía desde hacía solo tres semanas.

—Sí, de hecho, sí. —A la mierda la opción inteligente. Había decidido ser sincero.

Alzó las cejas.

—Pero ¿y aquello de…?

—Ya lo sé —la corté—. Ya sé que hay mucho en juego, joder. No necesito que me lo recuerdes. —Ya tenía suficiente con mis padres a diario. No necesitaba que también me lo dijera mi futura esposa.

«Posible» futura esposa.

Ni añadiendo el adjetivo el término se me antojaba menos repugnante.

Por suerte, Kendra se mostró más comprensible ahora que había admitido que me estaba replanteando el compromiso.

—De acuerdo. ¿Qué necesitas?

Necesitaba aclararme las ideas, eso era lo que necesitaba. Necesitaba deshacerme de todas las ideas románticas que ahora tenía y que, sin duda, nacían del deseo puro. Necesitaba dejar de comportarme como un imbécil integral.

Necesitaba dejar de pensar que necesitaba a Tess.

—Necesito tiempo —dije, haciéndome eco de la respuesta que Kendra había dado el día que mis padres habían propuesto la idea de nuestro matrimonio. El tiempo tampoco cambiaría la situación, pero hoy ya no podía seguir con esta conversación. Kendra no podía arreglar lo que necesitaba que arreglara por mucho que hablara con ella.

No estaba seguro de que hubiera alguien que pudiera.

—¿Cuál es mi habitación? —pregunté, al notar de pronto todo el cansancio.

—Esta —repuso ella, poniéndose en pie.

—Es una broma, ¿no? —Pero justo entonces divisé mi maleta en un rincón del dormitorio, al otro lado de la cama. El mayordomo me la había quitado de las manos cuando había llegado. Había supuesto que la llevaría a mi habitación, dado que Kendra y yo tampoco teníamos que mantener las apariencias para nadie que estuviera en esta casa. Tanto sus padres como los míos sabían que era un matrimonio de conveniencia, no había ninguna atracción. ¿Por qué demonios nos habían puesto en el mismo dormitorio?

—Tampoco hace falta que te dé tanto asco —me espetó mientras se retorcía para sacarse el vestido—. Ya hemos fo-

25

llado, ¿o es que lo has olvidado con la misma facilidad que el compromiso?

—Bajo unas circunstancias completamente distintas. Ni siquiera somos amigos, Kendra. —No aparté los ojos de los suyos, a pesar de que estaba desnuda con la única excepción de la ropa interior. No es que tuviera un mal cuerpo (de hecho, tenía muy buen cuerpo) y la noche que habíamos pasado juntos había estado bien, pero simplemente que no estaba interesado—. No voy a dormir contigo.

—Bueno, pues no quedan habitaciones —me dijo mientras sacaba unos pantalones cortos de pijama de un cajón de la cómoda y lo cerraba de golpe—. Los trillizos Uyghur están en las habitaciones de la otra ala. Luego están tus padres y Tess. Esta es la única habitación que queda.

Así que Tess estaba en esta ala. Era la puerta cerrada ante la que habíamos pasado. Noté un hormigueo en la espalda al darme cuenta, como si tuviera una antena que recibía un mensaje o como si fueran las vibraciones de un aparato eléctrico cuando se conectaba a la corriente.

No me molesté en agarrar la maleta. No contenía nada que necesitara. Salí de la habitación de Kendra mientras le anunciaba:

—Dormiré en un sofá.

Por supuesto, no tenía la menor intención de dormir en un sofá.

Capítulo 3

Tess

—¿En serio? —solté en voz alta, en medio del dormitorio vacío, cuando oí los golpes en la puerta. Estaba tumbada en la cama con una toallita sobre los ojos, con la esperanza de minimizar cualquier signo de haber estado llorando, pero había sido plenamente consciente de la actividad que se había desarrollado en la planta baja.

Mejor dicho, de la actual falta de actividad.

La puerta principal había dejado de abrirse y cerrarse. Hacía como mínimo veinte minutos que no oía voces afuera ni motores que se encendían. Era evidente que la fiesta había terminado.

Lo que significaba que Kendra ya era libre para ignorar mi petición de hablar mañana y por eso estaba llamando a mi puerta.

Qué típico.

Por lo menos no había entrado sin avisar, que también habría sido típico de ella.

Con un suspiro, me quité la toallita de los ojos y me impulsé para levantarme de la cama. Cuando me puse en pie, me alisé el vestido de tubo que no había tenido fuerzas de sacarme. Caminé descalza hacia la puerta y esbocé una sonrisa forzada mientras la abría.

—Kendra, de verdad que no... —La sonrisa desapareció de mi cara en cuanto vi que no era mi jefa quien había llamado a la puerta, sino mi amante.

Mi amante, porque, claro, el tío estaba prometido, joder.

—No, no, no, no. —Empecé a cerrar la puerta, pero él metió un hombro y un zapato en el umbral antes de que pudiera cerrarla.

—Tienes que escucharme —dijo en voz baja, suplicante.

Mi yo de la última vez que había hablado con él lo habría dejado entrar de inmediato, pero no porque quisiera oír lo que venía a decir, sino porque necesitaba hacerle entender desesperadamente por qué había hecho la presentación en su empresa cuando no tenía la autorización para hacerla.

Sin embargo, las dos últimas horas de soledad me habían brindado el tiempo necesario para reordenar y priorizar mis emociones. Sí, mi prioridad número uno seguía siendo la FLD (bueno, al menos eso era lo que no paraba de repetirme), pero ahora ya estaba menos preocupada por la mentira que había contado yo y más enfadada por la mentira que había contado Scott.

Estaba casi tan enfadada con él como lo estaba conmigo misma por haber caído en la trampa de otro ligón.

Y aunque sabía que disfrutaría desahogándome con él tal y como me apetecía hacerlo, decidí que lo mejor era no tener nada que ver con él. Por el bien de la FLD y por el mío también.

Y después de que mañana le confesara a Kendra lo que había hecho, no tendría que volver a verlo. Kendra se haría cargo de las negociaciones o las pararía. Hiciera lo que hiciera, no tendría que volver a hablar con Scott Sebastian nunca más.

Aun así, aquí estaba él, tratando de convencerme para que lo dejara entrar en mi habitación.

—No hay nada que puedas decir, Scott. Vete. Vas a montar una escena. —En realidad no, pero, lista de mí, era muy consciente de que el dormitorio de Kendra estaba justo en la punta de este mismo pasillo.

—No pienso irme hasta que me dejes hablar contigo. —Tenía más fuerza que yo y ya casi había introducido toda la pierna casi sin esforzarse.

«Me cago en todo».

Si no lo dejaba entrar, sí que se iba a armar un escándalo.

Abrí la puerta tan de golpe que entró a trompicones. Sofoqué una risita. Se lo merecía. Mantenía intacto su aspecto elegante y apuesto a pesar de esa entrada tan poco grácil y la corbata aflojada que le rodeaba el cuello.

Joder, pero qué bueno estaba. Buenísimo. Como siempre.

Di un paso para separarme (como si unos cuantos centímetros pudieran minimizar el efecto que tenía sobre mí) y me crucé de brazos con actitud protectora.

—Venga, di.

Él avanzó un paso y yo retrocedí otro y alargué la mano para detenerlo.

—Ni hablar. Este es mi espacio. No lo invadas. Puedes decirme lo que tengas que decir desde ahí.

Seguramente debería haber establecido este tipo de límites con él desde el primer día. Pero mejor tarde que nunca.

Tenía la boca contraída en una fina línea, pero las arrugas que se le dibujaban en el ceño delataban su frustración.

—De acuerdo, no me moveré de aquí.

Era una victoria nimia, pero me animó lo suficiente como para intentar lograr otra:

—Y cuando me hayas dicho lo que has venido a decirme, te irás.

—Claro —replicó, con tono inexpresivo—. Si dejas que me explique, haré lo que quieras que haga.

Estaba segura de que había alguna trampa, más allá de que dejarlo estar conmigo en una habitación ya era peligroso de por sí, pero era la mejor baza que tenía para conseguir que se fuera.

Volví a cruzarme de brazos e incliné la cadera.

—¿Bueno, qué?

Ahora que disponía de toda mi atención, parecía no saber qué hacer con ella. Se pasó una mano por la cara y luego cambió el peso de una pierna a la otra.

—No es lo que piensas.

—Ah, no. —«Ni de coña»—. No vamos a tener una conversación en la que me vengas con las típicas excusas de mierda que crees que tienes que decirme porque te he pillado. Me haces perder el tiempo y ya te he regalado más del que mereces.

Frunció el ceño.

—Eso… Eso ha dolido. Pero me lo merezco.

—Me importa una mierda si te ha dolido. —Y realmente no debería importarme, pero su expresión me angustiaba y tenía muchas ganas de rodearlo con los brazos, algo que no debería volver a hacer nunca más.

«Es una táctica —me recordé—. Sabe fingir muy bien». Tanto que siempre acababa creyéndomelo.

La única solución era ponerle fin. Lo miré a los ojos por primera vez desde que había entrado en la habitación para simular más valentía de la que sentía.

—Así que, a ver, ¿quieres decirme algo que realmente valga la pena escuchar o puedes irte ya?

—Eh… —Le cambió la expresión—. ¿Has estado llorando?

«Joder».

—No. —Más falsa valentía.

Se le hundieron los hombros.

—Tessa, lo siento —me dijo mientras empezaba a dar un paso hacia mí, pero se lo pensó mejor—. No soporto haberte hecho llorar.

Y yo no soportaba que supiera que había llorado.

Aunque tampoco soportaba que hubiera asumido automáticamente que había llorado por él y todavía menos el mero hecho de haber llorado.

Si no convertía toda esa rabia en furia, cedería y volvería a echarme a llorar delante de él.

—¿De qué vas? ¿Quién te ha dicho que he llorado por ti? Hay cosas mucho más importantes en juego que un chico cualquiera.

Mentalmente, me dije a mí misma que escuchara mis propias palabras.

—La Fundación. Claro. —Casi valió la pena oír la insignificancia que rezumba su voz. Como si no fuera la primera vez que había tenido que asimilar que el mundo no giraba en torno a él, pero todavía fuera una noción muy complicada de entender.

Pero enseguida recuperó la confianza en sí mismo.

—Me encargaré de ello. Te lo prometo.

—Y mi trabajo.

—También me ocuparé de eso.

—Oye, no quiero… —«Darte lástima, ni tu ayuda, ni que uses tu posición privilegiada». Quería que se diera cuenta de que ni siquiera su poderoso apellido podía arreglarlo todo.

Pero no sabía a ciencia cierta que fuera verdad.

Y no podía rechazar su ayuda. Por la Fundación. Si tenía que aceptar su ayuda ahora mismo, me pondría a llorar.

—No quiero hablar de eso ahora mismo, por favor. —«¿Por favor? Ni que se mereciera que sea educada»—. Y supongo que tampoco has venido a hablar de eso.

—No. Solo que me está costando mucho saber por dónde empezar con el resto.

Ver que lo pasaba mal tampoco me ayudaba.

—Pues deja que te eché un cable: estás prometido. Le has puesto los cuernos a tu prometida, porque eres un ligón y lo sé desde el primer día. Debería habérmelo imaginado. Y no, no se lo voy a contar a Kendra, pero solo porque quiero poner fin a esta mierda de situación, no porque tenga ninguna intención de salvarte el culo. Bueno, ya está. No necesitas hacer ningún discursito, ya te puedes ir.

Soné agotada y resignada porque era así como me sentía y necesitaba que se marchara para poder dormir de una vez y enfrentarme a todo este desastre mañana por la mañana.

—No es un compromiso de verdad —anunció, sin rodeos. Hizo una pausa de unos segundos, parecía ser consciente de que había soltado una bomba que necesitaba tiempo para terminar de explotar—. Y puedes contarle a Kendra lo que quieras, porque no tenemos una relación real.

Sofoqué la esperanza que nacía en mi pecho al recordarme que Scott tenía mucha labia.

—Vaya, esta no es de las típicas excusas que suelen decirse.

—Lo digo de verdad. —Cambió el peso de pierna y soltó un bufido de frustración—. Oye, ¿te acuerdas de cuando te comenté que quería salir del ámbito de las relaciones públicas? Llevo años pidiéndoselo a mi padre. Sé de qué va el trabajo. Se me da bien. Pero estoy harto y cansado de ir tapando todos sus escándalos. No es divertido. Y me hace sentir como una mierda.

—Puedes saltarte la parte sentimental. Me da igual cómo te sientas. —Ni por asomo iba a sentir lástima por él.

—Bueno, pues estaba harto. Así que, al final, le pregunté qué tenía que hacer para que se me trasladara a otro departamento. Incluso me contentaría con artículos de consumo. Lo que fuera con tal de salir de las relaciones públicas. Me dijo que tenía que casarme. Casarme «como es debido». También me ofrecería un puesto en la junta si dejaba que ellos escogieran a la novia.

«¿Qué?».

—¿Y tú estuviste de acuerdo?

—Es que, bueno, sí. No tenía razones para rechazar la propuesta.

No sé muy bien por qué, pero eso me dolió. Quizá solo porque parecía que lo hubiera dicho con la esperanza de que me doliera. O quizá porque corroboraba lo que ya sabía: que a los hombres ricos les importaban las cosas de una forma distinta que a las mujeres que no somos ricas.

Se apresuró a explicarse:

—Tengo treinta y cinco años, Tess. Nunca he tenido una relación que quisiera que fuera algo más serio. Bueno, al menos no en esa época. Nunca había esperado casarme por amor. Y entonces me pareció que ya iba siendo hora.

Hice caso omiso a su esfuerzo por separar el entonces del ahora en cuanto a las expectativas de una relación.

—Entonces, Kendra…

—Entonces, mi madre hace muchos años que conoce a los Montgomery y hacía mucho tiempo que le tenía el ojo echado a Kendra. Kendra cumple con todos sus requisitos: tiene la familia adecuada, ha recibido la educación adecuada y tiene un buen trabajo, se mueve en los círculos adecuados. Nos sentamos a hablar con ella. Nos aseguramos de que aceptara que no habría monogamia.

Puso énfasis en esta última frase; era evidente que quería que este hecho quedara claro.

Pero me importaba muy poco. Estar prometido era estar prometido.

—Y Kendra te dijo que sí. No sé cuál es tu definición de «real» porque a mí me parece que todo esto suena a «compromiso de verdad».

—Ahí está el problema: que no me dijo que sí. Dijo que necesitaba tiempo para pensárselo. Y, luego, desapareció. Y eso fue hace tres putos meses. Y no he vuelto a saber nada de ella hasta esta noche, cuando he venido y me la he encontrado con el puñetero anillo que le dio mi madre. Nadie me ha dicho que había aceptado. Me ha pillado tan por sorpresa como a ti.

Madre mía, menuda historia.

Dejé que pasaran unos segundos para asimilarlo mientras examinaba cada parte para poder apreciar el conjunto. Kendra no había dado señales de vida durante tres meses. Sí, era algo que solía hacer. Y aparecer de repente como si no hubiera desaparecido ni un solo día también era habitual en ella.

—Qué jodido.

—Qué me vas a contar. —Parecía demasiado aliviado para mi gusto.

No tenía derecho a sentirse aliviado. Y menos aún cuando yo seguía con un nudo en el estómago.

—Que Kendra apareciera sin decir nada es jodido, pero no, no estoy de acuerdo con que te pillara tan por sorpresa como a mí, porque yo no tenía ni idea de nada, pero es que todo en general es jodido, Scott. ¿Un matrimonio concertado? Eso pasa en los libros y en las películas, no en la vida real.

—Pues es mi vida real.

Ay, no. Ya estábamos. La necesidad de sentir pena por él.

Eché la cabeza hacia atrás y me tapé la boca con las manos, como si así pudiera sofocar las emociones que bullían en mi interior antes de que salieran en forma de palabras.

Pero ya estaban allí, vivas y palpitantes en mi pecho como un percusionista de tambores yembé en la estación de metro de Times Square.

—¿Por qué no me lo contaste? —¿Y qué habría cambiado si lo hubiera hecho? ¿Me habría resistido a la atracción? ¿Le habría dicho «bueno, una relación abierta comporta que puedes irte a la cama con quien quieras, ¿no?»?

La mirada que me dedicó Scott me indicaba que él también veía lo inútil que habría sido.

—¿Qué querías que te dijera? Me gustas mucho y, ah, por cierto, puede que esté prometido con tu jefa, pero en realidad no va en serio porque si reaparece algún día le voy a decir que se acabó el trato y ah, sí, tengo que estar loco de cojones porque voy a mandar a la mierda todas mis ambiciones laborales por una chica a la que conozco desde hace solo tres semanas.

Me tembló el aliento, como si se hubieran disparado fuegos artificiales en mi interior.

No, no, no, yo no era especial. Era imposible que fuera especial para él.

—¿De verdad entre tú y Kendra no hay nada?

—Nada.

—Me dijiste que habíais follado.

—Hace dos años, íbamos un poco borrachos y estábamos en una fiesta. Prácticamente no había hablado con ella desde entonces.

Uau. Había algo en el mundo que me pertenecía más a mí que a Kendra Montgomery. Y ese algo era Scott Sebastian. El prometido de Kendra Montgomery.

Me dejé caer al suelo y apoyé la espalda contra la cama.

Habría sido más fácil si hubiera sido infiel y punto. Habría sido más fácil odiarlo. Me sentiría engañada y me habría roto el corazón, pero era una herida a la que estaba acostumbrada. Conocía las fases por las que tendría que pasar para recuperarme.

Sentirme deseada, con eso sí que tenía poca experiencia.

Alcé los ojos para mirarlo. Era arrebatador con esos ojos azules, la barba y los labios carnosos. Si quitaba lo bueno que estaba y su encanto natural, ¿había algo más? El instinto me decía que sí. A pesar de lo mucho que me había irritado que me interrumpiera durante las presentaciones, siempre había planteado cuestiones de lo más sensatas y había dejado entrever lo que tenía que ser una mente complicada y fascinante.

Y cómo se había comportado con Teyana en la ópera, había dicho y hecho lo mejor para ella, sin asfixiarla ni dominarla como muchos hombres solían hacer.

Y cómo me había dejado entrever momentos de vulnerabilidad cuando hablaba de su padre y de sentirse atrapado en su puesto de trabajo.

Solo había visto el tráiler de Scott Sebastian, pero estaba convencida de que me iba a encantar la película entera.

—¿De verdad te estás planteando mandarlo todo a la mierda? —La voz me salió vacilante, expectante y un poco incrédula. Porque que se lo planteara alguien como él por una chica a la que acababa de conocer era una estupidez y me aterraba que lo dijera en serio.

Y, a la vez, deseaba que fuera verdad. Y eso también me aterraba.

Deslizó su cuerpo por la puerta hasta sentarse en el suelo, igual que yo había hecho cuando había subido a la habitación a llorar, con la única excepción de que, en vez de quedarse hecho un ovillo, dobló una rodilla y estiró la otra pierna. De hecho, si me inclinaba un poco hacia delante, le tocaba la suela de su zapato de vestir de marca.

—Como mínimo —dijo, después de reflexionar—, ponerlo todo en pausa.

De acuerdo, eso era más razonable. Y vago. Y, aun así, lo único que yo quería saber era:

—¿Por mí?

Scott asintió.

—Pero si ni siquiera sabemos qué es esto. —¿Y de qué estábamos hablando, siquiera? ¿De que anulara el compromiso y entonces nosotros…, nosotros qué? Si apenas nos conocíamos.

Pero me conocía mejor que a Kendra.

—Lo que sí sé es que no me canso de tocarte —repuso.

—Y puede que eso sea todo.

—O podría ser algo más. Nunca había tenido ganas de descubrirlo.

Tonta de mí, el corazón me dio un vuelco.

—Pero ahora sí.

—Sí. Quiero averiguarlo. Si me dejas.

La envergadura de su afirmación me obligó a clavar los ojos en el suelo. Eso no te lo decía un ligón. De hecho, era lo contrario a lo que te diría un ligón. La mayoría de los hombres de los que me enamoraba solían decirme: «No vamos en serio. Solo lo pasamos bien. No busques qué más podríamos ser».

Ni una sola vez uno de ellos me había dicho: «Vamos a averiguarlo».

Al instante, encontré argumentos para minimizar lo que me había dicho. Nunca había querido tener una relación mínimamente seria porque no había sentido la presión del paso del tiempo. Lo más probable es que no tuviera nada que ver conmigo. Le habría pasado con cualquiera a la que se hubiera llevado a la cama. El quid de la cuestión era que se sentía atrapado.

Si bien es cierto que, según él, hacía tres meses que habían tenido la charla sobre el compromiso y, sin duda, otras mujeres habían pasado por su vida desde entonces, antes de que apareciera yo.

Volví a levantar la cabeza. En cuanto me encontré con sus ojos, ahí estaba: el brillo del deseo, tan instantáneo e intenso como una cerilla encendida que topaba con gas. Las pupilas se le oscurecieron. Noté una palpitación en el vientre, antigua y primitiva.

—Dime, ¿qué estás pensando? —preguntó, con mirada penetrante.

—Que soy idiota.

—¿Por enrollarte conmigo?

—Por eso y porque aún me afectas. —Ambos sabíamos que «afectar» era un eufemismo de «ponerme cachonda»—. Y encima con ella al otro lado del pasillo. ¿Vas a decirme que eso no es jodido?

No creía que fuera posible, pero la mirada se le oscureció todavía más.

—Pero eso no te convierte en una idiota ni implica que estés jodida. Te sientes así porque eres una diosa del sexo con un lado pervertido. Es una de las razones por las que me «afectas» tanto.

Pues ya estaba. Qué calor. Cuando compartíamos un mismo espacio siempre provocábamos un incendio.

Me puse en pie de un salto.

—Deberías irte.

Scott se levantó despacio y no supe cómo, pero acabó más cerca de mí que antes, cuando ambos estábamos de pie.

—De acuerdo. Te he dicho que me iría.

—Exacto. —No sabía si había sido él quien había dado un paso más o había sido yo.

—¿Quieres que me vaya?

Asentí. Categóricamente.

—No.

Como dos llamaradas que se fusionaban, sus labios se toparon con los míos, ansiosos, ávidos y descontrolados. Casi no hubo juegos preliminares. Ya los habíamos hecho con los ojos, las palabras y nuestra presencia en una misma habitación. Tenía la sensación de que hacía demasiado tiempo que no nos tocábamos, demasiado tiempo desde la última vez que me había sentido llena y completa, que su polla me había llenado partes que ahora sentía muy vacías. No íbamos a malgastar ni un solo minuto sin que volviera a tenerlo dentro.

—Joder, qué culazo —soltó cuando tenía el vestido levantado por la cintura y sus manos rodeándome y metidas por dentro de las braguitas para agarrarme las nalgas. Lo que quisiera añadir al respecto quedó silenciado en un beso ardiente. La carne dura que se me clavaba en el vientre me indicaba que podía asumir de forma justificada que mi culo lo ponía a cien.

Renuncié a tratar de desabrocharle la camisa y pasé a centrarme en su cinturón. En cuanto se lo abrí lo suficiente como para poder bajarle los pantalones, metí la mano por dentro de sus bóxers desesperada por tocar esa maravilla dura y caliente. Solo con tocarle la piel suave con la palma, noté que me palpitaba la entrepierna, se me humedecía y moría de la necesidad.

De golpe, Scott se apartó.

—Date la vuelta.

Aunque él ya me estaba girando. Cuando me quedé de cara a la cama, me rodeó con ambos brazos y me tocó los pechos por encima del vestido. Los pezones se me pusieron como dardos puntiagudos cuando me los pellizcó entre las yemas de los dedos (¡Gracias a Dios por unas tetas que pueden ir tranquilas sin sujetadores!). Entonces, tiró hacia abajo de la tela sedosa para que nos tocáramos piel con piel mientras se restregaba contra mi espalda.

Bajé los ojos para contemplar cómo me acariciaba bruscamente las tetas como si fueran pelotas antiestrés del tamaño de melones, diseñadas para apretarlas, toquetearlas y jugar con ellas. Cuando gimoteé, él soltó un gruñido y me dio un empujoncito entre los omóplatos, de forma que me inclinó hacia adelante hasta que quedé apoyada con los antebrazos sobre el colchón.

Noté que llevaba las manos hasta mis caderas, donde sus dedos me agarraron las braguitas. Retorciéndome, lo ayudé a bajármelas. Tras oír un frufrú de tela, estuve segura de que se había bajado los pantalones y había liberado su polla. Alcé el culo y me abrí de piernas, dándole espacio, invitándolo a entrar en mi vagina ansiosa.

Sus dedos entraron primero. Dos dedos rígidos que entraban y salían con agilidad.

—Estás empapada, Tessa. ¿Y todo por mí?

—Sí.

—¿Cuánto llevas así de empapada por mí? ¿Toda la noche? ¿Desde antes de que supieras la verdad o después?

Joder.

—Antes. Toda la noche. —Desde que lo había visto junto a otra mujer. No importaba que no estuviera soltero, siempre y cuando se encontrara en la misma habitación que yo, mi cuerpo lo notaba y se excitaba.

—Yo también, preciosa. En cuanto me he girado y te he visto con este vestido tan ajustado, joder… Con las tetas apretadas contra la tela, como si quisieran que las viera bien. Y el cuello desnudo… Me han entrado ganas de pintártelo de blanco…

Si seguía diciéndome guarradas como esa, me iba a correr incluso antes de que me la metiera. Y me urgía tenerlo dentro y no solo con los dedos.

—Dame lo que quiero de verdad —supliqué, aunque me contradije buscando su mano cuando la retiró porque, oye, cualquier cosa era mejor que estar vacía.

—¿Y qué quieres?

—A ti.

—¿A mí, en qué sentido? ¿Quieres un dedo más? —Los dos dedos se convirtieron en tres, pero no eran un sustituto adecuado para el grosor de su pene.

No me lo iba a dar hasta que no se lo pidiera explícitamente. Esa era la norma. Y yo ya lo sabía.

—Quiero que me metas la polla. Quiero que me folles.

—Así me gusta. Yo también quiero.

Y con estas palabras llegó el alivio porque sabía que lo que se avecinaba iba a ser una maravilla. Me metió los dedos otra vez con fiereza y los sacó despacio hasta que terminaron de salir. Reaparecieron ante mi cara: la orden callada de que se los chupara y así los limpiara; lo hice con ganas y me estremecí al oír cómo gemía. Detrás, su erección me rozaba la parte superior del muslo, lo que me provocaba con el placer que prometía y aún tenía que llegar.

En cualquier momento lo notaría justo ahí. El empujón de su punta en mi orificio. En cualquier momento. En cualquier…

—¡Joder! —soltó. Era de exasperación y no de «joder, cómo me gusta esto»—. No tengo condón.

Disfruté un poquito del hecho de que no se hubiera esperado que termináramos así, de que lo más probable era que no se hubiera traído ninguno para pasar el fin de semana, lo que implicaba que no había tenido intenciones de follarse a Kendra antes de descubrir que yo también estaba aquí.

Pero el disfrute me duró poco porque… Joder, no teníamos condón.

Yo tomaba anticonceptivos. Se lo podía decir. Él podía jurarme que estaba limpio y yo me lo creería como la imbécil cachonda que era y ya afrontaría las consecuencias más tarde.

—¡La mesita de noche! —exclamé al recordar de pronto dónde estábamos—. Leila quiere que haya un surtido en cada habitación. —Junto con un ejemplar de la Santa Biblia. Ventajas de que Kendra se hubiera criado en una familia de activistas sociales que abogaban por cosas como la educación sexual, los anticonceptivos gratuitos y el fin de la propagación de las ETS, todo en nombre de Jesucristo.

Oí un cajón que se abría y se cerraba, seguido del desgarro del envoltorio y, entonces, por fin, me penetró y, Dios mío, eso era celestial.

En ese momento decidí que la divinidad en calidad de embestidas vigorosas era mi nueva forma de culto preferida. Casi oía a los ángeles cantar. Qué demonios, yo cantaba con ellos, jadeando y gritando mientras Scott me penetraba.

Había perdido el sentido.

No lo suficiente como para no ser consciente del volumen al que gritaba. Consciente de que la habitación de Kendra estaba muy cerca, traté de ser silenciosa. Pero tampoco me esforcé mucho porque, si nos oía, también estaría bien. O incluso más que bien.

Joder, ¿pero qué me pasaba?

—Casi parecen cuernos —jadeé mientras los pechos me rebotaban con la fuerza de las embestidas de Scott.

—Eso es lo que nos ha puesto tan cachondos.

Me mordisqueó el hombro y eso también me excitó, pero tenía razón. Gran parte de la excitación se debía a que estábamos follando mientras su prometida y a la vez no prometida dormía, sin saber lo nuestro, en este mismo pasillo.

Qué pervertidos.

Una punzada de culpabilidad moral me frustró el potencial orgasmo.

—Pero repíteme que no lo son.

Tenía su boca en el oído, su cuerpo completamente inclinado sobre el mío, dominándome y reconfortándome a la vez.

—¿De verdad es eso lo que quieres que te diga ahora mismo?

No, realmente no. Porque una parte de mí quería creer que esto estaba mal, que estar juntos estaba mal, porque era excitante y *sexy*, pero también porque quizá era un poco la verdad.

Lo único que necesité después de eso fue que Scott me rodeara la cadera con el brazo y me acariciara el clítoris con el pulgar y estallé como una bomba, me estremecí, me corrí y le empapé su magnífica polla.

Con la otra mano me cubrió la boca para silenciar mi grito.

—Joder, Tessa.

Y entonces sus embestidas perdieron el ritmo y ralentizaron hasta desaparecer mientras él gruñía disfrutando de su propio orgasmo.

Cuando tuve la sensación de que las rodillas no me fallarían si intentaba ponerme en pie, la vergüenza me invadió.

Y, justo entonces, Scott tiró de mí para incorporarme y me dio la vuelta.

—No son cuernos. Porque no estoy prometido. Lo solucionaré.

Inspiré de forma entrecortada y la vergüenza se hizo menos abrumadora. Espiré de forma entrecortada y casi lo creí.

Me gustaba creer a Scott. Si me abrazaba toda la noche y me follaba cada vez que se despertara, me pregunté si para cuando saliera el sol me lo habría creído por completo o si la luz de la mañana dejaría claro que la idea de «nosotros» era una mentira.

Tendría más opciones de creérmelo si me quedaba entre sus brazos.

Alcé la boca y le di un beso en la barbilla.

—¿Te quedarás?

Estaba nerviosa por oír la respuesta. No podía decir que sí si su relación con Kendra era más de lo que había afirmado. Pero podía decir que no y eso tampoco implicaría que me hubiera mentido. Podía significar simplemente que se encontraba en una casa en la que también estaban sus padres, su prometida y los padres de esta, y que tenía cierto sentido del decoro.

—No debería —respondió, acariciándome los labios con los suyos—. Pero lo haré. Es eso o dormir en un sofá. Porque, al parecer, se me ha asignado la habitación de Kendra.

Se le había asignado la misma habitación que a ella porque todo el mundo asumía que iban a follar porque estaban prometidos, joder.

La realidad me arrolló a toda velocidad y me zafé de su abrazo.

—Joder, Scott. No puedo compartirte. Sé que es mucho pedir cuando solo estamos empezando a ver cómo va, pero…

—Escúchame. —Me volvió a abrazar y me colocó un dedo sobre los labios para hacerme callar—. No me interesa nadie más que tú, Tessa. No he tocado a otra mujer desde que te vi y no tengo ninguna intención de hacerlo mientras vamos descubriendo qué es esto. Y tú tampoco.

—Tienes razón. Yo tampoco voy a tocar a ninguna otra mujer. —Sonreí con su dedo en los labios aún. Olía a mí y otra oleada de vergüenza acompañada de excitación me embargó.

—Bueno, si lo haces, invítame a mí también.

Me calmé un poco.

—Para mí tampoco hay otros hombres, Scott. Solo tú.

—Solo tú.

¿Por qué me daba la sensación de que casi eran votos matrimoniales? Quizá porque seguramente eran las palabras más sinceras que Scott había dicho nunca a una mujer.

—Entonces, quédate. No podremos descubrir nada si te vas a dormir al sofá. —Le di uno de esos besos que dejaba entrever que no dormiríamos pronto e ignoré la espantosa sensación de que descubrir lo que realmente había entre nosotros no dependía solo de él y yo.

Capítulo 4

Scott

Cerré la puerta centímetro a centímetro, muy despacio y con cuidado para que nadie oyera el clic, aunque hubiera alguien despierto a estas horas intempestivas. Por supuesto, preferiría seguir durmiendo. A poder ser, junto al precioso y cálido cuerpo que acababa de dejar en la cama, pero también conservaba cierto sentido del decoro y dormir en la habitación de otra mujer en la casa de mi (no) futura familia política me parecía algo que debía mantener en secreto hasta que las cosas se solucionaran como era debido.

Así que no me quedaba más remedio que salir a hurtadillas al despuntar el día.

Pero resultó que me sirvió de poco. En cuanto se cerró la puerta, alcé los ojos y me encontré con mi padre, ataviado con su bata, delante de su habitación con un marcado gesto torcido. Siempre había sido de sueño irregular, tenía la costumbre de pasearse por casa desde primera hora de la mañana.

Pero las probabilidades de que se encontrara justo en ese punto en este momento en concreto… «Venga ya, ¿en serio?».

Habría dirigido la pregunta a Dios, pero seguro que si existía alguna divinidad estaría a nómina de los Sebastian. Les salían bien demasiadas cosas como para que no hubiera un poder superior que estuviera de su parte.

De mi parte, en teoría.

Pero, la mayor parte de los días, tenía la sensación de que estaba de *su* parte. De parte de mi padre. Yo solo era un peón más de un ejército que movía a su antojo.

Yo solo era un seguidor más de los cientos que tenía y que trataban de ganarse su estima. Compartir su ADN no marcaba ninguna diferencia, sino que me obligaba a esforzarme más. Y la verdad, puede que hasta mi padre me hiciera esforzarme todavía más justo por eso.

Mi instinto por complacerlo era tan innato que lo primero que quise hacer fue excusarme, decirle que había estado paseando y que, sin querer, me había metido en la habitación equivocada. Tal vez ni siquiera sabía en qué habitación se suponía que debía haber dormido.

Aunque era poco probable. Había muy pocas cosas que escaparan del conocimiento de Henry Sebastian. Era uno de sus dones.

Bueno, pues a la mierda. Podía parecerle tan mal como quisiera, a ese hipócrita. Él le era infiel a su esposa y no se escondía. Y, de todas formas, no me iba a casar con Kendra. Pero eso él no lo sabía aún.

La expresión que exhibía me indicaba que tal vez ahora no era el mejor momento para comentárselo.

Además, era una conversación a la que también debería asistir mi madre. A lo largo de mi vida había aprendido que mi padre se mostraba un tanto más razonable en su presencia. Hablaría con ellos más tarde, esta misma mañana, cuando hubiera salido el sol. Y también con Kendra. Pondría fin a todo este asunto del compromiso antes de que se saliera de madre.

Pero, primero, necesitaba dormir algo. Había descansado muy poco en la cama de Tessa y después de dos noches seguidas practicando tanta actividad extracurricular, estaba agotado. Incluso el sofá ya no me parecía tan mala opción.

Y si tenía que pasar por encima de mi padre para llegar hasta el sofá, que así fuera. Alcé la cabeza, no estaba dispuesto a permitirle que mi huida hacia la planta baja se convirtiera en un motivo de vergüenza. Si acaso, era un motivo de orgullo. Por primera vez en mi vida, tenía algo en lo que él no tenía nada que ver. Alguien con quien él no tenía nada que ver.

Y no había nada que pudiera hacer o decirme para arrebatármelo.

⟨◦⟩

—Ay, Scott, no sabía que estabas aquí.

Me incorporé pestañeando y me cubrí los ojos con la mano para protegerlos de la luz del día. Leila Montgomery estaba al lado de la ventana, con la mano sobre el botón que permitía abrir las cortinas.

—Las volveré a correr —dijo, disculpándose—. No las habría descorrido si hubiera visto que estabas aquí.

—No, no, no pasa nada. —Un vistazo al reloj me indicó que eran las nueve y cuarto. Volví a pestañear para despejar la cabeza. Me había pillado durmiendo en el sofá de su salón, vestido con la ropa de la noche anterior. Era imposible que no se hiciera preguntas.

Había toda una lista de personas con las que tenía que hablar antes de poder proporcionarle las respuestas apropiadas.

—No podía dormir —mentí—. He bajado y supongo que me he quedado dormido aquí.

Me miró como si supiera que mentía.

—Conmigo no tienes que fingir.

Titubeé. ¿También me había visto saliendo a escondidas de la habitación de Tessa? ¿O acaso quería dejar claro que era consciente de que mi relación con Kendra era una farsa?

Por suerte, se explicó:

—Soy su madre, Scott. Sé mejor que nadie que ronca como un oso. Bueno, quizá no tan bien como tú. —Se rio entre dientes—. Te conseguiré unos tapones con cancelación de sonido que Martin me regaló por mi cumpleaños. Con esos, dormirás aunque se acerque un huracán.

Tal vez no sabía lo que pasaba, a fin de cuentas.

—Gracias, pero, por favor, no te molestes. Ya tengo unos, solo que me he olvidado de traerlos. —Me puse en pie y me estiré y entonces me di cuenta de que la mujer iba muy arreglada. No con un vestido de noche, pero sí con un conjunto mucho menos informal que con los que se ataviaban mis padres las mañanas de domingo.

Me puse tenso. Si había otra fiesta en la que contaban conmigo sin que yo lo supiera, me subiría por las paredes. Suficiente había tenido ya con la noche anterior. Bajo ningún concepto iba a sentarme a tomar un almuerzo mientras un puñado de estúpidas ricachonas que no conocía de nada me felicitaban por una boda que no se iba a celebrar nunca.

Sin embargo, antes de llegar a exaltarme, sonó un claxon.

—Tranquilito, Martin —gritó a la ventana, como si la pudiera oír a través del cristal. Se volvió hacia mí—. Siento que tengamos que irnos. No suelo ir a la iglesia cuando tenemos invitados, pero ambos estamos en el consejo y hoy el pastor va a informar a la congregación de nuestra partida presupuestaria. Tenemos que estar presentes por si surgieran preguntas.

—Lo entiendo perfectamente. —Una suerte, de hecho. Así sería mucho más fácil sentarme a hablar con Kendra y con mis padres sin que los suyos rondaran por ahí—. Ve, no te preocupes por mí, no quiero haceros llegar tarde.

Se ahuecó la parte trasera del pelo rubio y con reflejos y se alisó la falda.

—Hay un poco de bufé preparado para el desayuno en el comedor. No es mucho. Pastas, fruta y café. Kendra ya se ha despertado y ha salido a correr. Te recomiendo que te comas la magdalena de limón y semillas de amapola antes de que la vea ella. Debería evitar comer carbohidratos si tiene que caber en un vestido de novia.

La seguí hasta el vestíbulo, contento de ir detrás de ella para que no viera cómo ponía los ojos en blanco.

—Por supuesto, Leila.

—Ah, y ya sabes que puedes llamarme mamá.

No. Ni hablar. No la había llamado ni la iba a llamar «mamá». Cuanto antes pusiera fin a esto, mejor.

—Mis padres…, ¿se han despertado y están en marcha?

Se detuvo, con la puerta principal abierta, y me miró sobresaltada:

—Ay, creía que ya lo sabías. Se han ido muy temprano. Tu padre ha dicho que le había surgido un asunto de trabajo. Seguramente también querían que tuvierais un poco de tiempo a solas, tortolitos, y más cuando Kendra ha estado tanto tiempo fuera.

Lo más probable era que tuviera una cita a la que no quería faltar.

Y lo que era más importante: mierda.

La conversación que necesitaba tener con ellos tendría que esperar hasta que regresara a la ciudad. «Mierda, mierda, mierda».

Martin volvió a tocar el claxon y Leila se puso en movimiento.

—Tenemos que irnos. ¿Os veo pronto aquí, espero?

—Claro. Pronto.

La animé a salir mientras me negaba a sentirme mal por romperle el corazón a la pobre mujer.

De acuerdo, sí, me sentía un poco mal. Leila Montgomery era una mujer decente con un corazón enorme. No se merecía que la engañaran como lo habían hecho. Mis padres podían ser arpías sin un solo pelo de románticos, pero el menos yo no tenía que mentirles sobre un matrimonio de conveniencia.

Y, aunque me moría por estarlo, no podía enfadarme con Kendra por no haberles contado la verdad a sus padres. Con la cantidad de veces que había pasado por el aro a lo largo de mi vida tratando de complacer a un padre imposible de complacer, era la última persona que podía juzgar una relación disfuncional padres-hija.

De nuevo, me pregunté qué sacaba Kendra de nuestro compromiso. Más allá de la fama de convertirse en una Sebastian. Aparentemente, mis padres habían hecho un trato aparte con ella. En tal caso, no la habrían autorizado a contármelo.

Eso también significaba que no sabía a quién profesaba lealtad. Si rompía el compromiso con ella antes de hablar con mis padres, Kendra podía actuar a mis espaldas y contárselo a ellos antes de que yo tuviera la oportunidad. Y la conversación ya iba a ser complicada de por sí sin que lo hiciera. Necesitaba aprovechar cualquier ventaja si quería controlar los daños y salir lo más indemne posible. Mi mejor baza era decírselo a mis padres sin que se lo esperaran.

En otras palabras, no podía anunciarle a Kendra que la boda quedaba anulada hasta que no hablara primero con ellos.

Con un suspiro, contemplé por la ventana del vestíbulo cómo se alejaba el coche de los Montgomery. Así pues, tendría que seguir comprometido un poco más de tiempo. Una molestia, pero nada grave. Tess sabía la verdad y eso era lo único que importaba.

No estaba del todo convencido, pero, sin ninguna otra opción, me fui a buscar café. En cuanto crucé el umbral del comedor, todas las preocupaciones se disiparon. Era imposible no sentir felicidad absoluta cuando Tess estaba presente y ahí la tenía, toqueteando la máquina de café expreso, de espaldas. A diferencia de mí, se había podido duchar e, incluso aunque la viera de espaldas, sabía que tenía un aspecto mucho menos desaliñado que yo.

Debió de notar mi presencia porque se dio la vuelta y me miró a los ojos. Una sonrisa pícara se dibujó en sus labios mientras yo me acercaba a ella. Entonces, cuando me coloqué prácticamente a su lado, la sonrisa desapareció y centró toda su atención en el café que tenía delante.

—Te has sonrojado —le dije.

—Eso no lo sabes.

No era cierto. Tenía la piel más oscura y eso hacía que fuera más difícil de apreciar, pero no era imposible.

—¿Vas a decirme que no lo has hecho?

Trató de ocultarlo, pero, incluso de perfil, vi cómo elevaba una comisura.

La polla me palpitó al verlo.

¿Qué tenía? ¿Qué tenía esta mujer que me provocaba unas ganas irrefrenables de arrancarle la ropa cada vez que estábamos en la misma habitación? Me había sentido atraído por muchas mujeres, pero siempre había sentido que controlaba la situación. Con ella, tenía la sensación de estar en caída libre. O, más bien, con ella me daba cuenta de que estaba en caída libre, de que siempre lo había estado, como si me hubiera tirado de un helicóptero en paracaídas, pero ella estaba en el suelo, firme y segura, y, por primera vez en mi vida, quería dejar de subirme al helicóptero. Quería algo más que la adrenalina de la caída. Quería estar en un lugar firme y seguro. Junto a ella.

Y también quería disfrutar de todas las guarradas.

Incapaz de contenerme, me coloqué detrás y la rodeé con la excusa de querer agarrar una taza que colgaba en un gancho sobre su cabeza, aunque hubiera un montón colocadas en el aparador. Acerqué el cuerpo más de lo necesario, agaché la cabeza y le dije en voz baja:

—Si estás pensando algo parecido a lo que estoy pensando ahora mismo, las cosas que estoy recordando… No me extraña que te sonrojes.

—Scott. —Apenas fue un susurro. Una súplica cargada de frustración sexual. Casi olía las feromonas que desprendía. Habría jurado que oía lo rápido que le latía el corazón.

Con más fortaleza de la que poseía yo, se apartó agarrándose al bufé con una mano, como si necesitara ese ancla de salvación. Entonces, me lanzó una mirada medio divertida y medio asesina a la vez.

—De acuerdo. Me he sonrojado. Pero es que no estamos solos. Y estás prometido. Y yo soy una idiota por estar dispuesta a pasarlo por alto solo porque vienes con esa sonrisa *sexy* y me miras con esos ojos azules irresistibles.

Dejé la taza que había cogido para poder acariciarle los índices con los nudillos.

—No hay nadie más. Los Montgomery se han ido a la iglesia. Mis padres ya no están. Kendra ha salido a correr. Y yo no voy a seguir prometido mucho más tiempo. Y no eres idiota. Eres una de las personas más inteligentes que he conocido. Por cierto, ¿has dicho que soy *sexy*?

La diversión ganó a la mirada asesina.

—Te he dicho que tienes una sonrisa *sexy*, que no es lo mismo. Y si a estas alturas todavía no has descubierto que creo que eres *sexy*, creo que el idiota eres tú. —Reprimió la sonrisa—. Pero no puedo seguir así. No puedo seguir mintiéndole a Kendra. No importa que vuestra relación no sea real, tenemos que contarle lo nuestro. Aunque ni siquiera sé qué es lo nuestro.

Pronunció la última parte con una exasperación que me despertó un impulso desconocido: quería ayudarla, quería tranquilizarla, quería hacerla sentir mejor.

Consciente de que estábamos prácticamente solos, me arriesgué y le alcé la barbilla.

—Eh, lo estamos descubriendo, ¿recuerdas?

—No puedo presentarte como el chico con el que estoy descubriendo qué somos.

—No sé. Por mí está bien. —Tenía los labios carnosos e hinchados de la noche anterior y, joder, me moría por besarla. No me importaba si acabábamos follando, solo quería unir mi boca con la suya, robarle el aliento y darle el mío.

A duras penas logré refrenarme, le acaricié el labio inferior con el pulgar. La comisura se convirtió en una mueca. Era evidente que se me daba fatal lo de tranquilizarla.

Bajé la mano, pero no me alejé.

—¿Quieres que le pongamos una etiqueta? Somos exclusivos, es algo más que follar… «Novio» cuadra con la definición, ¿no?

—Parece que lo digas como si nunca hubieras sido el novio de alguien.

—No lo he sido. —No recordaba la última vez que había visto a la misma mujer más de una vez en un mes. Y, sin duda, nunca le había dicho a nadie que era exclusivo con ella.

Se le unieron las cejas como si hubiera dicho lo más desconcertante que hubiese oído nunca.

—¿Y estás dispuesto ser mi novio?

—Quiero ser tu novio. —No me había dado cuenta de la verdad que encerraban estas palabras hasta que las pronuncié.

Ahora que lo había dicho, a mí también me parecía desconcertante. Había asumido que yo no tenía este tipo de deseos. Como si fuera una tierra yerma y los sentimientos relacionados con la fidelidad, el compromiso y la devoción no pudieran echar raíces.

Sin embargo, aunque acababan de florecer, reconocí el pinchazo que sentí en el pecho: era justo eso, el deseo de comprometerme y serle fiel y devoto a Tess. Era aterrador. E inconveniente, encima.

Y me daba absolutamente igual. Quería estar con ella.

—Además, suena muy juvenil, «novio». Parece que tengamos quince años y vayamos al instituto. Mira, mami, tengo novio.

—Pero qué dices.

Su risa me hizo sonreír.

—Me da igual cómo me llames, yo solo quiero ser tuyo.

—Pero qué labia tienes, eh.

—No dejas de decírmelo y creo que pretende ser una crítica, pero, en el fondo, creo que te gusta.

—Sí. —Su pecho ascendía y descendía con respiraciones pesadas y noté que el peso de la tensión que había entre ambos la aplastaba tanto como a mí—. Tenemos que decirle a Kendra que eres mi…, que eres mío.

—Será mejor que primero le digamos que la boda queda anulada.

—De acuerdo, como quieras. Pero tenemos que decírselo cuanto antes, ¿eh? Si no, parecerá que son cuernos y si no me estás follando, no es agradable en absoluto.

Los pantalones se me tensaron cuando hizo alusión a la bestia ahí escondida.

—Tal vez eso signifique que tengo que follarte más a menudo.

Esta vez, las mejillas sí que se le sonrojaron.

—En cuanto Kendra lo sepa, puedes hacerme lo que quieras.

—Bueno, como ya te he dicho, mis padres se han ido. Así que lo de contárselo a Kendra tendrá que esperar.

Una tensión distinta se instauró entre nosotros. No era sexual. Era una tensión que le provocaba rigidez en el cuerpo y dureza en el tono:

—¿Por qué tienes que hablar con ellos primero? El compromiso es entre tú y Kendra.

Cambié de postura y apoyé la cadera en el aparador.

—No del todo. Es entre yo y mis padres y entre mis padres y Kendra.

—Eso no tiene ningún sentido. Está prometida contigo, no con tus padres.

—No sé a qué tipo de acuerdo pueden haber llegado con ella. —No me fiaba ni un pelo de Kendra. No era nada personal. No me fiaba de nadie que estuviera dispuesto a llegar a un acuerdo con mis padres. Y el hecho de que fuera la jefa de Tess lo empeoraba todo. Podía perjudicar cosas que le importaban a Tess. Podía apartar la FLD de los Sebastian, y no quería que Tess perdiera esto por mi culpa.

Tampoco quería asustarla mencionando esta posibilidad.

—Es mejor si no me meto y dejo que mis padres se ocupen de ella.

Tess se alejó un paso.

—Pero ¿tú oyes lo que estás diciendo? Si yo fuera ella y no hablaras primero conmigo, me cabrearía.

—Pero tú no eres ella. —Por cómo se contrajo su expresión, supe que había dicho lo que no debía. Me acerqué un paso—. Y me alegro de que no lo seas. Es una situación en la que nunca te encontrarías.

—Pero puedo empatizar con cómo se siente y te aseguro que querría saberlo primero. —Me sostuvo la mirada unos segundos—. Mira, si no se lo cuento, ¿qué pensará después cuando se entere de lo nuestro? Se sentirá herida al descubrir que me he estado tirando en secreto a su prometido y con todas las razones que ya tiene para enfadarse conmigo, no quiero darle otra.

La entendía. De verdad. Y lo que también entendía era que no lo comprendía. ¿Cómo iba a hacerlo? Era imposible explicar la presión a la que vivías sometido en el mundo de los Sebastian. O explicar los peligros y el poder que mi padre ostentaba. Había reglas que había que obedecer. Era todo un proceso.

No quería ser condescendiente, pero lo único que podía proporcionarle era mi experiencia.

—Tess, tienes que confiar en mí.

Otra cosa que tampoco debía decir. Echó los hombros hacia atrás y se cruzó de brazos.

—O se lo dices tú o se lo digo yo, Scott. De una forma u otra, pero Kendra tiene que saberlo.

—¿Qué tengo que saber?

Al oír el sonido de la voz de Kendra, ambos nos separamos un paso y nos volvimos hacia la mujer que se interponía entre nosotros. Metafóricamente. Porque Kendra se encontraba en el umbral del salón, bebiendo de una botella de agua muy cara.

La analicé en busca de indicios para saber qué había oído. No debía de haber oído demasiado porque tenía una postura relajada y una expresión despreocupada.

Ella, por su parte, también nos estaba analizando.

—Se os ve muy unidos —observó, con desconfianza, mientras entraba en el comedor—. ¿Qué ocurre?

—Hay magdalenas de limón y semillas de amapola —repliqué, pensando a toda velocidad—. Tu madre está preocupada por los carbohidratos que comes. Tess opina que lo que comas es asunto tuyo.

Kendra negó con la cabeza.

—Tess nunca me diría que hay magdalenas de limón y semillas de amapola. Sabe que soy adicta y es una buena amiga que me ayuda a evitar mis vicios.

Qué torpe por mi parte. Si hubiera estado más centrado, me lo habría imaginado. No la conocía bien, pero no me habría sorprendido que fuera una de las obligaciones laborales que Kendra esperaba de su asistente: «Vigila mi dieta. Cuenta las calorías que ingiero. Asegúrate de que no engordo».

Tess no trató de inventarse una excusa mejor:

—Tiene que saber la verdad —me dijo de modo tajante.

Entonces, antes de que se me ocurriera algo para detenerla, se volvió hacia Kendra.

—Tienes que saber la verdad, Kendra. Scott y yo no nos conocimos anoche. Ya nos conocíamos.

Capítulo 5

Tess

—Eh… ¿Ah, sí? —El tono de Kendra sugería que ya había sacado la conclusión lógica. No era muy difícil sumar dos más dos. Seguro que sabía con qué tipo de hombre se iba a casar.

O con el que creía que se iba a casar.

Habría sido más fácil dejar que supusiera las cosas a partir de ahí. Igual de fácil que decirle que no había sido un rollo de una noche. Que seguíamos viéndonos y que yo no sabía que estaban prometidos; y dedicarle una mirada elocuente por no haber pensado que debería habérmelo contado. O su prometido, ya que estábamos.

Pero Scott me había dicho «confía en mí». Y eran las palabras mágicas, mi debilidad, por mucho que mi instinto me indicara que hiciera lo contrario. Y, a estas alturas, no iba a hacerle más caso a mi instinto que a un chico.

Además, mi relación con su supuesta media naranja no era el tema más trascendental de la lista de cosas que tenía que confesar.

Con cuidado de no mirar a Scott, miré a Kendra a los ojos.

—Nos conocimos hace tres semanas. Cuando concerté una reunión con Sebastian Industrial para hacerles una presentación. —No era del todo mentira. No nos habíamos conocido de forma oficial hasta que Brett nos había presentado en su despacho. Que sí, que eran detalles y era omisión de la verdad, pero qué más daba.

Y, de todos modos, no tenía tiempo para sentirme mal por haberlo dicho porque ahora había revelado una mentira mayor y aunque noté que Scott suspiraba de alivio a mi lado, tenía que prepararme para que se armara la gorda.

—¡¿Que qué?! —Era una pregunta, claro que era una pregunta, una petición de aclaración, pero le salió más como una exigencia, dura y rotunda.

—Pues…, eh… —Debería haberme costado menos repetírselo. Me aclaré la garganta—: Hice una presentación en Sebastian Industrial para proponer organizaciones benéficas a las que podrían patrocinar.

Kendra exhibía una expresión gélida.

—Sin mi permiso.

—Sin tu permiso —repetí.

—A mis espaldas.

—A tus espaldas.

—Cuando nunca has hecho una presentación y cuando te dije explícitamente que Conscience Connect no iba a presentar nada a Sebastian Industrial.

—Sí, todo eso también. —Sonaba peor cuando se exponía de esa forma, en parte debido al tono monótono y seco de Kendra, y en parte también porque lo que había hecho estaba mal. Lo había hecho con buena intención y (si todo iba bien) tendría consecuencias positivas, pero aun así había desafiado la autoridad de mi jefa, había ejercido un cargo para el que no se me había formado y, plenamente consciente, había hecho algo que iba a dolerle.

—Mira —dije. Quería que lo entendiera en su contexto para que no pareciera tan malo—. Ocurrió por accidente, podríamos decir. Bueno, no por accidente, pero no empecé actuando a tus espaldas a propósito. Resulta que estaba en el lugar adecuado en el momento adecuado, aunque quizá desde tu perspectiva solo estaba en un sitio en un momento concreto, pero a mí me pareció que era el destino, la cuestión es que conocí a Brett y yo no sabía que era un Sebastian…

—Es mi primo —terció Scott cuando la expresión de Kendra reflejó su desconcierto—. Trabaja en mi departamento.

Volví a la carga como si no se hubiera producido ninguna interrupción.

—Y me dijo que su jefe estaba buscando una organización benéfica a la que patrocinar y yo entonces le dije que nos dedicábamos justo a eso y me dio su tarjeta y me concertó una cita con su secretaria y luego te lo pregunté a ti. Te pregunté si podíamos hacer una presentación a Sebastian Industrial y me dijiste que no y debería haberte hecho caso, pero es que tenía la oportunidad delante de las narices. Ellos estaban buscando a una organización y yo necesitaba demostrarme a mí misma que era capaz de hacerlo. Quería demostrármelo y se presentó la oportunidad en bandeja con una corporación increíble, y sabiendo que teníamos la organización perfecta para ellos, una organización que realmente se lo merece, ¿cómo iba a desaprovechar la ocasión?

Cuando terminé de hablar, me había quedado sin aliento y tenía los nervios a flor de piel. Sabía que este momento iba a llegar tarde o temprano, pero había tratado de no pensar en ello, y no pensar en ello me había privado de estar preparada para exponerle a Kendra lo mucho que quería que me entendiera.

—Los coaccionaste para que escogieran a la FLD —repuso ella con expresión impertérrita, pero con un tono que indicaba que sabía que había hecho todo esto por Teyana y que las motivaciones personales no tenían cabida en las presentaciones y que por supuesto que había hecho mal y que precisamente por eso no me había dado la oportunidad de presentar.

—Les presenté ocho en total —solté, categórica, tratando de no sonar demasiado a la defensiva—. La FLD ni siquiera fue la primera que presenté.

Hasta este momento, Scott no había intervenido, pero decidió hacerlo entonces.

—Habríamos elegido la Fundación para la Lucha contra la Disautonomía aunque Tess no la hubiera presentado con tanta pasión. Tenía razón. Es la organización perfecta para que firmemos un acuerdo de patrocinio.

Me avergonzaba que fuera testigo de esta conversación, pero le agradecí el comentario. El halago me pareció más cálido tras la frialdad de Kendra y, de pronto, me pareció de vital importancia absolver a Scott.

—Scott no sabía que había ido sin tu permiso. No tenía ni idea de que no era mi función en la empresa.

Nos miramos a los ojos y, durante unos segundos, me pareció que iba a decir algo para cargar con las culpas, pero entonces se lo replanteó.

—Lo descubrí cuando nos presentaste ayer por la noche.

Le llevó un segundo, pero entonces Kendra comprendió el porqué.

—Porque yo tendría que haber sabido que ya os conocíais.

—Tess ha sido muy profesional —continuó él—. La presentación que nos ofreció fue muy meticulosa. Nadie habría dicho que no lo había hecho nunca. Creo que te habría enorgullecido cómo representó a tu empresa.

Kendra cambió de postura y ahora, en vez de estar encarada a mí, nos miró a los dos, como si fuéramos la base de un triángulo.

—Mi empresa nunca habría mandado a una empleada cualquiera en mi lugar para reunirse con un cliente tan importante como Sebastian Industrial.

—Mi padre sí que notó tu ausencia —admitió Scott.

En este sentido, yo tenía algo más que reconocer.

—En realidad, casi me ordenó que estuvieras presente en todas las reuniones que se celebren a partir de ahora.

Scott me miró como si me preguntara en silencio por qué no se lo había dicho antes.

Dejé entrever que el tema no había salido a colación entre un orgasmo y otro.

Kendra inspiró hondo. Por lo demás, estaba tan serena como siempre cuando hablaba de negocios, una característica que tenía tan arraigada que a veces me imaginaba que se la vería tranquila incluso aunque estuviera a punto de arrollarla un tren. Era extraño que tuviera esa actitud tan profesional, que fuera capaz de separarla de su actitud en situaciones privadas, sobre todo porque esta mujer tan serena era la misma persona que se ponía extremadamente melodramática en cuanto se producía el mínimo contratiempo en sus interacciones más informales y salía huyendo cuando sentía que le habían roto un pedacito de corazón.

Era incluso más extraño que prefería que hubiera reaccionado con su lado dramático. Cuánto habría preferido una demostración de que yo le importaba hasta el punto de que mi comportamiento le afectara tanto que no fuera capaz de mantener la compostura.

—¿El acuerdo ya se ha firmado? —preguntó al cabo de unos segundos, sin perder la serenidad. Y un nuevo desprecio se añadió a la lista cuando giró el cuerpo por completo hacia Scott, como si me excluyera de la conversación.

Lo peor es que él le siguió el juego. Ni siquiera me miró antes de responder:

—Todavía estamos negociándolo. Como he dicho, es la organización perfecta para nosotros. Es justo el tipo de patrocinio que necesitamos para distraer la atención de otros aspectos de la imagen corporativa.

—No creía que abordaros fuera lo correcto. Ni siquiera antes de… —Centró los ojos en el pesado anillo que llevaba—. Antes de que estuviéramos juntos. Por la relación de nuestros padres y todo eso. Creía que sería mejor dejar que fuerais vosotros quienes vinierais a mí.

—Debería haberlo hecho, la verdad. No sé por qué no lo hice.

—Supongo que debemos trabajar más en nuestra comunicación. Dicen que es importante en un matrimonio.

—Sí, a mí también me lo parece.

Por mucho que me irritara que me hubieran dejado de lado, era fascinante contemplar cómo interactuaban entre sí. Simples conocidos tanteando el terreno ante la perspectiva de pasar el resto de la vida juntos.

Se supone que un matrimonio no debería ser así: impersonal, distante, una casilla que marcar en una lista de tareas pendientes. Sentí pena y lástima por ambos, porque ambos creyeran que esto era lo que merecían.

Pero seguía enfadada, así que tampoco me daban tanta pena.

Y, aunque sabía que Scott no quería hablar con ella sobre anular el compromiso hasta que no hubiera hablado con sus padres, me cabreaba que le siguiera el juego como si la boda fuera a celebrarse.

Y había otra cosa que me cabreaba: saber que su relación era una farsa porque me lo había contado Scott y no Kendra. Era estúpido estar cabreada por eso porque seguro que hasta su madre creía que era amor de verdad, de modo que ¿por qué iba a contármelo a mí si no se lo contaba ni a su madre? Sin embargo, no podía evitarlo y estaba cabreada.

Como si mi enfado tuviera la potencia suficiente como para recordarle a Kendra que seguía presente, esta se dignó a mirarme.

—Solo porque el patrocinio haya salido bien no significa que se haya hecho de la forma correcta, en absoluto.

La dureza de sus palabras evidenció una grieta en su armadura, un resquicio de emoción, y de repente recordé que, aunque estuviera cabreada, yo también tenía parte de culpa.

—Ya lo sé, Kendra. No estuvo bien. Te desafié a propósito. Y lo siento. —En realidad no lo sentía; si tuviera la oportunidad de volver a hacerlo, lo haría—. Bueno, siento que estés dolida por mi culpa.

Se cruzó de brazos. Ya no exhibía una postura segura de sí misma.

—Esa es justamente la palabra, Tess. Estoy dolida. Estoy muy dolida.

Yo también estaba dolida. Por todas las veces que me había negado la oportunidad de presentar, por todas las veces que me había dicho que no estaba preparada, por todas las veces que me había dicho que era su amiga y luego me había dejado de lado.

Seguramente, no era el mejor momento para echárselo en cara.

—Ya lo sé.

—A ver, es que siento que ha sido una traición grave. De todas las personas a las que podría haberles ofrecido que vinieran a trabajar para mí, te elegí a ti. No solo porque sabía el valor que supondrías, sino porque éramos amigas. Porque confiaba en ti. Porque confiaba en que mirarías por el bien de mi empresa.

—Y eso he hecho. —Una cosa era dejar que se sintiera como se sentía. Y otra muy distinta dejar que lo convirtiera en un ataque infundado—. Hice lo que Conscience Connect debería haber hecho. Porque era lo correcto.

—¡No eras tú quien debía decidirlo! —Alzó el volumen de golpe y esta era la versión de Kendra a la que esperaba enfrentarme. La versión que prefería.

Antes de que pudiera responder y convertirlo en un concurso de gritos, Scott intervino:

—Kendra, precisamente tú y yo sabemos que las tácticas a las que uno tiene que recurrir para sobrevivir en este mundo no siempre son las más consideradas.

Esta giró sobre los talones dispuesta, al parecer, a encararse a él, pero entonces recobró la compostura.

—Tienes razón. No lo son. Pero siempre hay consecuencias. La supervivencia hace que de mí tampoco se espere consideración.

—Espero que no estés sugiriendo que Tess tiene que perder el trabajo por esto.

—Perdona —me inmiscuí, no quería dejar que Scott luchara mis batallas—, no necesito que nadie…

Kendra me ignoró.

—Espero que no estés sugiriendo que tienes algún derecho a comentar cómo dirijo mi empresa.

Scott sonrió.

—Me importa una mierda cómo dirijas tu empresa, pero Tess Turani ha sido la persona que ha puesto en contacto a mi compañía con la FLD. Hasta la fecha, ella se ha encargado de todo el trabajo. Tanto mi equipo como yo confiamos en ella y espero que siga presente de ahora en adelante.

Compartieron una mirada cargada de tensión. Odiaba sentirme así: como si fuera una niña que era testigo de una discusión entre adultos, insignificante e impotente, sin que mi opinión ni mis sentimientos fueran lo suficientemente importantes como para tenerlos en cuenta.

Estaba acostumbrada a que Kendra me lo hiciera. Pero no Scott. Sabía que solo intentaba protegerme y me encantaba que lo hiciera, pero no necesitaba que me defendiera ni que hablara en mi nombre. No quería que se comportara así. Quería una relación de igual a igual. Tanto con él como con ella.

Pero no recibí precisamente un trato igualitario.

—Claro —dijo Kendra con dulzura; mi destino lo decidían otros y no dependía de mí. De forma temporal, al menos—. Tess y yo revisaremos su situación laboral cuando se haya firmado el acuerdo.

—Estoy deseando que llegue el día. —Mi sonrisa no parecía ni la mitad de auténtica que la suya. Supongo que se aprendía con la clase social.

—Mientras tanto… —Se volvió hacia Scott—. Has venido aquí en coche, ¿verdad? Cariño.

Si la palabra lo sorprendió, no lo demostró.

—Sí.

—Perfecto. Tess tiene un billete de tren para volver un poco más tarde. Iba a regresar con ella, pero será mejor que vuelva contigo. Así puedes ponerme al día de cómo van las negociaciones.

Al menos tuvo la decencia de hacer una mueca cuando le contestó:

—Oh, claro.

—Será mejor que vaya a prepararme la maleta —tercié, y salí hecha una furia antes de pagarla directamente con ellos. No estaba segura de con quién estaba más enfadada. ¿Con Kendra, por comportarse como una capulla? ¿Con Scott, por defenderme cuando no lo necesitaba y no hacerlo cuando sí? ¿Conmigo, porque me importaban los dos más de lo que deberían?

De todas formas, estaba segura de una cosa: Scott había hecho bien de no contarle nada acerca de nuestra relación. Sobre todo porque el comportamiento insensible de Kendra me había convencido de que yo era una idiota por importarme cómo se sentía ella cuando era evidente que a ella no le importaba nadie más que sí misma.

Pero también porque, con los sentimientos que ahora mismo me inspiraba su prometido, no estaba segura de que la relación durara lo bastante como para contárselo.

Capítulo 6

Scott

Observé a Tessa mientras salía dando grandes zancadas del comedor y me maldije por haberla cagado tanto. ¿Debería haberle dicho a Kendra que no iba a llevarla en coche? ¿O debería haber insistido en llevar también a Tess?

Tras la escena en la que acababa de participar, pensé que para ella supondría un alivio no tener que volver con su jefa. Sugerir encerrarlas a las dos en el mismo coche durante una hora no me había parecido la opción más agradable para nadie.

Pero lo había hecho pensando en Tess. En nadie más.

Sin embargo, guardar silencio no había servido para que ella se diera cuenta, y ¿quién sabía cuándo tendría la oportunidad de hablar con ella?

Mierda. Quería salir corriendo tras ella. ¿Podía?

Por suerte, Kendra me salvó de tomar una decisión impulsiva.

—Espera. ¿Tess?

Salió corriendo tras su empleada.

La seguí. No pensaba perdérmelo.

Kendra atrapó a Tess en la parte baja de las escaleras.

—Perdona, ha sido muy mezquino por mi parte. Lo siento. Volveré contigo. ¿Qué hora es? No creo que tenga tiempo para arreglarme antes.

—Las dos podéis volver conmigo. —Como no tenía la capacidad de leer la mente a Tess para saber qué habría preferido, tuve que tomar la decisión yo solo. Y quería tener cerca a Tess. A poder ser, sin la mujer que llevaba mi anillo de compromiso en el dedo (de mi madre, en realidad), pero, en este sentido, no me quedaba otra opción.

Tess miró a Kendra y luego a mí, con una expresión un tanto más suave que antes, pero todavía airada.

—De acuerdo. ¿Cuándo queréis iros?

Teniendo en cuenta que aún llevaba la ropa de la noche anterior…

—Primero tengo que ducharme.

—Yo también —añadió Kendra, señalando su ropa deportiva.

—En ese caso, usaré la ducha de la habitación donde han dormido mis padres. —De ninguna manera iba a permitir que pensara que nos íbamos a duchar juntos. Y de ninguna manera iba a permitir que Kendra creyera que iba a dar esa impresión.

Frunció los labios; era evidente que no le había parecido bien. Y la entendía. Seguro que le había parecido un capullo. Por lo que ella sabía, nos íbamos a casar. Estábamos prometidos. Se suponía que debíamos comportarnos como si tuviéramos una relación de verdad y no una orquestada para obtener una mejora social. Mis padres habían dejado muy claras las expectativas a las que debíamos atenernos antes de poner en práctica el plan.

Kendra solo trataba de cumplir con sus obligaciones.

Pero ahora el trato estaba cancelado, tanto si ella lo sabía como si no, y mi única obligación era con mi corazón. Y mi corazón quería a Tess.

Cómo cojones se me había ocurrido esta cursilería, no tenía ni idea. Quizá eso era lo que se llamaba «estar enchochado». En ese caso, estaba muy enchochado.

Si Kendra tenía que sufrir un poco entre tanto, era lo que había.

Consciente de que sería peor montar una escena por cómo me había comportado delante de Tess, Kendra claudicó:

—Pediré al personal que te lleve la maleta.

—Lo haré yo mismo. —Sin dilación, las rodeé y empecé a subir las escaleras. Cuanto antes nos hubiéramos duchado, antes nos marcharíamos y antes dejaría a Kendra en su casa y Tess y yo nos quedaríamos solos.

Ya estaba contando los minutos que faltaban.

Menos de una hora más tarde, ya estábamos en la carretera. Kendra, cómo no, ocupaba el asiento del copiloto. No había forma de evitarlo, en realidad, no sin evidenciar que había algo entre Tess y yo, y, con tal de no provocar una segunda discusión que pudiera herir a mi novia, no estaba dispuesto a correr este riesgo.

«Novia».

Nunca llegué a pensar que usaría esta etiqueta con sinceridad. Había surgido a lo largo de los años en distintos momentos, cuando era más fácil usar este sustantivo para describir a la mujer que llevaba del brazo que explicar que solo era a la que me iba a tirar esa noche. En un par de ocasiones lo había usado en la cama, o había permitido que se usara, cuando el término había encontrado la forma de encajar entre guarrada y guarrada o en un juego de roles. Nunca se lo había asignado a una persona. Nunca había pensado que me iba a emocionar cuando lo usara.

Con todo, aquí estaba, casi sonriendo mientras Kendra escribía la dirección de su casa en el GPS del salpicadero porque mi novia tenía que sentarse en el asiento trasero.

—Mi dirección ya aparece —observó Kendra, con cierto tono inquisitivo.

Ay, mierda. El chófer había llevado a Tess y a Teyana a su casa la noche de la ópera. Yo no solía conducir por la ciudad y a menudo me encontraba con direcciones que no sabía de dónde eran, así que no se me había ocurrido.

Tess se había mostrado bastante taciturna desde que había aceptado venir con nosotros en el coche, pero me encontré con sus ojos en el retrovisor. Sin mediar palabra, supe exactamente lo que estaba pensando: «Si se lo hubieras explicado a Kendra como te había dicho…».

—Oh…, pues no sé por qué —respondí con la máxima indiferencia que fui capaz de fingir.

Otra mirada a Tess, quien me ofreció una expresión de desdén antes de acudir a mi rescate:

—La semana pasada le pediste a tu chófer que me llevara a casa porque llovía y la reunión acabó tarde. Y yo estaba cuidando de la casa de Kendra.

—Ah —dijo Kendra.

—Ah —solté yo a la vez, como si fuera información nueva.

—Mmm… —gruñó Tess desde el asiento trasero.

No sabía cómo se las arreglaba mi padre para compaginar su matrimonio con sus aventuras. En el fondo, yo no estaba engañando a nadie y ya me había hartado de tantos subterfugios.

Nos esperaban cincuenta y siete minutos de trayecto y en ese momento ya sabía que sería el trayecto más largo de mi vida.

Por suerte, la primera media hora transcurrió sin complicaciones. No había mucho de lo que informar a Kendra sobre las negociaciones con la Fundación para la Lucha contra la Disautonomía, pero ella quería saber hasta el último detalle de cómo se había desarrollado el proceso hasta la fecha. La crueldad que había exhibido antes hizo acto de presencia de nuevo cuando se negó a dirigir ninguna de sus preguntas a Tess, aunque era más que evidente que gran parte de lo que quería saber era qué había presentado Tess exactamente. Era molesto, manifiesto y quizá un tanto comprensible, teniendo en cuenta que Tess la había desobedecido, pero no me gustaba que tuviera esta actitud rencorosa.

Tess lo manejó de forma admirable, solo intervenía cuando yo le hacía preguntas, tan a menudo como podía, y consiguió no ponerse a la defensiva cuando Kendra hacía un comentario crítico, y eso que aprovechaba cualquier ocasión para hacerlo.

Cuando por fin anunció que el acuerdo parecía bastante sólido, la rigidez que notaba en los hombros se relajó y, por primera vez desde que habíamos salido, tuve la sensación de que podía respirar de verdad. No porque hubiera estado preocupado por mí, sino porque sabía lo mucho que Tess ansiaba la aprobación de Kendra, aunque no me lo hubiera dicho. ¿Por qué, si no, iba a quedarse en un trabajo en el que siempre se la menospreciaba? ¿Y acaso cualquier persona no ansiaba el reconocimiento de una figura de autoridad? Yo sí, como estaba demostrando.

También noté el alivio de Tess, como si fuera una suave brisa que procedía del asiento de atrás. Seguro que era lo más cercano a una alabanza que recibiría y la absorbió igual que un ambientador aspira los malos olores.

Entonces llegamos a la ciudad y el tráfico de Nueva York era como siempre, pero no parecía tan desastre ahora que el ambiente no estaba tan cargado de tensión. Eché una mirada por el retrovisor, Tess había colocado el cojín del asiento contra la ventana y se había acomodado y cerrado los ojos; al parecer, las últimas dos noches de actividad también le estaban pasando factura.

Kendra, sin embargo, acababa de regresar de un viaje de tres semanas en un *spa* y tenía una energía desbordante, además de su capacidad de no dejar pasar más de un minuto en silencio. Sus primeros intentos de iniciar una conversación no condujeron a ningún lado porque yo entré en el juego.

—¿Cómo va el trabajo más allá del acuerdo con la FLD?

—Bien.

—¿Tu madre sigue siendo la anfitriona de la comida benéfica de Acción de Gracias?

—Seguro que sí.

—¿Esa nueva ley que entra en vigor afectará a vuestra producción este año?

—Estoy seguro de que papá encontrará el modo de esquivarla.

Entonces, me la metió doblada:

—Supongo que deberíamos poner ya una fecha, ¿no?

—¿Una fecha para qué? —respondí, antes de poder pensarlo mejor.

—Para la boda, bobo.

Clavé la vista en el retrovisor. Tess tenía los ojos abiertos y una mueca le curvaba las comisuras de los labios hacia abajo.

—Eh… No tengo ninguna preferencia —repuse, con la esperanza de que así dejara el tema.

—Ya sé que tendrás que consultar tu agenda y yo la mía. Y, como mínimo, necesitaremos seis meses para organizar algo decente. Un año estaría mejor. Bueno, o quizá dos. ¿Prefieres alguna época del año en concreto?

—La verdad es que no.

—Siempre me han encantado las bodas en invierno. Y en otoño. En verano está muy visto, aunque, claro, el tiempo siempre es mejor. Podríamos celebrarla en Florida, en la propiedad de tu abuelo.

Di un bocinazo al coche de delante cuando este frenó con el semáforo en ámbar, sobre todo porque me hacía sentir bien. Me entraron ganas de volver a hacerlo. Como respuesta a todo lo que dijera Kendra: «¿Qué crees que…?» ¡Piiii!, «¿Qué te parece si…?» ¡Piiii! ¡Piiii! ¡Piiii!

Aunque tampoco quería que la policía me parara. Eso tan solo prolongaría la agonía.

—¿Sabes? —dije, ni siquiera estaba seguro de adónde quería llegar después de empezar—. Creo que sería mejor mantener esta conversación más tarde. Seguro que Tess no quiere oír hablar de la organización. —Sí, esto estaba bien—. No es justo que la matemos de aburrimiento.

Traté de encontrarme con su mirada a través del retrovisor, pero tenía la vista clavada al otro lado de la ventanilla. Sus rasgos de perfil estaban cargados de tensión.

—De hecho, creo que le encantaría. Cuando estábamos en la universidad, siempre planeábamos nuestras bodas. —Kendra se movió en el asiento para poder mirar directamente a Tess—. ¿Recuerdas cuando estabas segura de que te casarías con Jason? ¿El chico que trabajaba en la pizzería que había junto al campus?

Tess no despegó los ojos de la ventanilla de atrás.

—Ajá.

Un arranque de celos irracionales me embargó. ¿Quién cojones era el tal Jason?

—Y luego fue con el *quarterback* —prosiguió Kendra—. Con ese mejoraste, en mi opinión. Jason siempre iba cubierto de harina.

Encontré otro motivo para tocar la bocina.

—Y después fue con…

La corté:

—Tampoco necesito oír toda la lista de novios que ha tenido Tess. —No si esperábamos llegar a destino sin que atropellara a nadie—. Por lo de mantener la distancia profesional y tal.

Kendra se giró para mirar al frente.

—Siempre has dicho que querías algo íntimo —comentó, y durante unos segundos no estuve seguro de si hablaba de Tess o de si se estaba inventando una conversación que nunca habíamos tenido—. Con los invitados que cupieran alrededor de una mesa, decías.

—Que fuera asequible —respondió Tess, y tuve uno de esos momentos de revelación en el que recordé que, a pesar de toda la mierda que tenía que soportar a diario por llevar el apellido Sebastian, nunca había tenido que preocuparme por cuánto costaban las cosas.

Seguro que Kendra tampoco había tenido que preocuparse. Sus padres no eran multimillonarios, pero tenían un buen nivel adquisitivo que les permitía formar parte del exclusivo uno por ciento. Su familia nunca aceptaría que tuviera una boda íntima, y su envidia era evidente. Pero ¿se daba cuenta de que las razones por las que personas como nosotros creíamos que no nos quedaba otra opción eran nimiedades comparadas con el hecho de que la mayoría de las personas (personas como Tess) no tenían otra opción?

En ese preciso instante decidí que iba a consentirla. Siempre y cuando Tess formara parte de mi mundo, le daría todas las cosas a las que nunca había tenido acceso. ¿Cómo era posible que Kendra hubiera formado parte de su mundo durante tanto tiempo y no se hubiera visto impulsada a hacer lo mismo?

Esta continuó hablando como si no acabara de quedar en evidencia por sus privilegios.

—Dos damas de honor, decías siempre. Lo que no sabías cuál sería la principal, si Teyana o yo.

—Teyana —respondió Tess, categórica—. Y ninguna otra dama de honor.

Kendra se desinfló cuando las palabras hicieron efecto.

—Claro, sois amigas íntimas. —Dejó que pasaran unos segundos—. Yo no tengo a nadie tan íntimo. Mi madre me dará una lista de primos y amigos que tendremos que incluir, pero para dama de honor no se me ocurre nadie más a quien pedírselo que no seas tú.

Oh. Vaya. Esa sí que no me la esperaba.

Además, era manipulación pura. ¿Se suponía que Tess debía sentirse mal por eso?

No tuve que mirarla para saber que no se lo había tomado bien.

—¿Esta es tu forma pasivo-agresiva de pedirme que sea tu dama de honor, Kendra?

—No…, yo no…, no… —tartamudeó Kendra.

Tess no dejó que sufriera mucho.

—Hace un rato has insinuado que podría estar a punto de perder el trabajo y ¿te crees que me ha sentado lo bastante bien como para que ahora me plantee aceptar formar parte de tus invitados? ¿Qué soy, tu perrito faldero? ¿Qué pasa, que siempre estoy a tu servicio, para lo que necesites y ya está?

Kendra se giró para mirar al asiento de atrás.

—¿Por qué iba a pensar que quieres seguir trabajando para mí? Si prácticamente me has acusado de menospreciarte y luego lo has hecho todo a mis espaldas, Tess. Y yo que creía que eras mi amiga. Y yo que creía que eras la única persona que tenía en mi vida que nunca se aprovecharía de mí. ¿Tratabas de hacerme daño a propósito? ¿Quieres que te eche?

No aparté los ojos del tráfico, me obligué a concentrarme en la conducción y a ignorar el instinto primitivo de salir en defensa de mi chica. No me andaría con sutilezas si lo hacía, machacaría a Kendra. Tras haberme pasado toda la mañana insistiendo en mantener el *statu quo* porque temía su represalia, atacarla ahora me parecía contraproducente.

De todas formas, Tess no necesitaba que la defendiera. Ella sola podía.

—La verdad es que ahora mismo no lo sé, Kendra.

Esto pareció herir a mi no futura esposa más que cualquier otra cosa que yo pudiera haber dicho.

—De acuerdo. —Kendra se volvió para mirar al frente con la voz cargada de emoción—. Entonces finalizaremos el acuerdo con Sebastian Industrial y luego lo reconsideraremos. Las dos.

—Perfecto —replicó Tess, tensa.

Seguimos avanzando en silencio. Esos minutos se me hicieron eternos. Miré cuánto faltaba para llegar a nuestro destino; sin duda, el tiempo se había detenido. Ocho minutos, ponía. Ocho minutos. Ocho putos minutos.

Entonces, por fin, siete minutos. Permaneció en siete minutos durante una eternidad. Luego seis, otra eternidad más. Luego, cinco. Luego, cuatro. Luego, tres. Luego, dos.

Y luego me desvié y me detuve junto a la acera que se extendía frente a su edificio. Abrí el maletero mientras el portero le abría la puerta a Kendra. Y, luego, abrió la puerta trasera.

—Venga, Tess —dijo Kendra.

Tess había evitado tener contacto visual con nadie desde que la conversación se había detenido, pero ahora se encontró con los míos con expresión inquisitiva.

—Yo te llevo, no te preocupes —le aseguré.

—Pero vive lejos, en Jersey City —terció Kendra, quien ya salía del coche.

—No pasa nada. Yo la llevo.

—De verdad que no supone ningún problema coger el tren desde aquí —se ofreció Tess.

—He dicho que te llevo yo —le espeté. Y me sentí fatal al instante por haberlo hecho cuando a quien me apetecía espetarle cuatro cosas no era precisamente ella.

—Es todo un detalle por tu parte. Me voy a casar con un santo. —Kendra me ofreció una sonrisa forzada con los dientes apretados y supe que se sentía traicionada otra vez, y ahora por parte del hombre que se suponía que iba a convertirse en su marido. Debió de parecerle que me había puesto de parte de Tess. Debió de ser como echar sal en la herida, pero como era un capullo, no me importaban una mierda sus heridas a menos que su dolor terminara perjudicando a Tess.

Cerró de un portazo al salir.

Tess no se movió del asiento trasero.

—Deberías ponerte delante, así no me sentiré como un chófer —comenté, cuando lo que realmente quería decirle era «Deberías ponerte delante para poder estar a tu lado, porque quiero estar lo bastante cerca de ti como para oler tu champú y poderme olvidar que en este mundo existe alguien más que no seas tú».

Kendra ya no nos oía. Podría habérselo dicho. Debería habérselo dicho.

Pero como había contenido durante todo el trayecto lo que de verdad quería decir, por unos instantes me olvidé de permitirme bajar la guardia.

No contestó, pero abrió la puerta y se sentó en el asiento del copiloto. Sin mediar palabra, alargó la mano para introducir su dirección en el GPS, se abrochó el cinturón y se parapetó contra la puerta, lo que hizo que me pareciera que estaba tan lejos como cuando estaba sentada detrás.

Me incorporé al tráfico de la calle en silencio mientras me devanaba los sesos para descubrir qué decirle, cómo aliviar la tensión que cargaba el ambiente. Habían ocurrido tantas cosas durante el día, se habían dicho tantas cosas, había tanto que quería explicarle y pedirle perdón y arreglar las cosas y, joder, no tenía ni idea de cómo empezar a hacer nada de eso. Nunca había tenido una relación con nadie fuera de mi familia que me supusiera un esfuerzo. Nunca las mantenía el tiempo suficiente como para llegar a este punto, a menos que contara a mi familia, y esas relaciones eran tan tortuosas que me abstenía a propósito de intimar a nivel emocional con cualquier otra persona.

Con Tess, sin embargo, quería intentarlo. Quería explorar la posibilidad de que el amor no siempre tuviera que ser tan complicado.

Pero quererlo no implicaba que supiera cómo. Y cada minuto en silencio que pasábamos sin que tratara de hablar me daba la sensación de que nos alejaba otro kilómetro más.

Entonces, de repente, apoyó la cabeza en el respaldo del asiento y miró al frente.

—¡Madre mía, ha sido horroroso! —refunfuñó.

Aparté los ojos de la carretera un segundo para asegurarme de que la estaba interpretando bien, que quería que la apoyara y no que buscara a quien culpar. Su sonrisa tensa me indicó que se trataba de lo primero.

—Horrible —coincidí—. Ha sido horrible, joder.

—Lo peor.

Llegamos a un semáforo en rojo y me volví hacia ella.

—Mañana por la noche tengo una cena familiar en casa de mis padres. Hablaré con ellos cuando vaya y les diré que esto queda anulado. Un día más, Tessa. ¿Puedes darme solo un día más?

Giró la cabeza para mirarme.

—Siempre y cuando no tenga que estar en la misma sala que ella, sí. Puedo darte un día más.

La luz de sol tenía la capacidad de hacer olvidar al mundo que existían las tormentas. Tess era esa luz. Un haz brillante y potente que disipaba la oscuridad de un día que, de no ser por ella, habría sido muy gris.

Me incliné sobre el salpicadero y le di un beso, un beso impetuoso, como si estuviéramos en la cama y no en la avenida Columbus y, cuando el coche que teníamos detrás tocó el claxon para que nos moviéramos, le di otro beso rápido antes de volver a centrar la vista en la carretera.

Capítulo 7

Tess

—No podré venir. —Bajé el tono mientras lo decía para que Teyana no oyera el desánimo en mi voz y se sintiera culpable.

Al otro lado del teléfono, Scott se hizo eco de mi desilusión:

—¿No? ¿Por qué?

En cuanto había entrado en casa después de que me hubiera traído en coche, me había encontrado con Tey en posición fetal y enseguida había sabido que tendría que cancelar nuestra cita de esta noche. Con todo, había esperado para decírselo, por si ocurría un milagro y se encontraba lo bastante bien como para que pudiera dejarla sola.

Por desgracia, no había hecho más que empeorar. Había vomitado dos veces y se desmayaba cuando intentaba ponerse en pie, por muy despacio que lo hiciera. La última vez que había ido al baño, había ido renqueando, doblada sobre sí misma por el dolor insoportable que sentía en las costillas.

—Tey tiene una noche muy mala —respondí.

Siempre se encontraba mal cuando le venía la regla, algo que, debido al tipo de anticonceptivos que tomaba, solo ocurría cada tres meses. Su médico había optado por este método para reducir los episodios agudos de POTS, pero sabiendo lo que le pasaba antes, no estaba segura de que un síndrome premenstrual cada tres meses no fuera peor.

—En cuanto pueda tener un maldito seguro médico que me cubra el gasto, voy a pedir que me extirpen el útero —soltó, por enésima vez.

—Ah —dijo Scott; era evidente que la había oído—. Cosas de mujeres.

Podría haberme ahorrado los detalles, pero no quería que pensara que lo dejaba plantado para cuidar de una amiga que solo tenía un dolor de regla muy fuerte.

—Está relacionado con el POTS, pero como el sistema autónomo también está implicado en las cosas de mujeres, pues… Pero espero que no tenga que optar por algo tan drástico como una histerectomía, aunque creo que la mayor parte de las mujeres que sufren POTS acaban así.

—Si no voy a tener un bebé —protestó—. Mi cuerpo no lo soportaría. Así que ¿qué sentido tiene alargar esta tortura?

Le di la espalda para que no viera mi expresión. Era una discusión que teníamos desde hacía tiempo. A mí me preocupaba que era una decisión sin vuelta atrás y ella solo quería sentirse mejor.

—¿Necesita ayuda? —Scott no tenía que añadir «financiera» para que supiera que se refería a eso.

Me lo planteé antes de responder. De forma egoísta, me alegraba de que no pudiera permitirse la operación, pero también tenía la esperanza de que pudiera visitarse con un especialista que encontrara una causa subyacente o que, al menos, la ayudara a controlar los síntomas. Y, de todas formas, tampoco estaba segura de cómo me hacía sentir la perspectiva de aceptar este tipo de ayuda por parte de Scott.

—Lo que necesita son médicos mejores, que acepten el seguro y que no tengan una lista de espera de años. —Oí unos golpes en la puerta del apartamento—. Oye, Scott, ¿puedes esperar un segundo? Creo que ha venido el médico. —Fui hacia la puerta para responder mientras esperaba a que él contestara.

—¿El médico?

—Terapia intravenosa. Si le aplican suero se siente mucho mejor. —El médico se lo prescribía de forma habitual, pero cuando se encontraba muy mal, no reparábamos en gastos y pagábamos los ciento cincuenta dólares para que se la hicieran en casa. Me asomé a la mirilla y vi a un chico con una bata y un botiquín—. Sí, es él. ¿Te llamo luego?

—O sea, que es un hombre. Pues prefiero esperar.

Reprimí una carcajada.

—Tú mismo. —Con el teléfono contra el pecho, abrí la puerta, saludé al paramédico, que se presentó como Bennie, y lo conduje hasta el sofá, donde estaba Teyana.

—¿Te importa si…? —le pregunté, señalando con la cabeza hacia mi dormitorio.

—Por favor, ve —respondió con tanto dramatismo como fue capaz—. Bastante mal me encuentro ya sin tener que aguantar cómo se te cae la baba.

La miré con mala cara. Quizá sí que cuando la había puesto al corriente del fin de semana que había pasado con Scott había estado muy entusiasmada, pero también le había contado la peor parte.

Bueno, de acuerdo, me había centrado sobre todo en las partes más tiernas. Al fin y al cabo, se encontraba mal. No quería exaltarla.

—Vale, ya me voy —le dije con petulancia fingida cuando ya recorría el pasillo.

—Perfecto, así me quedo con Bennie para mí sola. —Por lo menos no había perdido el sentido del humor.

Me volví para guiñarle el ojo al chico.

—Cuando te canses de ella, Bennie, aquí estoy. Solo tienes que pegarme un grito. —Me metí en mi dormitorio y cerré la puerta antes de llevarme el teléfono a la oreja—. ¿Sigues ahí?

—¿Te acabas de ofrecer a Bennie?

Solté una carcajada.

—No creo que tengas motivos para ponerte celoso, señor No-estoy-prometido-de-verdad.

—No estoy celoso —se quejó, demasiado rápido incluso—. Solo es curiosidad. ¿Cómo es? ¿Es atractivo? ¿Te gusta? ¿Podría gustarte?

Una calidez se extendió por todo mi cuerpo. Tenía mucha experiencia siendo yo la que hacía este tipo de preguntas. A los hombres que me gustaban siempre les solían gustar muchas mujeres. Esta era la primera vez que un hombre manifestaba tener celos por mí.

—Bennie es… —Pensé en la mole de hombre tatuado que ahora mismo estaba sentado en mi salón y me pregunté si debía alargar esto un poco más. Al recordar el dolor que estas situaciones me provocaban a mí, decidí no alargarlo—. No es mi tipo.

—¿Qué tiene de malo?

—Que no es tú. —Me sentí vulnerable al decirlo y me salió entrecortado.

Scott se quedó en silencio unos segundos y temí haber sido demasiado directa. Me había dicho que éramos exclusivos. Me había dicho que era mi novio. Eso significaba que podía decirle estas cosas, ¿verdad? ¿O había presupuesto demasiado lo que esto significaba?

—Podría venir yo —dijo, por fin, y comprendí que ese silencio se debía a que él también se había quedado sin aliento—. Guardo toda la comida y la traigo. He pedido tanto que hay suficiente para los tres.

Quería decirle que sí. Era tentador. Y más porque me sentía culpable de que ya hubiera pedido la cena y que se echara a perder si le decía que no.

Pero no era justo para Tey, sobre todo porque detestaba que otras personas la vieran en este estado.

—Lo siento, pero necesito centrarme en Tey y tú me distraes demasiado.

—Porque no puedes estar en una misma habitación conmigo sin querer arrancarme la ropa.

—Creo que lo que querías decir es que tú no eres capaz de estar en una misma habitación conmigo sin querer arrancarme la ropa.

—Sí, claro, eso también.

La alusión a la desnudez y a las actividades relacionadas me provocó un cosquilleo en el vientre.

—Supongo que la parte buena es que esta noche podré dormir del tirón. Después de las últimas dos noches, necesito descansar.

—Oye, dormir es aburrido. Vaya forma de desperdiciar una cama.

Me reí y luego solté un gemido porque…, a ver. Habría preferido mil veces usar mi cama (o la suya, no era quisquillosa) para hacer lo que él tenía en mente.

—Habrá más noches.

Con un suspiro, me acerqué a la ventana del dormitorio, atraída por la luz que entraba.

—La luna es preciosa esta noche. Parece que esté llena.

—¿Ah, sí?

Oí un movimiento y me lo imaginé encaminándose hacia los enormes ventanales de su apartamento para contemplar el cielo.

—Seguro que es más bonita desde donde estás tú.

—Tal vez. ¿Qué ves por la ventana? ¿Estás mirando ahora mismo?

—Bueno, pues veo la luna. —Era un intento por hacer gracia, pero quizá era una estupidez, porque tampoco parecía que fuera el momento para reír. Era más bien romántico. Los dos nos encontrábamos en lugares distintos, en dos estados distintos, incluso, mirando el mismo cielo nocturno, contemplando la misma luna brillante.

—¿Qué más ves? Tú ya sabes qué vistas tengo yo. Quiero saber qué vistas tienes tú.

El corazón me dio un vuelco. Él también lo notaba, ese vínculo mágico. ¿Era esta la sensación de enamorarse de alguien que también se estaba enamorando de ti? Siempre me había sentido muy sola, y es que tenía la costumbre de escoger a hombres que no buscaban corresponder a mis sentimientos. Pero esta vez era completamente distinto. Era una sensación agradable, y no al contrario; una sensación por la que te dejabas llevar y que no reprimías; una sensación compartida, y no unidireccional.

Aparté los ojos del cielo para contemplar los alrededores. Los había visto tantas veces y eran tan poco impresionantes que tuve que esforzarme para poder responder.

—El edificio de enfrente, sobre todo. Si apoyo la cabeza contra el cristal veo la manzana y casi se entrevé Manhattan al otro lado del puerto.

—El edificio de enfrente… ¿Es un edificio residencial?

—No, es de oficinas. A estas horas de la noche está todo a oscuras. Bueno, no. Hay luz en un par de plantas, abajo. Quizá sea el portero. Desde aquí no lo veo.

—¿Está tan cerca que puedes ver lo que hay tras las ventanas a la altura de tu apartamento durante el día?

Nunca me había preocupado de eso.

—Supongo que sí.

—¿Qué vería si estuviera ahí ahora mismo?

—¿Si estuvieras en mi habitación? Me verías contra la ventana, intentando averiguar si puedo ver qué hay en el edificio de oficinas de enfrente.

Soltó una carcajada. Cuando habló, usó un tono grave, seductor.

—Me refería a si estuviera en ese edificio, contra la ventana, espiándote. ¿Qué vería?

Ah.

Aaaaaaaahhhhhh.

Lo había pillado. Míralo, qué pervertido. ¿Qué querían oír los hombres cuando practicaban sexo por teléfono?

—Me verías vestida solo con una camiseta y unas braguitas. De encaje blanco. Sin sujetador, y la camiseta es ceñida, así que podrías apreciar la forma de los pechos. Hace frío junto a la ventana, así que me verías los pezones a la perfección.

—Mmmm… —Era un ruidito de admiración—. Eres preciosa —dijo, como si de verdad fuera vestida de esa forma. Como si de verdad me estuviera viendo ahora mismo—. ¿Qué más veo?

—Ves cómo me paso la mano por el pecho, entre las tetas, y va bajando. Ves cómo me la meto por debajo de la goma de las braguitas.

—No lo digas si no es verdad, Tessa.

—¿Qué?

—No me digas lo que estás haciendo si no lo estás haciendo. Dime lo que veo de verdad.

Ah, cómo le gustaba jugar.

Paseé los ojos por el edificio para asegurarme de que no había nadie en ninguna ventana mirándome y entonces me bajé los pantalones de yoga (de una forma un tanto peculiar, porque con una mano sostenía el teléfono) y me metí la mano entre las piernas.

—Me ves con una camiseta holgada, sin sujetador, pero no puedes saberlo porque es demasiado ancha. Tengo los pantalones bajados a la altura de las rodillas y la mano metida por dentro de las braguitas de encaje azul. No me he desnudado más porque estoy ansiosa, porque estoy hablando por teléfono con mi novio y me está poniendo muy cachonda. Solo de oír su voz siento la necesidad de tocarme.

—¿Y qué te dice él?

—Me dice que ojalá fuera mi mano.

—Ojalá fuera tu mano. —Su respiración sonaba pesada. Densa—. ¿Qué está haciendo tu mano?

—Me acaricia el clítoris. En círculos pequeños que son una tortura. Quiero que lo haga con más fuerza, pero si fuera la mano de mi novio, me estaría torturando.

—Entonces estás intentado que parezca que es él.

Era imposible. Sus manos hacían magia. Si de verdad me lo hiciera él, ahora mismo estaría al borde de un orgasmo.

Aunque, de hecho, yo también me acercaba.

—Sí, intento tocarme como él lo hace. Lo hace tan bien…

—Eso es lo que veo mientras te miro, ¿verdad? Veo cómo mueves lentamente la mano a través de la tela de las braguitas. Veo lo frustrada que estás en tu expresión.

Su recordatorio de que más me valía estar haciendo lo que le había dicho era innecesario.

—Estoy tan frustrada… No es suficiente. Suplico por más. Dame más, Scott.

Oí un frufú de movimiento y una cremallera.

—Te has abierto de piernas y ahora has bajado la mano un poco más. Te metes los dedos.

—¿Cuántos?

—Dos para empezar. ¿Estás mojada?

—Estoy empapada. —Hice una pausa para imitar la postura que me había pedido que adoptara. Entonces me metí dos dedos dentro y me detuve en el segundo nudillo para sacarlos y volverlos a meter.

—Más, Tessa —me dijo, como si supiera la poca profundidad a la que me los había metido—. Quiero que te los metas todo lo que puedas. Quiero que te abras bien de piernas. Quiero que sufras. Cuando te veo la cara, ¿estás sufriendo?

—Todavía no. —Era una mentira a medias. El doble rol que interpretaba, el de novio y el de *voyeur,* me ponía cachonda como nunca lo había estado. La desesperación me hacía sufrir de verdad.

Pero no sufría como lo haría si él realmente estuviera aquí. No estaba bien abierta de piernas ni llena como lo habría estado si en vez de tener mis dedos me hubiera metido la polla.

—Ojalá te tuviera a ti dentro.

—Pon tres dedos dentro, preciosa. Curva la mano para que te puedas acariciar el clítoris con el pulgar y deja de hacerlo lento. Quiero ver un ritmo constante. ¿Lo oyes?

Al principio, no estaba segura de lo que se suponía que debía oír. Pero entonces, al parecer, movió el teléfono y oí el sonido nítido de una fricción constante. De piel contra piel. Su mano recorría toda la longitud de su miembro.

—Quiero ser tu mano —le dije; reconocía que lo había oído. Reconocía mi necesidad acuciante en el tono ronco de su voz.

—Este es el ritmo al que quiero que te follen tus dedos. Y quiero que vayas al mismo ritmo.

Hice lo que me ordenaba, introduje tres dedos y los moví a la velocidad que él marcaba mientras me acariciaba el clítoris con frenesí al mismo tiempo.

—Es demasiado.

—No bajes el ritmo, Tessa —me ordenó—. Quiero ver cómo sufres.

—Sí. Ya lo ves. Ves cómo apoyo la frente… Sobre el cristal… Porque no puedo… Mantenerme en pie. —Las frases me salían entrecortadas e irregulares porque estaba jadeando—. Ves que tengo los ojos cerrados, la boca abierta. Estoy extasiada.

—Estoy a punto —me soltó y también me lo imaginé: con los ojos cerrados, la boca abierta, estaba extasiado—. Voy a correrme en la mano. Por tu culpa. Te estoy viendo y estás tan buena que ahora voy a pringarme entero por tu culpa.

—Sí, sí…

—Pon el teléfono en altavoz y enséñame los pechos. Quiero ver tus pechos apretados contra el cristal.

No vacilé. Ni siquiera me detuve para comprobar que nadie me estaba mirando. Solo hice lo que me decía: apreté el botón del altavoz, coloqué el móvil en la repisa de la ventana y me levanté la camiseta, peleándome con ella con una mano hasta que mis pechos quedaron desnudos. Y entonces los apreté contra el cristal.

—¿Los ves? —pregunté—. El cristal está frío, pero yo estoy muy caliente. Voy a correrme.

—Tienes los pezones como agujas. Los tienes muy duros.

—Muy muy duros —repetí, con voz aguda.

—Y sé que estás a punto de correrte, pero te resistes. No frenas el ritmo, pero esperas.

Seguí metiéndome y sacando los dedos a pesar de la contracción de la vagina y me resistí a la amenaza del orgasmo a pesar de estar al borde.

—¿A qué estoy esperando? —grité; no sabía si sería capaz de aguantar un segundo más.

—Estás esperando a que tu novio te diga que ya puedes correrte.

—Porque quiere que nos corramos a la vez.

—Exacto.

—¿Y qué necesita que le diga para correrse?

Se produjo una pausa y oí cómo su mano subía y bajaba por su polla, a un ritmo cada vez más acelerado y frenético.

—Dime lo cerca que estás. Dime qué veo mientras te miro.

—Estoy a puntísimo. Tengo las piernas abiertas, las rodillas dobladas. Los pantalones se me han caído hasta los tobillos. Tengo las tetas desnudas contra el cristal. Tengo los pezones tan duros que me duelen. Me estoy metiendo los dedos. Estoy empapada, tanto que lo oigo. Joder, joder, no puedo más.

—Córrete, Tessa. Córrete conmigo. —Su voz se cargó de tensión y, cuando estaba terminando la frase, supe que él ya se estaba corriendo.

Y me corrí con él. Todo el cuerpo se me tensó y me apreté contra la ventana, con la mano inmóvil entre las piernas; me daba miedo que el cambio de sensaciones me matara si la movía. Veía estrellas titilar en la noche que no estaban en mi campo de visión cuando había mirado al cielo y, por mucho que traté de reprimir cualquier ruido, un grito entrecortado se me escapó de entre los labios.

—Joder, cómo me pones —soltó Scott, que sonaba tan destrozado como yo.

—Pues anda que tú a mí... —coincidí, y me dejé caer al suelo con los pantalones todavía alrededor de los tobillos. Tras limpiarme la mano en la camiseta (en ese momento me daba igual si era asqueroso o no), agarré el teléfono, desconecté el altavoz y me lo llevé a la oreja—. Me pregunto si Bennie y Tey me habrán oído desde el salón.

—Joder, Tess, ¿acaso intentas volver a ponérmela dura?

Solté una risita aguda.

—Si se te pone dura, te apañas tú mismo, porque ahora mismo no estoy en condiciones de repetirlo.

—Lo tendré en cuenta.

Nos quedamos en silencio. Yo trataba de respirar con normalidad y calmar los latidos del corazón. A medida que bajaba del séptimo cielo, mi cerebro recuperó las riendas. Esto que tenía con Scott tenía que ser algo más que vernos a escondidas y sexo telefónico. Ese lado pervertido era divertido, pero había llegado a un punto de mi vida en que había aprendido que la diversión se esfumaba tarde o temprano. Y entonces era cuando el chico en cuestión solía desaparecer.

No quería que Scott desapareciera.

Le había dicho que podía darle ese día extra. La verdad, podía darle incluso más. Conociéndome, le daría demasiado. Siempre hacía lo mismo.

Una especie de tristeza empezó a corroer mi buen humor. Quería reprimirla. Necesitaba reprimirla. Necesitaba que Scott me ayudara.

—Entonces, mañana…

Intervino enseguida:

—No he hablado con ellos esta noche porque mi madre siempre está enfurruñada después de que mi padre se haya pasado el día jugando al golf y porque se suponía que iba a pasar la noche contigo. De todas formas, el lunes por la noche tenemos cena familiar, y es la mejor ocasión para disfrutar de la atención de mis padres.

—¿Cena familiar? —Era hija única de madre soltera, así que cualquier cosa familiar me sonaba extraña.

—Solo familia directa, aunque mis hermanos solo aparecen una vez al mes. Suele ser lo mejor, ya que así nos vamos rotando para ser el blanco de las críticas y las quejas. Ya ha pasado mi turno, así que es el momento perfecto.

—Buf. —Me hizo preguntarme por qué querrían seguir acudiendo a las cenas familiares. El poder que los padres de Scott ejercían sobre sus hijos era mucho más férreo de lo que alcanzaba a entender. Lo que me hacía pensar…—. ¿Qué pasará cuando se lo digas?

—Bueno… —Se aclaró la garganta y me preparé para que dijera algo espantoso o para que mintiera. No sabía qué prefería oír—. Tratarán de convencerme de lo contrario, tratarán de sobornarme. Mi padre me dirá que me olvide del traslado y recitará todos los fracasos que demuestran que, de todos modos, no merecía otro cargo. La típica cena familiar.

Se me hizo un nudo en el estómago.

—Suena horrible, Scott. ¿Cómo los soportas? —Por qué los soportaba era la pregunta que quería hacerle. Y si terminaría echándose atrás.

—Siempre han sido así. Supongo que estoy acostumbrado.

—Pero no tienes por qué. Los padres no tienen que ser horribles, y cuando lo son, no tienen por qué formar parte de tu vida. —Yo no había escogido que mi padre me abandonara, pero como lo había hecho, sabía que era posible vivir sin padre.

Pero, por supuesto, seguro que para Scott era muy diferente al ser un Sebastian y tal. Había tenido la suficiente experiencia con la élite como para saber que sus lazos eran más fuertes que otros. Sus relaciones a menudo eran imposibles de romper.

Esperaba que me dijera justo eso, pero dijo:

—Haces que parezca tan fácil…

Quería que fuera así de fácil para él. No solo por lo que significaba para nosotros como pareja (¿de verdad éramos una pareja?), sino por lo que significaba para él como hijo. Como hombre. Ya era tantas cosas… ¿Cuánto más podía llegar a ser si tomaba las riendas de su vida y dejaba de permitir que sus padres lo controlaran?

Debería habérselo dicho, pero las palabras no me salieron. La máxima inspiración que fui capaz de brindarle fue:

—Buena suerte.

—No te preocupes, Tessa —me dijo; parecía intuir mi intranquilidad—. Les plantaré cara. La única razón por la que siempre han tenido tanto poder sobre mí ha sido porque nunca he tenido una buena razón para desafiarlos. Ahora sí. Y lo haré. Cueste lo que cueste.

Noté una sensación cálida en el pecho y se me relajaron los músculos. Quizá era una ingenua por creer todo lo que me dijera el tío bueno de turno, pero me lo creía y si al final todo me salía del revés, pues qué se le iba a hacer.

—Te echo de menos —dije; las palabras se me escaparon sin pensar.

—Yo también te echo de menos, preciosa —dijo, sin dudar, aliviado, tal vez, de no seguir hablando de sus padres—. No solo porque quiero pasarme la noche follando contigo. Echo de menos mirarte. Echo de menos respirar el mismo aire que tú. ¿Es una estupidez? Te he dejado en casa hace solo seis horas. ¿Qué me estás haciendo, Tessa Turani?

Sonreí con una sonrisa atontada de oreja a oreja que me habría dado vergüenza que viera si estuviera aquí, pero que no habría podido reprimir. Una oleada de placer me inundó el cuerpo, me provocó un hormigueo en la piel, me vibró el vientre, noté un cosquilleo en la vagina y sentí el corazón lleno.

—No lo sé, Scott Sebastian —respondí, con sinceridad—. Pero, sea lo que sea, también me lo estás haciendo tú a mí.

Capítulo 8

Scott

—Has llegado pronto —dije, sorprendido al entrar y encontrarme a mi hermano en el salón del ático de lujo de mis padres.

Cole alzó la vista de la barra, donde se estaba sirviendo más de un par de dedos de un líquido ambarino en un vaso.

—Tú también.

—Eso es verdad. —No era habitual en ninguno de los dos. Mis padres no toleraban la impuntualidad, pero mis hermanos y yo habíamos perfeccionado el arte de llegar justo a tiempo. Era rara la ocasión en la que no uno, sino dos de nosotros, llegábamos a la cena semanal con una hora de antelación.

Alzó el vaso como si preguntara si quería uno. Cuando negué con la cabeza, explicó por qué había llegado tan pronto:

—Me he quedado sin *whisky* del bueno en el despacho. ¿Y tú?

—Tengo que hablar de una cosa con ellos. —No hacía falta especificar quiénes eran «ellos»—. He pensado que si llegaba antes, tendría más probabilidades de calibrar de qué humor están. —No iba a añadir que las ganas que tenía de mantener esta conversación me había impedido quedarme sentado tras el escritorio un minuto más de lo necesario. Incluso con el tráfico de hora punta, había llegado al Upper West Side con mucha antelación.

Le dio unas vueltas.

—Creo que ahora mismo te encontrarás a mamá en un tres. Papá en un cinco y medio.

Habíamos desarrollado una escala de humor paterno y materno hacía años. Iba del uno al diez, el valor más alto significaba que quizá te había sonreído y el más bajo, será mejor que corras para salvar el pellejo.

—Entonces, están de buen humor.

—Lo más sorprendente de todo es que los dos están en la misma habitación y no por eso menos alegres.

—Mmm… —El nudo de tensión que tenía en los hombros se endureció. No solían optar por pasar tiempo juntos de forma voluntaria. Y si estaban de buen humor cuando habían entrado en la habitación, seguro que no les iba a durar—. ¿Dónde están?

Cole se desabrochó la americana para sentarse en el sillón.

—En la biblioteca. —Colocó un pie sobre el reposapiés y luego el otro, sin molestarse en quitarse los zapatos antes de cruzar las piernas a la altura de los tobillos—. Papá ha recibido un revólver nuevo hoy. Lo está desembalando e inspeccionando. Seguro que prepara una relación de hasta el último rasguño y muesca que le vea. Ya sabes cómo es con estas cosas.

—Eso explica por qué le has puesto un cinco. —Aparte del golf, el pasatiempo favorito de mi padre era su colección de pistolas antiguas. No me habría sorprendido descubrir que había nombrado a su colección como única heredera de su testamento. O eso, o iba a pedir que lo enterraran con ella. Estaba seguro de que la quería mucho más que a cualquiera de sus hijos con la única excepción de su única hija.

—Cinco y medio —me corrigió Cole, como si ese medio punto marcara una gran diferencia, pero, en efecto, así era—. Mamá ha decidido aprovecharse de su buen humor y ha entrado en la biblioteca con él. Está ocupada con la lista de invitados y quiere que él le dé su opinión.

Ay, no. Mi padre detestaba los preparativos de cualquier acontecimiento. Suerte que ese medio punto era relevante. Lo más probable es que ahora ya estuviera acercándose a un cuatro.

No sabía si sacar el tema del compromiso antes o durante la cena. Ahora, sin duda, me inclinaba por hacerlo antes.

Di un paso hacia la biblioteca, pero me detuve.

—¿Qué evento está organizando? ¿Lo sabes? ¿Quiero saberlo?

—Al parecer, tu fiesta de compromiso. Tiene gracia que no se me haya informado de que estabas prometido.

—No lo estoy. —Y ahora estaba reconsiderando si debería haber aceptado la bebida. A mi madre le gustaba terminar las cosas. No le haría ninguna gracia que sus planes hubieran sido en vano.

—Pues mamá cree que lo estás.

—Bueno, lo que ella piensa y la realidad suelen ser bastante diferentes. —Me acerqué a la barra y agarré un vaso del aparador, y luego me serví un poco de *whisky* del bueno. No solía escoger *whisky,* pero necesitaba algo que tuviera un efecto rápido para tranquilizarme antes de entrar en la biblioteca.

El primer sorbo me quemó el esófago. El segundo fue menos duro y el peso que notaba en el estómago comenzó a parecerme más llevadero.

—Dime una cosa —empecé, sabiendo que debería estar de camino a la biblioteca en vez de estar alargando lo inevitable—. ¿Cómo conseguiste que papá te cambiara de puesto sin estar casado?

Cole era mayor que yo, dos años, y siempre había asumido que su estatus de primogénito había sido la razón por la que se le había ofrecido el puesto que quería en Sebastian Industrial en cuanto lo había pedido. Pero ahora que reflexionaba al respecto, darle algo a alguien sin obligarlo a hacer malabares no era el estilo de mi padre. Y más cuando ese alguien era uno de sus hijos.

—Ah, entonces es eso lo que te ha exigido. —Asintió como si dos piezas hubieran encajado en su cabeza—. Mencionó que se estaba planteando darte un puesto en la junta, solo que no sumé dos más dos.

—Suerte que eres vicepresidente de estrategia. ¿No se supone que eres un as atando cabos? Aquí huele a nepotismo, ¿eh?

Nos reímos a la vez. El nepotismo abundaba en Sebastian Industrial, pero eso no significaba que ninguno de nosotros no se lo mereciera. Nos habían criado con el único objetivo de trabajar, llegado el día, en la empresa familiar. Habíamos crecido aprendiendo hasta el último detalle de la compañía, además de nuestros estudios normales. Hasta donde me alcanzaba la memoria, nos habían examinado y calificado con notas. Nadie estaba más capacitado para ocupar un cargo importante que un Sebastian.

Y, precisamente por esto, merecía trabajar en investigación y desarrollo en lugar de en las puñeteras relaciones públicas. Había pasado años suavizando la imagen de mierda de mi padre. Si tenía que seguir haciéndolo, me tiraría de la torre de Sebastian Industrial.

Bueno, esta había sido mi actitud antes de conocer a Tess.

Soportar el trabajo era mucho más llevadero cuando ella formaba parte de mi día a día. Quizá era demasiado pronto para plantearme un futuro con ella, pero anunciar a mis padres que no me iba a casar con Kendra Montgomery provocaría un análisis minucioso de mi futuro. Y si eso comportaba quedarme en el puesto que tenía en Sebastian Industrial durante el resto de mi vida para tener al menos la oportunidad de llegar a algo más con Tess, no me lo iba a pensar dos veces. ¿Dónde coño había que firmar?

—Tío, casarse —dijo Cole, con compasión—. Es una condición un poco excesiva, incluso para papá. Tienen que estar ansiosos por ser abuelos.

—Esa ha sido la impresión que me han dado.

—Bueno, no fue la moneda de cambio que usó conmigo. Pero, créeme, el tío tiene una mente muy creativa cuando se le ocurren términos enrevesados para negociar. La vicepresidencia de estrategia tampoco me salió gratis.

Por supuesto que no. ¿Cómo podía haber creído lo contrario? Era evidente que mi hermano no iba a darme más detalles sobre el trato que él había tenido que hacer, y se lo podría haber preguntado, pero existía la norma no escrita entre los cinco de no hablar de los acuerdos que cada uno tenía con nuestros padres. Como si no hablar de ellos les diera, de alguna forma, menos poder. Era más fácil fingir que llevábamos vidas normales con vínculos familiares normales si no mencionábamos las crueles expectativas que acompañaban al apellido Sebastian.

Por implacables que pudieran ser las exigencias de nuestros padres, siempre estaban abiertos a negociar. Al menos me quedaba eso.

Tomé otro sorbo de *whisky* antes de dejar el vaso a medias sobre la barra.

—Será mejor que entre.

—A menos que quieras esperar a que mamá se haya tomado su vinito durante la cena. Pero no te lo recomendaría. Zach va a venir.

No tenía que decir nada más. Zach era nuestro hermano menor, y, siempre que estaba presente, nuestro padre le dedicaba toda su atención. No solo porque era el niño bonito, sino porque el chaval se metía en más problemas que el resto de nosotros juntos. Papá decía que tenía serrín en vez de cerebro, pero yo tenía la sensación de que tal vez fuera más listo que todos nosotros. Lo que estaba claro era que sabía acaparar toda la atención mientras los demás nos peleábamos por recibir las migajas que pudiéramos conseguir. No importaba que la atención fuera negativa. Al menos se le tenía en cuenta.

—Vale, bueno. Voy a entrar. —Inspiré hondo y me encaminé hacia la puerta de la biblioteca, pero Cole me llamó.

—¿Quieres un consejo? No aceptes nada sin pedir un tiempo para pensártelo primero. Papá tiene la costumbre de hacer parecer que no te queda otra opción, pero siempre hay otra opción.

—¿Siempre? —Lo miré con incredulidad. La experiencia me había enseñado que papá tenía el don de asegurarse de que en realidad no te quedaban otras opciones.

—Siempre —repitió.

Y si él lo creía, entonces… Mejor tocar madera.

Literalmente. Di tres golpes a la puerta de la biblioteca.

—¡Adelante! —Era el tono distraído de mi padre. No me sorprendió encontrármelo detrás del escritorio, totalmente absorto mientras sacaba brillo a su nueva pistola con un paño—. Anterior al siglo XX —anunció, sosteniéndola para que la viera—. Empuñadura de marfil con cabeza de león. De la época en la que podías conseguir colmillos sin que te montaran un escándalo por los derechos de los animales. Solo me ha costado veinticinco mil.

Menos mal que no tenía que fingir interés ni simular que las leyes de protección animal no fueran algo positivo porque mi madre intervino de inmediato desde el sofá.

—Ay, qué bien que estés aquí. —Su expresión, casi agradable, se convirtió enseguida en una mala cara cuando miró a la nada detrás de mí—: ¿Dónde está Kendra?

—¿Qué quieres decir con «dónde está Kendra»? —De repente, me embargó el pánico. ¿Venía a cenar? Primera noticia que tenía. Joder, había subestimado lo mal que podían salir las cosas esta noche.

—No la has invitado —me espetó, en tono acusador, y sentí un gran alivio a pesar del sermón que sabía que se avecinaba—. Va a formar parte de esta familia, Scott. De ahora en adelante, debería estar aquí cuando estés tú. Debería estar aquí cuando no estés. Ahora, dime. ¿La fiesta debería ser de gala o semiformal? No me decido.

Vaya, directa al grano. Estaba bien. Supuse. No tenía que preocuparme por dorarles la píldora hablando de otras cosas primero, aunque quizá eso me hacía estar en desventaja.

En todo caso, ya me habían allanado el terreno.

—Te lo pondré fácil, mamá: la boda está cancelada.

—¿Qué? ¿Kendra la ha cancelado? —Mamá no esperó a que respondiera antes de girarse hacia mi padre—. Sabía que la chica no tenía carácter, Henry. Si necesitó tres meses para darnos una respuesta, tendríamos que haberlo visto. —Se volvió hacia mí—. No te preocupes, cariño. Ya tengo a Shelby Ford para sustituirla. De hecho, fue mi primera opción, pero tu padre insistió en que los esfuerzos filantrópicos de los Montgomery eran mejores para la imagen de los Sebastian.

—Es una heredera de la industria automotriz, Margo. Los ecologistas se darían un festín. —Sus ojos no se apartaron en ningún momento del revólver.

—Habíamos quedado en que ella sería la alternativa.

Papá alzó la vista, preparado para enfrentarse a ella. Entonces, pareció recordar que había aceptado ese trato y alzó una mano al aire.

—Bah. —Y volvió a centrar su atención en el arma—. Más le vale que nos devuelva el anillo.

—Devolverá el anillo —le aseguró mi madre—. ¿Acaso dijo que quería quedárselo? —Esta pregunta iba dirigida a mí.

—Eh… —Vacilé; de pronto deseé haberme traído el *whisky.* Mis padres siempre discutían, pero solía ser una guerra abierta. Esta noche, la controversia era menos intensa. Parecía más bien que fueran un frente unido ante cualquier posible disidencia.

Dos contra uno. Eso no auguraba nada bueno para mí.

—Suéltalo, Scott. ¿O tenemos que llamar a Rudy? —A papá le encantaba amenazar con involucrar a su abogado.

«Échale cojones, va».

—Kendra no ha dicho nada. No es ella quien quiere cancelar todo esto. Podéis hablar con ella directamente sobre el anillo, pero dudo que suponga un problema.

Por primera vez desde que había entrado en la estancia, mi padre me miró de verdad.

—¿Qué quieres decir con que «no es ella quien quiere cancelar todo esto»?

Mi madre se quitó las gafas de lectura a toda velocidad.

—¿Has descubierto algún trapo sucio que tuvieran escondido? Sabía que los Montgomery no eran tan de color de rosa como parecían. ¿Lo ves, Henry?

—Creía que los habíamos investigado a fondo.

«Habíamos» era yo. O, al menos, mi equipo. Cualquier persona con la que Sebastian Industrial tuviera intenciones de trabajar era sometida a una investigación de su historial. Se trataba de proteger nuestra imagen. Así que si hubiera habido algún trapo sucio, era lógico suponer que lo habría encontrado.

Por unos segundos, me planteé usarlo como una excusa. Pero eso solo me habría conseguido un poco de tiempo, así que le eché un par de huevos.

—Nada de trapos sucios. No tienen nada malo, ni Kendra ni los Montgomery. Soy yo. Yo he querido anularlo.

—Entonces, quien tiene algo malo eres tú. ¿Qué pasa? —preguntó papá, adoptando su tono crítico, el que usaba para obligar a su interlocutor a obedecer.

—No tengo nada malo. —Solo que había sido lo bastante estúpido como para acceder a esta idea desde buen principio—. Solo que he cambiado de idea.

Él insistió.

—Te has dado cuenta de que no estás preparado para hacerte cargo del departamento de I+D, ¿verdad? Es evidente que no, pero lo harás bien. Pasarás la prueba de fuego. Tendrás ayuda. No te dejaremos solo para que la cagues.

—No, no es... —La mejor opción habría sido hacer caso omiso de sus palabras, pero no pude evitarlo—. Estoy más que preparado para hacerme cargo del departamento de I+D, que lo sepas. ¿Comparado con McAllister? Ni te cuento. Este tiene el cerebro en el culo y el culo en 1989. Yo traería la innovación que Sebastian Industrial necesita, y si te preocupa tanto tu imagen, papá, justo ahí es donde se debe mejorar: deja de dirigir la empresa como si estuviéramos en la era de los dinosaurios.

—Entonces, ¿dónde está el problema? Te casarás con ella, obtendrás el puesto y cambiarás la compañía. —Me apuntó con la pistola; estaba seguro de que no la había cargado, pero aun así me pareció un tanto enervante.

Miré el arma, inseguro de si era inteligente discutir con un hombre que tenía un revólver en la mano, estuviera cargado o no.

—Bueno, deberías darme el trabajo porque cambiaré la compañía, pero no. No voy a casarme con ella.

Gracias a Dios, bajó el arma y la dejó en el escritorio.

—Estuviste de acuerdo con...

—Sí... —respondí, interrumpiéndolo. Temía su tono tanto como el revólver—. Y ahora ya no estoy de acuerdo. He cambiado de opinión. No voy a casarme. —Al menos, no estaba dispuesto a casarme con Kendra.

Mi madre, que llevaba un rato examinándome, entrecerró los ojos.

—¿Es por esa chica exótica?

—Por Dios, mamá, no se puede ser más desagradable —le espeté con una mueca, y agradecí poder usar el asco que me provocaban sus prejuicios como método para desviar el tema.

—India —terció papá, como si el problema fuera la falta de especificación.

—Iraní —lo corregí—. Medio iraní. Aunque tampoco es que importe, joder, y no. —Bueno, sí—. Es porque me he dado cuenta de que no quiero tener un matrimonio concertado.

—Ah, por eso tiene esa piel tan bonita —musitó mi madre—. Las mujeres persas tienen el tono oliva más bonito que hay.

—Aunque estés casado, puedes llevarte a la cama a quien quieras, Scott. —Mi padre ni siquiera miró a su esposa mientras me daba permiso para cometer adulterio—. Si lo que te preocupa es quedarte sin catar otros coños, te lo digo yo, no es un problema. De hecho, te sorprendería la de mujeres que se excitan al ver la alianza de oro.

—Qué asco, papá. —Eché un vistazo a mamá, quien observaba a mi padre con odio rezumando de las pupilas.

Bien, entonces su humor había menguado a un tres, en el mejor de los casos. Tampoco iba a culparla. Tenía que darme prisa.

—Mirad, sé a qué tipo de acuerdos se puede llegar en una relación, y me parece perfecto si eso es lo que vosotros preferís, pero yo he decidido que no es el tipo de matrimonio que busco, ¿de acuerdo? No pasa nada. Me esperaré a casarme. Suerte que hemos hablado de todo esto antes de que se haya hecho ningún anuncio oficial. Me aseguraré de frenar cualquier filtración que haya podido darse tras la fiesta del sábado y diré que ha sido un malentendido. Incluso puede que lo use para tapar la denuncia por acoso que tenemos en la fábrica de Ohio. Todo sale bien. ¿De acuerdo? De acuerdo. Nos vemos durante la cena.

Hala, ya lo había dicho, y ahora quería salir de aquí pitando.

Acababa de girar sobre los talones cuando mi padre me detuvo:

—Un momento, hijo.

Usó el tono que nadie podía ignorar. El tono de jefazo. El que usaba en la sala de juntas o cuando estaba destrozando a un pobre trabajador inocente.

Despacio, me di la vuelta.

—No vas a cambiar de puesto si no llevas una alianza en el dedo.

—Creo que estás tomando una mala decisión, pero ya me lo suponía. —Era justo lo que me esperaba, pero entonces tuve que insistir—: ¿Y quién sabe? Quizá me casaré antes de lo que piensas. A la antigua. Es decir, con alguien de quien esté enamorado de verdad.

Soltó una carcajada sádica.

—El muchacho se nos ha vuelto un calzonazos romanticón. Esto es culpa tuya, Margo. —Como si mi madre fuera mayor defensora del amor que él.

Había salido de la conversación, solo recurría a su mirada de verdugo para comunicar sus pensamientos y sentimientos. Por suerte, la mirada fulminante iba dirigida sobre todo a mi padre, que solo iba a exacerbar la furia de este hacia mí.

Era evidente que ahora no era el momento de discutir.

—Sí, tú lo has dicho. A veces la astilla no se parece tanto al palo, al parecer. Siento decepcionarte. Ah, es verdad. Que ya estabas decepcionado. Pues, entonces, todo sigue igual.

De acuerdo, quizá sí que necesitaba practicar cómo no provocar a un oso enfadado.

Papá me señaló con un dedo rígido.

—Ni se te ocurra imaginar que vas a conseguir el puesto si te casas con esa tal Turani.

—Un momento. —Ni siquiera estaba presente y todos los músculos de mi cuerpo se pusieron en modo protector—. Dijiste que si elegías a la novia, conseguiría un asiento en la junta. Pero para el otro puesto dijiste que solo tenía que casarme. No dijiste que tuvieras que dar tu aprobación sobre la mujer con quien fuera a casarme. —Tampoco había dicho que me iba a casar con Tessa, pero él tenía que ser consciente de que la posibilidad existía.

Se irguió y, aunque solo era un centímetro más alto que yo, parecía sacarme muchos más.

—Tú has cambiado de parecer, así que yo también puedo cambiar de parecer.

«Para, no lo fuerces, joder».

Me lo decía a mí mismo, pero si mi padre hiciera caso a mi voz interior, también habría sido fantástico.

Inspiré hondo para tranquilizarme.

—De acuerdo. Seguiré siendo vicepresidente de Imagen y Comunicación. Llevo tanto tiempo ocupándome de tu mierda que nadie mejor que yo sabe cómo taparla. Todo ha vuelto al *statu quo*. Y, ahora, puedes seguir jugando con tu revólver.

Di media vuelta, necesitaba salir de la biblioteca antes de que le diera un puñetazo en la cara.

—No vas a casarte con esa chica, Scott.

Me giré de golpe.

—No me voy a casar con nadie ahora mismo, papá. Tampoco hace falta que te exaltes tanto.

—Ni ahora, ni nunca.

«Vete. No seas idiota y vete».

—¿Y si no, qué? —lo desafié.

Este fue mi error: reivindicar la posibilidad de casarme con una mujer de la que aún sabía muy poco. Debería haberme ido, debería haberlo aceptado por ahora y haberme enfrentado a sus amenazas más adelante, cuando casarme con Tess se convirtiera en una realidad.

Pero había tenido que cuestionárselo ahora.

Y, al hacerlo, le había mostrado mi debilidad. Le había demostrado lo mucho que Tessa significaba para mí.

Lo vi en el instante en que se dio cuenta, en cómo sus rasgos se contrajeron en una expresión fría y dura.

—Nuevo acuerdo —anunció—. Te casarás con Kendra Montgomery como estaba planeado. Tendrás tu puesto en I+D y el asiento en la junta, e incluso os daré un buen apartamento como regalo de bodas.

—¿Y si no? —Porque no pensaba casarme. Y en el breve silencio que siguió, me preparé para oír su próxima amenaza inevitable. Me iba a despedir. Supuse que sería eso. ¿Me iría por Tessa? Sin duda. Estaba tan cabreado que lo haría. Incluso me hacía ilusión decírselo. Se quedaría tan pasmado que se cagaría en los pantalones.

Estaba listo. Venga, adelante.

—Si no —dijo, por fin—, ¿sabes la fundación de esa chica que quieres que patrocine Sebastian Industrial? Pues ya puedes ir despidiéndote del acuerdo.

Esta sí que no la había visto venir.

Capítulo 9

Tess

Teyana contempló el directorio que había en el vestíbulo.

—¿Estás segura de que ha dicho en la novena planta?

—Sí, estoy segura. —Lo sabía tan bien como yo. Ella estaba justo a mi lado cuando el chófer que nos había mandado Scott nos había dejado aquí y nos había indicado adónde acudir.

Pero sabía por qué quería que se lo asegurara. Porque, según el directorio, el Centro para la Disautonomía estaba ubicado en la novena planta y aunque no se nos había dicho que fuéramos allí, tenía que ser donde se suponía que íbamos a acabar.

Un entusiasmo vacilante me atenazó el estómago cuando entramos al ascensor. «¿Qué narices estás tramando, Scott Sebastian?».

Apreté el botón con el número nueve y mientras las puertas se cerraban, deseé que estuviera arriba para aclarárnoslo todo cuando las puertas se volvieran a abrir.

Y no solo quería recibir respuestas sobre la peculiar misión que nos había asignado esta tarde. No había hablado con él desde antes de la cena con sus padres de la noche anterior y me moría de ganas por saber qué había ocurrido. Cuando le había mandado un mensaje a medianoche, desesperada por saber algo, me respondió con un mensaje corto:

> Todo bien. Hablamos mañana. Que duermas bien, preciosa.

101

Le había respondido de forma pasivo-agresiva: con el emoticono del pulgar hacia arriba y el de la cara soñolienta. No sabía qué más decirle cuando era evidente que él no quería hablar del tema y, aunque el tono pretendía ser animado, me había provocado un nudo de ansiedad que me había tenido toda la noche dando vueltas en la cama. ¿Por qué quería esperar para explicármelo? ¿Por qué había esperado a que yo me pusiera en contacto con él para decirme algo? ¿Por qué había creído que era necesario decirme «todo bien»? ¿Había alguna razón por la que tendría que haber pensado lo contrario?

Eran motivos de ansiedad estúpidos e infundados, pero no podía evitar tener una sensación acuciante de que había alguna razón por la que no me había dicho nada más.

Al final me había quedado dormida a las cinco de la madrugada. Tras despertarme, unas horas más tarde, había agarrado el móvil, decidida a pedirle más información que me tranquilizara, pero entonces leí otro mensaje de Scott:

Haz lo posible por tener la tarde libre. Tú y Tey. Os mando un chófer a buscaros a las 14.

Entonces se me ocurrió que Scott no me había dicho nada más porque tenía algún plan en mente, no porque estuviera evitando comunicarme algo malo, pero había empezado a tener mis dudas cuando el chófer nos había llevado en dirección a Kip's Bay, porque ¿qué demonios había en el East Side? Ahora que comprendía a dónde nos mandaba, estaba más convencida de que tenía una sorpresa planeada.

—Tu chico trama algo —dijo Tey, verbalizando mis pensamientos. Detecté la esperanza que escondían sus palabras, y una parte de mí quería decirle que no se emocionara demasiado. Solo porque Scott nos hubiera enviado a una clínica de primer nivel que trataba la disautonomía, no solo de Manhattan, sino de todo el país, no significaba que hubiera conseguido una cita para Tey. Podía haber montones de razones que explicaran por qué quería que nos encontráramos con él aquí.

Aunque, claro, ahora no se me ocurría ninguna.

—Me alegro de tener tiempo libre para hacer esto contigo. —Kendra había dicho que me daba un tiempo libre por todo mi esfuerzo durante su ausencia, pero sabía que lo hacía para darnos espacio a las dos, algo que a mí ya me iba bien. Era comprensible que necesitara procesar los sentimientos que le provocaba mi traición sin tenerme cerca. Yo también necesitaba procesar sentimientos de traición, sentimientos que estaba enterrando desde hacía mucho tiempo mientras ella se aseguraba de mantenerme siempre al margen. Aunque me había comportado de forma desleal al actuar a escondidas, estaba cada vez más convencida de que no solo había sido lo correcto, sino también lo único que podía hacer si tenía alguna esperanza de liberarme de su control y tener una trayectoria profesional propia y significativa. Unas vacaciones inesperadas me brindaban el tiempo que necesitaba para dar perspectiva a todas estas sensaciones.

Y lo mejor: era tiempo libre pagado.

—Te lo mereces, joder —me dijo Teyana, y no por primera vez, mientras las puertas se abrían en la novena planta.

Todo pensamiento relacionado con Kendra se esfumó mientras inspeccionaba la zona en busca de Scott, pero no lo encontré en ninguna parte.

—Seguro que nos está esperando en la clínica. —Tey se había olvidado el bastón, pero tenía la sensación de que la razón por la que se agarraba a mi brazo tenía tanto que ver con sus nervios y expectación como con su síndrome—. Venga, vamos.

Había pocas oficinas en la novena planta, además de la clínica, así que solo tardamos un minuto en encontrar la puerta correcta. Abrí la pesada puerta de madera y examiné la sala de espera, donde había una pareja con una hija adolescente, un señor mayor y solo que estaba echando una cabezadita, un equipo de rodaje que grababa a un hombre con bata de laboratorio que hablaba con una mujer que iba en silla de ruedas (esto era Nueva York: siempre te encontrabas con cosas de estas) y, finalmente, delante de la recepción con los ojos clavados en mí, Scott.

Una sonrisa se dibujó en sus labios.

—Es ella —le dijo al recepcionista y luego se encaminó hacia nosotras.

Por cómo me miraba mientras se acercaba, creía que me iba a abrazar, pero se detuvo cuando llegó ante nosotras y colocó los brazos en jarras mientras una sensación de incomodidad peculiar hacía acto de presencia.

—Hola. —Sus ojos saltaron de los míos a mis labios y presentí que estaba pensando lo mismo que yo: «¿Nos besamos o… qué hacemos?».

Fuera lo que fuera lo que se suponía que teníamos que hacer, yo era incapaz de dejar de sonreír.

—Hola.

De repente, me preocupé por el aspecto que tendría. ¿Hoy llevaba el pelo bien? ¿Tendría que haberme reaplicado brillo de labios? ¿Por qué no me había puesto algo que me favoreciera más?

Sin embargo, por cómo me miraba Scott, tenía la sensación de que mi aspecto era perfecto. Me miraba como un hombre que me había visto desnuda. Como un hombre que quería volver a verme desnuda. Como un hombre que quería seguir mirándome y punto.

Teyana, que se había quedado al margen como aguantavelas paciente mientras Scott y yo nos comíamos con los ojos, se aclaró la garganta.

Scott clavó los ojos en ella y su postura cambió, como si acabara de acordarse de que ella también estaba presente.

—Teyana, gracias por venir con tan poca antelación. Seguro que te estás preguntando de qué va todo esto. Pero, antes, ¿cómo te encuentras?

Tey empezó a asentir, pero luego negó con la cabeza.

—Eso puede esperar. Primero hablemos de esto. —Movió un dedo a toda velocidad en el aire entre yo y Scott—. Le gustas.

—Eh… Y a mí me gusta ella —repuso él, y el corazón me dio un vuelco.

—Más te vale no hacerle daño.

—No tengo ninguna intención de hacerle daño.

—Ah-ah, no es suficiente. —Se irguió y, aunque seguía siendo unos cuantos centímetros más bajita que Scott, daba la sensación de que lo miraba desde arriba—. Tienes que esforzarte por no hacerle daño. ¿Lo entiendes?

Quería morirme.

Scott vaciló, ¿quién no? Fuera lo que fuera lo que tenía planeado para hoy, sin duda no se esperaba un tercer grado.

Claro que tras toda la mierda que me había tenido que tragar con él y Kendra, unos minutos de incomodidad tampoco lo iban a matar.

Tras una breve pausa, clavó los ojos en los míos y levantó la mano, como si fuera a prestar juramento.

—Juro por Dios hacer todo lo que esté en mi mano para esforzarme por no herir a Terese Turani.

Tey se lo pensó.

—De acuerdo. Me sirve. Pero te estaré vigilando. —Relajó la postura—. Y, ahora, hablemos de mí. Estoy cansada después de haber cruzado media ciudad, pero estoy mejor que hace un par de días. Supongo que no me has traído aquí solo para hacerme saber que esta clínica existe.

Scott soltó una risita.

—No. No me atrevería a educarte en ningún aspecto de tu condición. Sin embargo, soy un hombre con ciertos contactos y, para que quede claro, esto forma parte tanto de mi esfuerzo por no hacerle daño a Tess como de hacer algo por ti. Sé que te aprecia mucho y quiere que accedas a todas las oportunidades que puedas, así que te he conseguido una cita con el doctor Steenburgen.

Ahogué un grito. El doctor Steenburgen era un especialista en disautonomía de renombre internacional. Ni siquiera cuando soñábamos con quién podría visitarse Tey algún día lo incluíamos en la lista.

—Creía que ya no aceptaba a nuevos pacientes.

—En efecto —confirmó Scott—. Está demasiado ocupado dirigiendo el departamento Tisch de Investigación de la Disautonomía como para añadir más pacientes a su carga actual, pero ha accedido a hacer una excepción. —Miró a Tey—. Si te interesa.

Tey y yo intercambiamos una mirada. Sabía que estaba refrenando su entusiasmo.

—Es imposible que mi seguro lo cubra. La clínica entera está fuera de la póliza.

Scott dio un manotazo al aire, como si su respuesta fuera una mosca insignificante.

—El precio no debe preocuparte. Y cualquier tratamiento que necesites también estará cubierto.

Ahora me tocaba a mí ser prudente:

—Eh… No sé si puedo dejarte pagar todo esto, Scott. Es impresionante y de verdad que te agradezco el detalle… —Pero era demasiado. Demasiado a un nivel extremo.

Teyana se cruzó de brazos y me fulminó con la mirada.

—¿En serio sugieres que aquí es donde pones la raya?

Teniendo en cuenta que me había pasado el fin de semana en la cama de un hombre prometido, razón no le faltaba, y no quería ser yo quien le arrebatara esta oportunidad. Pero no solo entraba en juego la cuestión moral. Se podían tardar años en encontrar un plan de tratamiento que funcionara para un paciente que sufría POTS. ¿Qué ocurriría si nosotros cortábamos? Cuando cortáramos, quería decir, porque era muy probable que terminara ocurriendo. ¿Qué pasaría con Tey? Seguro que no se lo seguiría pagando indefinidamente.

Resultó que mi preocupación era infundada:

—No soy yo quien lo va a pagar —anunció Scott—. Lo pagará la FLD.

Bueno, eso era más aceptable.

Aunque la FLD no podía permitirse…

—¡¿Sebastian Industrial va a patrocinarlos?! —Era la única posibilidad. Tal como estaban las cosas, la Fundación tenía dificultades. Necesitaban un patrocinio para contraer un compromiso tan considerable.

Scott asintió.

—Exacto. Y en el contrato hemos incluido un estipendio que deberá usarse específicamente para el tratamiento de Teyana. —Se volvió hacia ella—. Siempre y cuando te interese.

—Joder, claro que me interesa.

No había visto una sonrisa tan ancha en la cara de Teyana desde antes de su diagnóstico. Qué demonios, no la había visto sonreír tanto nunca. Y yo sonreía con ella.

—Solo hay un pequeño inconveniente —dijo Scott y mi respiración se ralentizó cuando me preparé para lo peor—. Como todo esto está relacionado con la imagen pública, lo siento, sé que da asco, pero es lo que es, queremos grabar un documental en el que se sigue a unas cuantas personas que recibirán ayuda con los fondos. Servirá para dar a conocer la enfermedad y nos hará quedar bien. Nos encantaría que Teyana fuera una de esas personas.

Eso explicaba la presencia del equipo de grabación. La mujer a la que habían entrevistado debía de ser otra de las personas elegidas para aparecer en el documental.

Madre mía. Un documental no era poca cosa. Atraería mucha atención a la enfermedad. Era justo el tipo de proyecto que la Fundación habría querido realizar si conseguía los fondos.

Pero ¿cómo demonios había logrado Scott organizar todo esto? Sin que yo lo supiera y sin que los contratos se hubieran firmado todavía.

—¿Has hablado con la FLD de todo esto?

—Ayer mantuvimos conversaciones preliminares al respecto —admitió—. No quería contártelo hasta que no estuviera seguro de que había algo que contar. El resto lo hemos preparado hoy mismo. Y, en caso de que te lo estés preguntando, no, Kendra no lo sabe todavía. He pensado que sería más divertido si se lo contabas tú.

Me había quedado pasmada. Por todo, incluso porque hubiera dejado a Kendra al margen. Sobre todo me asombraba la velocidad a la que lo había organizado todo. Sabía que el dinero hacía que la gente se diera prisa, pero ¿tanto?

—Qué rápido eres.

—Soy muy rápido.

Me sonrojé al pensar en el doble sentido de sus palabras.

—Uau. Muchas gracias. No sé qué decir.

—Ídem —intervino Tey.

—Pero si fuiste tú quien empezó todo esto. Nada de esto habría pasado si no hubieras emparejado a Sebastian Industrial con la FLD.

La negativa de Scott a llevarse el mérito hizo que viera las cosas desde una perspectiva diferente. Yo había logrado esto. Yo lo había iniciado. Lo había hecho por Tey, por supuesto, pero no había pensado que tendría unas consecuencias directas para ella como estas.

De ahora en adelante, pasara lo que pasara entre Kendra y yo por culpa de la mentira, no podría decir que no había valido la pena.

Aun así, mi trabajo no había terminado. El acuerdo se tenía que firmar, aunque seguro que a estas alturas solo se trataba de una mera formalidad, pero seguía siendo necesario. Había que pagar a Conscience Connect. El patrocinio debía hacerse oficial. Kendra querría terminar con esto cuanto antes.

—Supongo que eso significa que esta semana habrá reunión de coordinación.

La sonrisa de Teyana se esfumó.

—Tess, el tiempo libre.

Scott alzó una ceja con expresión perpleja.

—Kendra me ha dado vacaciones hasta la próxima reunión de coordinación —le expliqué.

—Se merece estas vacaciones —subrayó Teyana—. Si tengo que posponerlo para que ella tenga más…

Scott la interrumpió:

—No hay necesidad de posponer nada. Todavía hay detalles que perfilar con los abogados. La reunión para la firma no se concertará antes del próximo lunes.

Lo miré con los ojos entrecerrados.

—¿Lo dices en serio o lo dices por decir?

—¿Acaso importa? Así es como será.

Quise lanzarme a sus brazos, pero ahora que me daba cuenta de que estábamos aquí en un sentido un tanto oficial, me parecía incluso más importante refrenarme. No sé por qué, pero reconocerlo hizo que el deseo de tocarlo fuera aún más intenso y aumentó la tensión. Me pregunté si podía leerlo en mis ojos, que estaban absortos en los suyos.

—¿Hola? ¿Tortolitos? Sigo aquí, ¿eh?

Noté cómo me sonrojaba cuando dejé de mirar a Scott y centré toda mi atención en Teyana.

—Y, en respuesta a tu pregunta, sí. Joder, cómo no voy a estar interesada. Mándame las cámaras que quieras. ¿Cuál creéis que es mi lado bueno? —Giró la cara hacia un lado y luego hacia el otro—. Quizá de frente es lo mejor.

Justo en ese momento, una técnica salió de las oficinas.

—¿Teyana Lewis?

—Soy yo —dijo Tey y las dos nos acercamos a la mujer.

En ese momento, Scott hizo un gesto al equipo de grabación y nos siguió.

—El personal está informado sobre la grabación. Todo el mundo ha firmado los formularios de autorización excepto tú, Teyana. Podemos hacerlo cuando entremos en la sala de atrás.

La técnica frunció el ceño al contarnos a todos.

—Lo siento, pero no hay espacio para todos en la sala. Puede entrar la paciente y el equipo de grabación. Ustedes dos tendrán que esperar aquí. El estudio diagnóstico completo tarda unos noventa minutos.

—¿Te parece bien? —le pregunté a Tey. No sabía por qué me preocupaba. Había acudido a muchos médicos sin mí en otras ocasiones.

—No pasa nada —me aseguró.

Scott se volvió hacia el equipo:

—RJ, ¿puedes encargarte del papeleo?

—Sí, todo controlado —respondió este.

—Entonces, ya podemos entrar. —La técnica abrió la puerta y los hizo entrar a todos.

Me quedé ante la puerta de madera sólida durante unos segundos después de que se hubiera cerrado, con cierta sensación de decepción por no poder estar con Teyana durante el examen diagnóstico.

Por otro lado, eso me había dejado sola con Scott. Y estar sola con Scott siempre era emocionante y peligroso. Suerte que no estábamos completamente solos.

Ahora bien, él tenía otros planes para nosotros.

—Ven, tenemos que ir a otro sitio.

Una oleada de placer me inundó cuando me agarró la mano y me sacó de la clínica.

En cuanto estuvimos en el vestíbulo, nos lanzamos a los brazos del otro; toda la incomodidad de antes había desaparecido.

—Te he echado de menos —le dije, sobre sus labios, entre besos—. Y gracias. Por Tey, no te puedes…

Mi gratitud se vio interrumpida por la intensidad de su beso. Y luego el beso se vio interrumpido por alguien que se aclaraba la garganta. Nos separamos y nos dimos cuenta de que nos interponíamos en el camino de un adolescente y su madre, que querían entrar en la clínica.

—Perdonen. Disculpen —les dije.

Scott les abrió la puerta y yo traté de no soltar una risita. Cuando desaparecieron de la vista, Scott volvió a agarrarme la mano.

—Por aquí.

Sí, buena idea. Quizá podíamos encontrar unas escaleras poco concurridas. Algún sitio que fuera menos público.

Con los dedos entrelazados en los suyos, dejé que me guiara por el vestíbulo, puesto que parecía tener claro adónde íbamos.

Ahora que tenía la boca separada de la suya, recordé por qué otra razón tenía ganas de verlo.

—Oye, ¿qué pasó con tus padres?

—Eh… No les hizo mucha gracia.

Era una explicación mucho más escueta de lo que esperaba. Quizá no estaba acostumbrado a compartir su vida con una mujer. Al fin y al cabo, yo era su primera novia.

Así que asumí la responsabilidad de preguntarle más.

—Ya sabías que iba a ocurrir. Pero ¿no hubo consecuencias dramáticas? ¿Lo aceptaron?

—No sé si «aceptar» sería la palabra adecuada, pero ya soy mayorcito. Tampoco pueden obligarme a hacer algo que no quiero.

Vaya, entonces habían dado guerra. La confirmación me hizo ponerme tensa, lo que era una tontería. Como había dicho él mismo, ya era mayorcito. Podían estar tan descontentos como quisieran. Eso no significaba que Scott tuviera que hacerles caso. Y, a juzgar por lo que acababa de decir, no iba a hacerlo. Solo esperaba que no hubiera sido una lucha acalorada.

Quizá lo había sido y por eso no quería hablar del tema. No obstante, deseé que pudiera confiar en mí como para contármelo. Deseé que me dejara entrar del todo en su vida.

«Ya habrá tiempo», me recordé. Esto seguía siendo nuevo para los dos. Así que me centré en el detalle más destacado:

—¿Van a hablar con Kendra?

—Sí, pero… —Se detuvo para poder girarse—. Quieren esperar a que el acuerdo con la FLD esté finalizado. Para que no pueda joderlo.

No se me había ocurrido que podía hacerlo. Lo pensé unos segundos.

—No haría algo así. Conozco a Kendra y puede que a veces sea egocéntrica, pero no es malintencionada.

—Ser prudente no está de más. —Había vuelto a guiarme por el vestíbulo, como si tuviera un destino en mente—. Mientras tanto, ¿estás libre? Había planeado secuestrarte para una escapada de fin de semana, pero ahora que lo sé me estoy planteando convertirlo en un fin de semana largo.

Me pareció un cambio de tema muy precipitado, que debería haberme puesto en alerta, pero Scott sabía cómo distraer a una mujer, y funcionó. Mi preocupación por Kendra y sus padres se desvaneció ante la emoción:

—¿Esta es tu forma de preguntarme si quiero irme contigo a pasar un fin de semana largo?

—Creía que te gustaba más cuando no se te preguntaba.

Era verdad que, en ciertas ocasiones, que me ordenaran cosas me parecía muy excitante. El hecho de que Scott supiera en qué tipo de cosas me gustaba recibir órdenes era un gran plus.

—Vale. Cuenta conmigo. ¿Adónde vamos?

Me hizo girar en una esquina y se detuvo de golpe ante una puerta cerrada.

—Ah, no, no voy a arruinarte la sorpresa. Nos vamos mañana. Prepara la maleta para un tiempo caluroso. Bikinis, si tienes. Estaría perfecto si solo llevas bikinis. Cuanto más pequeños, mejor.

—Veré qué encuentro. —Ahora que no podía robarle la ropa a Kendra, tendría que ponerme creativa. Por suerte, Teyana tenía bikinis que podía prestarme. Miré el letrero de la puerta ante la que nos habíamos detenido—. ¿Por qué estamos delante de un laboratorio?

Primero, Scott echó un vistazo alrededor para asegurarse de que estábamos solos y luego me echó hacia atrás hasta que quedé atrapada entre él y la pared contigua a la puerta. Apoyó una mano por encima de mi cabeza y agachó la suya hasta que sus labios me rozaron el oído:

—Porque ni de coña me voy a pasar cuatro días y cuatro noches contigo sin follarte sin protección.

Me estremecí de placer y tuve que apretar los muslos y tragar saliva.

—Así que nos haremos pruebas de ETS.

—Exacto. Me dijiste que tomabas anticonceptivos, ¿verdad?

—Sí. —¿Por qué esto me parecía extrañamente romántico? Ya había estado con hombres que habían querido follar sin condón. Sin embargo, ninguno había estado nunca dispuesto a demostrar primero que no tenía infecciones. Ninguno se había molestado en tratar de asegurarme que no tenía nada, y por eso siempre había sido fiel usuaria del condón a pesar de tomar anticonceptivos.

El gesto por sí solo ya era suficiente para provocarme ganas de encaramarme a él como si fuera un árbol y dejar que me follara sin protección ahí mismo.

—Sabes que podrías decirme que no tienes nada y te creería.

Se apartó para mirarme a la cara.

—Sería una estupidez por tu parte, Tess, y no eres una persona estúpida.

Nunca una regañina me había emocionado tanto.

—Sería una estupidez, pero es la verdad. Confío en ti. —En su expresión titiló algo. Algo que no supe identificar—. A no ser… que estés preocupado porque tus resultados salgan positivos.

—Para nada.

—Estás muy seguro.

—Al cien por cien. No he tenido relaciones a pelo con una mujer desde hace años.

Y volví a emocionarme. Porque esto me hacía especial, ¿no? Estaba segura de que no le había faltado sexo antes de que yo apareciera, lo había insinuado. De todas esas mujeres, yo era la persona con la que quería estar de una forma tan íntima. Yo.

Pero entonces me di cuenta de que si no estaba preocupado por el riesgo para la salud que suponía para mí el sexo sin condón, entonces estaba preocupado por el que suponía para él.

—Entonces, estás preocupado por lo que pueda tener yo. Por lo que podría contagiarse.

Me miró como diciendo «anda ya».

—Los dos nos vamos a hacer las pruebas, Tessa, porque es lo que hacen los adultos responsables. Y porque me encanta la idea de ser adulto responsable contigo.

—A mí también me encanta —respondí, en voz baja, ya que, de pronto, notaba un nudo en la garganta. Me encantaba. Me encantaba él. Me encantaba cómo me sentía, porque parecía que nos estuviéramos comprometiendo el uno con el otro con este sencillo gesto. Me encantaba cómo daba la sensación de ser algo más que sexo, como si fuera algo más real y especial e íntimo.

Y, si había algo de miedo bajo todo esto, me dije que era cosa mía. Me dije que era porque era muy nuevo. Scott había hecho todo lo posible para demostrar sus intenciones. Con Tey. Con este análisis. Con el cambio de sus planes de futuro. Desde que me había explicado la verdad de su compromiso, no había sido otra cosa que sincero.

Entonces, ¿por qué tenía la sensación de que todavía escondía algo?

Capítulo 10

Scott

—Tenemos un problema —dijo Brett cuando descolgué el teléfono.

Era lo último que quería oír mientras me preparaba para llevarme a Tessa a pasar cuatro días fuera, pero sabía que Brett no me habría llamado si no se tratara de algo urgente. Era la única razón por la que había descolgado.

—Espera un segundo —le pedí y me coloqué el móvil contra el hombro—. Siéntate donde quieras. Si necesitas algo, solo tienes que decírselo a la tripulación. Me alejo un momento para atender la llamada.

Tess seguía con los ojos abiertos de par en par mientras observaba el esplendor del avión privado de los Sebastian. Me encantaba eso de ella, me encantaba poder vivirlo con ella. Me encantaba ver cómo se emocionaba al descubrir que había una impresora en la limusina y que los sillones del Maybach se calentaban. Miraba las cosas que a mí me parecían normales y me hacía darme cuenta de la suerte que tenía de llevar la vida que llevaba.

También me encantaba consentirla. Me encantaba regalarle un poco de esta vida fácil. Tenía la intención de consentirla mucho durante estos días. Porque Tess se lo merecía, pero también porque aliviaba mi culpabilidad por haberle hecho creer que el acuerdo con mis padres estaba solucionado.

Lo estaría. Pronto.

Mientras tanto, la trataría como a una reina.

—¡Tiene televisor! —exclamó—. ¡Y chimenea!

Su entusiasmo mitigó por un momento mi preocupación por lo que Brett tuviera que decirme.

—No la vamos a necesitar. Si tienes frío, hay otras formas de calentarse, como, por ejemplo, en el dormitorio de atrás.

—¿Que tiene dormitorio? ¿Un avión? —Dios, me encantaba esta mujer.

—Ponte cómoda. No tardaré. —Me llevé el teléfono al oído y me dirigí al dormitorio—. Más te vale que sea importante —le espeté, porque estoy hecho un imbécil.

Y como Brett era un buen tipo, disculpó mi tono.

—Tu padre se ha enterado de lo del documental. Está un poco furioso.

«Mierda».

—Y seguro que lo has suavizado —repuse, notando cómo se me tensaban los músculos.

—Él ha usado muchas más palabrotas para decirlo, claro.

Recité una selección propia de palabrotas en silencio, gran parte de las cuales las había aprendido de mi padre.

—¿Cómo cojones se ha enterado?

—Un equipo de grabación en una clínica médica no pasa desapercibido, Scott. Y ya sabes que a la gente le gusta explicarle cosas a tu padre con la idea de que así conseguirán ganarse su favor.

Esperaba que Brett no fuera uno de esos.

De inmediato me sentí mal por siquiera plantear tal posibilidad. Mi primo y yo no éramos muy cercanos, pero confiaba en él. Aunque solo fuera porque sabía que le importaba Tess.

También tenía razón con lo de que siempre había gente contando chismorreos a mi padre, y la única razón por la que había podido concertar una cita con ese especialista para Teyana era porque este formaba parte del club de campo de la familia. Debería haber imaginado que correrían rumores. Solo que no esperaba que tan pronto.

Inspiré hondo.

—Dile que debe de haber habido un problema de comunicación con el equipo y que contactarás con ellos de inmediato. Luego asegúrale que lo hemos puesto todo en pausa y que no se seguirá adelante hasta que él lo diga.

—De acuerdo. ¿Voy a decirle una mentira?

—¿Acaso no es mejor si no lo sabes?

Ahora le tocó a Brett inspirar hondo.

—Espero que sepas lo que haces.

—Sí, primo. Yo también lo espero.

No regresé de inmediato junto a Tess después de colgar. Me quedé en el dormitorio del avión y repasé todas mis opciones por enésima vez con la esperanza de ver algo que hubiera pasado por alto antes.

Gracias a Dios que había tenido en cuenta el consejo de Cole y les había dicho a mis padres que necesitaba tiempo para decidir después de que papá soltara su ultimátum. A papá no le había hecho ninguna gracia, pero como yo no estaba dispuesto a ceder ni un ápice, no le había quedado otra opción que aceptarlo. Entonces, a la mañana siguiente, había informado a todo el mundo de que se detenía el proceso de negociación con la FLD hasta nuevo aviso. Era justo lo que yo habría hecho si hubiera estado en su lugar. Al fin y al cabo, tenía que mantener su autoridad.

Claro que yo no tenía que decidir nada. Ni en sueños iba a casarme con Kendra. Pero también estaba decidido a no cargarme el patrocinio de la FLD. Le rompería el corazón a Tessa. ¿Seguiría queriendo estar conmigo si la obligaba a renunciar a eso solo para estar conmigo?

Con un poco de suerte, no tendría que descubrirlo. Solo necesitaba algo de tiempo para encontrar la forma de esquivar la condición de papá. El documental era, de momento, lo único que se me había ocurrido. Ya estaba planeado y cuando los detalles se habían concretado el martes por la mañana, me había parecido una señal del destino. Si empezaba a cerrar las cosas con la FLD a escondidas, quizá Sebastian Industrial estaría demasiado involucrado como para echarse atrás. Al menos sin provocar una pesadilla en su imagen pública y solo Dios sabía cuánto deseaba mi padre evitar algo así.

Si jugaba bien mis cartas, podía aprovecharlo para mis fines.

Era una apuesta arriesgada, y lo sabía. Nadie había burlado nunca a Henry Sebastian. Había muchas probabilidades de que la FLD terminara jodida al final y de que Tessa me detestara y no quisiera volver a dirigirme la palabra.

Lo más probable era que se enfadara más por el hecho de que se lo hubiera escondido todo que porque mi padre fuera un capullo. No era idiota. Era consciente de que la sinceridad era la base de una buena relación.

Tenía que contarle la verdad y eso haría.

Pero para ello también necesitaba tiempo. Necesitaba tiempo para decidir cómo enseñarle la peor parte de la vida de un Sebastian: que todo tenía un precio y este era muy alto, que mi padre se las arreglaba para empañar hasta la última gota de lo bueno que a cualquiera de nosotros le brindaba la vida. Esta era una de las razones por las que evitaba tener una relación íntima con cualquier persona. Era una realidad demasiado dura como para compartirla y me estaba costando determinar cómo exponerla.

Mi abuelo sabría cómo hacerlo. Me ayudaría. El abuelo me había enseñado todo lo que sabía sobre el amor. Sin duda, no lo había aprendido de mis padres.

Con un poco más de optimismo que el que tenía cuando había respondido a la llamada de Brett, regresé con Tess. Me la encontré en el sofá, bebiendo una mimosa.

—¿Todo bien? —preguntó.

Nos esperaba un vuelo de tres horas. Era la oportunidad perfecta para contarle la verdad. Pero ¿realmente quería destrozarla al principio de nuestras vacaciones?

—Una cagada en el trabajo. Brett lo solucionará. —Me senté a su lado justo cuando el avión empezaba a rodar por la pista y una azafata rubia y demasiado delgada apareció de inmediato con una mimosa en la mano que me ofreció.

—¿Puedo hacer algo por usted, señor Sebastian? —preguntó.

Miré a Tess, que negó con la cabeza.

—No, todo bien. Gracias.

—Bien. Si necesita cualquier cosa, estaré detrás de la cortina. Avíseme con la luz, porque me pondré los auriculares.

En otras palabras: nos daría privacidad.

—Ah, y quería felicitarlo por el compromiso. Creía que se iba a quedar soltero para siempre.

Se me hizo un nudo en el estómago. ¿En serio? ¿Cómo cojones se había podido enterar?

Supuse que alguien que hubiera estado en la fiesta de los Montgomery podría haberlo mencionado delante de la azafata. Había un número limitado de compañías que se contrataban para vuelos privados, así que la élite compartía gran parte de la misma tripulación.

O podía ser que mi padre hubiera hecho correr la voz con la esperanza de presionarme. Si estaba dispuesto a correr el riesgo de un escándalo de imagen pública como este, con mi intento de involucrarnos con la FLD no se iba ni a inmutar.

—Di gracias, Scott —terció Tess entre dientes.

—No es de dominio público —dije, sin embargo. En silencio, pedí que Tess recordara que lo importante era lo que había entre ella y yo. A la mierda lo que pensaran los demás.

—Oh… Eh… —tartamudeó la azafata.

—Ignóralo —intervino Tess—. Lo que quería decir era «gracias».

La rubia sonrió a mi novia.

—¿Es usted la afortunada?

La sonrisa que le ofreció Tess era tensa.

—No, no soy yo —repuso. Entonces, colocó la mano con un gesto posesivo sobre mi muslo y me lo apretó.

La azafata se puso roja como un tomate.

—Me voy a mi asiento para el despegue.

Se fue con prisas y posé la mano sobre la de Tess, que no la había apartado de mi muslo.

—Qué mal te portas.

—Bueno, es lo que vas a tener si pretendes salir conmigo mientras estás prometido, porque no pienso tolerar ser el secreto de nadie.

—Me parece bien. —Y lo decía de verdad. Yo tampoco quería que fuera mi secreto. No lo merecía.

Y por eso iba a desmarcarme del acuerdo con Kendra en cuanto volviéramos a la ciudad, costara lo que costara.

El avión empezó a acelerar por la pista y entrelacé mis dedos con los de Tess.

—Queda muy poco. Te lo prometo.

—Las mismas palabras que todo infiel le dice a su amante.

—No son solo palabras y tú no eres mi amante.

—Ya lo sé, ya lo sé. —Descruzó sus dedos de los míos y se alisó el vestido, que no lo necesitaba, y me pregunté si trataba de convencerme a mí o a sí misma. Detesté pensar que tenía que convencer a alguien siquiera.

Estaba pensando en qué decirle para que me creyera cuando ella cambió de tema por completo:

—¿Sabes con qué me parece que me estoy portando mal?

Había tantas formas de responder a esa pregunta…

Pero habló antes de que pudiera ofrecerle cualquiera de mis mejores ocurrencias.

—Despegar sin ponerme el cinturón.

—Había empezado de una forma tan prometedora… Ahora creo que me duelen los huevos.

Soltó una risita y de repente se encaramó a mi regazo y se sentó a horcajadas.

—Entonces, será mejor que me ponga creativa.

—Eso ya suena muchísimo mejor.

La rodeé con los brazos para poder encajarla y apretarla contra mi erección creciente.

Y, en ese preciso momento, el avión despegó. Me clavó los dedos en los hombros, agarrándose para no caerse de mi regazo.

—Supongo que por esto los aviones tienen cinturones.

—Yo soy tu cinturón.

La agarré con más fuerza y la moví por las caderas para que se restregara contra mi polla, ahora dura.

—Vaya. —Respiraba rápido—. ¿Cuánto dura el vuelo?

—¿Estás tratando de averiguar adónde vamos otra vez? Ya te he dicho que es una sorpresa.

—En realidad quería averiguar cuánto tiempo tenemos para portarnos mal.

—Tenemos tiempo para portarnos tan mal como quieras. —Incliné la cabeza para chuparle el cuello, con suavidad y picardía, sin hacer nada que pudiera dejar una marca demasiado evidente. No quería que luego se sintiera incómoda cuando la presentara tras llegar a nuestro destino.

—Mmm… ¿Por dónde empiezo? —Esta vez, alzó las caderas ella sola. Siseé al notar cómo se restregaba contra el bulto tirante de mis pantalones—. ¿Has follado alguna vez en un avión?

—¿Cuál crees que es la respuesta?

—No quería suponer nada. —Otro balanceo fantástico de sus caderas—. Supongo que también te la han chupado.

—Creo que si respondo terminaré incriminándome. —Había sido un zorrón antes de estar con ella. No me había escondido. Había pocas cosas que no hubiera hecho al menos una vez.

Pero no había hecho ni la mitad de lo que quería con Tessa. Y quería hacerlo una y otra y otra y otra vez. Hacía muy poco tiempo que la conocía, y aun así el instinto me decía que nunca me cansaría de ella.

¿Era demasiado admitirlo? ¿Tan pronto?

Le recorrí la piel trazando un camino de besos y me detuve al darme cuenta de que tenía las mejores vistas del escote y de su vestido. Tenía unas tetas increíbles, redondas y firmes. Podría correrme solo mirándolas.

—¿Sabes qué no he hecho nunca? —Le desabroché el primer botón del vestido de tirantes. Luego el siguiente. Y luego el siguiente hasta que pude desabrocharle el cierre frontal del sujetador y liberar esas tetas magníficas—. Nunca te he hecho chillar en un avión.

Se apartó con una sonrisa traviesa en los labios, aunque apenas me fijé en su expresión porque sus pechos acaparaban toda mi atención. Quería rodearlos con las manos, jugar con los pezones y hacer que se pusieran duros y erectos. Habían pasado más de tres días desde que había tocado su piel desnuda y tanta privación me provocaba un dolor físico.

Pero tampoco quería parecer demasiado impaciente. No quería ir demasiado rápido. Estaba tan cerca del orgasmo que la expectativa era casi tan placentera como tocarlas de verdad.

—¿Sabes qué no he hecho nunca en un avión? —preguntó, y empezó a retorcerse como si quisiera librarse de mis manos.

Las abrí, curioso por saber qué tenía en mente.

Se bajó de mi regazo y se arrodilló en el suelo.

—Nunca se la he chupado a alguien.

Tenía la polla dura como una piedra, pero logró ponérmela incluso más dura. La sugerencia de que pronto se la metería en la boca me ponía a cien, pero más todavía al saber que sería una especie de primera vez. Nunca había sido el típico hipócrita que esperaba o quería que las mujeres con las que estaba fueran cándidas e inocentes. Con todo, una sensación primitiva se desató en mi interior. Una necesidad básica de convertirme en tantas primeras veces suyas como fuera posible.

—¿Tú has follado alguna vez en un avión, Tessa? —En el laboratorio nos habían dicho que no tendríamos los resultados hasta el viernes, lo que comportaba un par de días más de protección, pero me moría tanto por estar dentro de ella que no me importaba.

Negó con la cabeza, con esa sonrisilla pícara en los labios.

—Qué bien que el vuelo dure lo suficiente para portarnos tan mal como queramos, porque ahora mismo primero quiero probar el menú de abordo.

Tenía que sacármela y tenía que sacármela ya.

Me obligué a no abrirme los pantalones a una velocidad récord y a no metérsela entre los labios y follármela en la boca hasta correrme. No quería llevarme lo que yo quisiera. Quería recibir lo que ella quisiera darme.

Bueno, quizá sí que quería alentarla un poco.

Alargué el brazo y enrollé un mechón de su pelo en el dedo.

—Sácamela, preciosa. Quiero ver lo guapa que estás cuando te la metes en la boca.

O intuyó mi necesidad o sentía la misma que yo, porque con dedos diestros y ágiles enseguida me abrió los pantalones y me sacó la polla de los bóxers.

Me la agarró con una mano fría. Contemplé cómo llevaba la mano a la punta para limpiarme las gotas que habían aparecido en el glande y las usó para lubricar el miembro entero. La miré a los ojos, grandes y marrones y dilatados de la excitación.

Su deseo evidente hizo que el pene se me estremeciera dentro de su mano.

El avión se enderezó, habíamos llegado a la altitud de crucero y el movimiento tras la cortina nos recordó que técnicamente no estábamos solos. Sabía que nuestra azafata no se atrevería a salir sin que se la llamara, pero los ojos de Tessa se movieron en dirección al ruido.

—No te preocupes por nada que no sea yo —le ordené. Pero, entonces, recordé qué tipo de mujer era la que tenía arrodillada delante. Comprendí que su expresión no se había vuelto más cauta, sino más excitada—. Puede que incluso nos esté escuchando. Ha dicho que no, pero podría estar escuchando. Tal vez hasta quiera echar un vistazo. Será mejor que le ofrezcas un buen espectáculo, que vea lo bien que me la tratas.

Los ojos de Tessa se tornaron más oscuros. Sacó la lengua de la boca para humedecerse los labios y luego me recorrió la polla entera, de la cabeza a la base, como si siguiera una gota que caía de un helado que se estaba deshaciendo.

Gruñí cuando subió siguiendo la vena gruesa con la lengua hasta la punta. Cuando describió una espiral en esa zona, fue demasiado.

—Deja de martirizarme —le dije, con voz ronca—. Métetela en la boca, Tess, o te la voy a meter yo. —Suerte que solo quería recibir lo que ella quisiera darme. El deseo me había alterado las prioridades.

—Siempre tienes que ser el hombre al mando, ¿verdad?

Quería ser quien estaba al mando. Rara vez tenía la sensación de serlo, y menos con ella. Con ella, me sentía como el tipo de hombre que mi padre me tildaba de ser: alocado, sin control y desesperado. Muy muy desesperado.

Esta desesperación me hacía querer aferrarme a un poder que no tenía.

De repente, me incliné hacia delante. Con una mano le agarré el pelo y acerqué su cabeza a la punta del pene.

—Basta ya de lamer. Ahora toca chupar.

Abrió la boca para decir algo, pero no le permití pronunciar ninguna palabra y le metí la polla dentro con un empujón de la cadera.

«Joder. La puta». Era pura perfección. Una maravilla. Un paraíso cálido y húmedo que me la rodeaba entera.

Así es como me sentía al tenerla dentro de su boca, con su lengua apretada en la parte inferior de la polla, con las mejillas aspiradas para crear un canal estrecho mientras yo se la metía hasta el fondo.

Hasta el fondo. Hasta que la punta le acarició la garganta, se me tensaron las pelotas y tuve que esforzarme para no correrme.

Cerré los ojos cuando me embargó un placer tan intenso. La saqué y la volví a meter y abrí los ojos para ver cómo entraba en su boca, quería ver cómo le costaba lidiar con mi grosor y longitud.

Le rodaron lágrimas por las mejillas, lo que debería haberme hecho retirarme, pero no sé por qué eso me excitó aún más. Era la viva imagen de una fantasía perversa hecha realidad, el rímel corriéndosele y las pestañas parpadeando para deshacerse de la humedad y los labios bien abiertos alrededor de mi polla. Estaba a tan solo unos segundos de dejar de reprimirme y follarla con frenesí, de usar su boca para satisfacer solo mis necesidades.

Pero, por salvaje que me hiciera sentir, era consciente de que había algo más. Un trasfondo que no era exactamente de calma. Pero era constante. Un río de un sentimiento profundo que corría a más profundidad que las aguas superficiales del deseo y que me recordaba que Tessa Turani no era solo una mujer que quería usar para mi placer. Era una mujer a la que quería amar.

¿Era capaz de amarla?

¿La amaba ya?

No era algo que pudiera evaluar como era debido cuando tenía la polla contra su garganta. Sin embargo, sí que podía recobrar la compostura suficiente como para tratarla con respeto.

Si era lo que ella quería.

Con el último ápice de fuerzas que tenía, me refrené mientras oscilaba adelante y atrás con embestidas poco profundas.

—Tienes que decírmelo para que sepa que esto está bien. —Pero tenía demasiadas ansias como para salir de su boca del todo para que pudiera hablar—. Si no te parece bien, coloca las manos en mis rodillas y paro inmediatamente, ¿de acuerdo?

Alzó las manos y se las llevó detrás de la espalda, la dirección opuesta a mis rodillas, y, por si no lo había pillado, soltó un gemido que me reverberó por toda la polla y me provocó un estremecimiento en la base de la columna.

—¿Te gusta? —le pregunté mientras se la metía entera; necesitaba estar seguro—. ¿Te gusta atragantarte con mi polla?

Asintió, y el movimiento le provocó una arcada.

Me quedarían unos buenos quince segundos de embestidas hasta llegar a uno de los orgasmos más intensos de mi vida. En cuanto dejara de refrenarme, no podría parar, así que la avisé:

—Te voy a decir lo que va a pasar, Tess. Voy a follarte la boca, sin delicadezas, y no voy a parar hasta que me corra y, cuando lo haga, puedo hacerlo de forma que te lo tragues o te lo puedo echar en las tetas. No muevas las manos de donde las tienes si vas a tragártelo todo.

Sus manos no se movieron un ápice de detrás de su espalda. La verdad, me habría dado la misma satisfacción decorarle el escote, pero joder. Si quería tragarse mi corrida, por supuesto que la iba a complacer.

Con su consentimiento, le sostuve la cabeza entre las manos y me solté, embistiéndola a toda velocidad. Tess estaba impresionante con los ojos húmedos y las tetas botando, pero lo que de verdad fue mi perdición fue su gemido gutural, un sonido que me decía que quería más de mí. Que quería lo mejor y lo peor. Lo quería todo.

Al menos, quería pensar que era eso lo que significaba. Me permití creerme que no podía significar ninguna otra cosa mientras temblaba entre sus labios y gruñía cuando me embargó el orgasmo. Me vacié entero dentro, sin mover ni un ápice la polla, metida hasta el fondo, hasta que lo hube descargado todo.

Seguía estremeciéndome cuando dejé de sostenerle la cabeza con fuerza y me fui retirando poco a poco. No se lo tragó hasta que hube salido del todo, la garganta se le removió al tragar y me faltó poco para que se me volviera a poner dura.

Pero antes, ella…

—Ha sido la mejor boca con la que nunca lo he hecho. —Le limpié el rímel corrido de la mejilla—. ¿Te ha parecido todo bien?

Sonrió con timidez, echó un vistazo hacia las cortinas que separaban la cabina principal de la azafata.

—Habría sido mejor si hubiésemos sabido a ciencia cierta que sabía lo que estábamos haciendo.

La madre, qué pervertida era. Era mi pervertida.

Tenía intenciones de hacerla mía de todas las formas en las que ella me lo permitiera.

—Bueno, en tal caso… —empecé, atrayéndola hacia mi regazo de nuevo—. Esta vez será mejor que te hagamos gritar.

—Esto es un palacio —exclamó Tessa tres horas y media después, cuando atravesamos la doble puerta de entrada a la casa de mi abuelo Irving en Cayo Vizcaíno.

Una casa de estilo mediterráneo de casi diez mil metros cuadrados a orillas del océano con unas vistas increíbles. Sí, era bastante espectacular.

No obstante, era más bien conservadora comparada con las demás casas que el abuelo tenía repartidas por el mundo. Esta era la residencia a la que siempre se refería como «casucha».

Decidí que no había necesidad de comentárselo a Tess. No quería despreciar su entusiasmo ilusionado. Con suerte, podría enseñarle las demás casas en el futuro. Sonreí, imaginándome su reacción ante la propiedad de París o a la mansión de los Hamptons o la casa de la playa de las Maldivas.

Qué digo, ya me lo pasaría bien enseñándole el resto de la casa.

Más tarde. Después de todo lo que habíamos hecho en el viaje en avión, acababa de tomar una decisión categórica:

—Haremos la visita completa antes de cenar. Ahora mismo, creo que los dos necesitamos echar una siesta.

—¿He dicho que era un palacio? Quería decir el paraíso. Y una siesta suena... —Las palabras se le perdieron en un bostezo—. Divina.

—Venga, vayamos al dormitorio, dormilona. —La agarré de la mano para llevármela conmigo al ala de los invitados. Ya habían subido nuestras maletas y aunque tal vez era maleducado no buscar primero a mi abuelo, esperaba que entendiera que prefiriéramos arreglarnos antes de presentarnos ante él.

Y, la verdad, necesitaba un poco de tiempo para asimilar lo que estaba haciendo. Lo que estábamos haciendo aquí juntos. Había querido traerla a Cayo Vizcaíno porque quería estar con ella en algún sitio que fuera cálido y seguro y cómodo, pero había cientos de lugares que podían cumplir esas condiciones. Había optado por traerla aquí en concreto porque quería que conociera al abuelo. Nunca había querido presentarle a nadie.

Pero ahora sí. ¿Qué significaba eso para mí? ¿Qué significaba eso para mí y Tess?

Había estado tan concentrado huyendo de la relación que mis padres habían planificado para mí que no había tenido tiempo de examinar hacia dónde huía. Este fin de semana me daría el tiempo necesario para ir descubriéndolo. Y tal vez el abuelo querría compartir algo de su sabiduría.

Sin embargo, ahora que estábamos aquí y quedaba pendiente presentársela, la relevancia de mi decisión de traerla aquí me provocaba unos pinchazos en el pecho que se parecían mucho a la ansiedad, pero eran una sensación más cálida. Una sensación parecida a un abrazo estrecho y una caricia a la vez.

No estaba listo para ponerle una etiqueta a esta emoción, pero era lo bastante listo como para saber que sería una etiqueta aterradora cuando lo hiciera.

También tenía la experiencia suficiente como para saber que el abuelo trataría de ponérsela él. Por eso, tomarnos un respiro antes de verlo era una grandísima idea.

Pero aquello de la ley de Murphy...

Habíamos recorrido la mitad del pasillo que conducía a las escaleras traseras cuando el abuelo entró de la terraza y nos acorraló.

—Tratando de entrar a hurtadillas, ¿eh? ¿Qué modales son esos? ¿Ni siquiera tienes tiempo de saludar a tu anfitrión? ¿Acaso el inútil que tengo por hijo no te ha enseñado nada?

Me puse rígido y me pregunté si Tessa sabría ver que esta brusquedad era mera fachada. A diferencia de mi padre, que era tan perro ladrador como mordedor, mi abuelo era un blando.

—No quería molestarte, abuelo —le dije y dejé que me abrazara. Siempre se me hacía extraño cuando lo hacía, puesto que ni mi padre ni mi madre solían dar abrazos, pero esta sensación siempre se desvanecía en cuanto sus brazos me rodeaban—. Y he pensado que sería más educado no saludarte con un aspecto tan demacrado por el viaje. —Por el sexo, quería decir.

—Tonterías. Tengo noventa y cinco años, Scottie. Eso significa que no tengo tiempo para que me importen las apariencias. Aunque también significa que entiendo el aliciente que supone una buena siesta, así que no me voy a alargar. —Sus ojos saltaron a Tess—. ¿Es ella?

—Te oye, ¿sabes? No está sorda como tú.

—Soy plenamente consciente de que me oye. —Le brillaron los ojos cuando se volvió hacia mi novia—. Tess Turani, ¿verdad? Scott me ha hablado mucho de ti.

—¿Ah, sí? —Alzó las cejas sorprendida, con expresión radiante, mientras dejaba que el abuelo le agarrara las manos entre las suyas.

De pronto me preocupó que la molestara que no le hubiera hablado de él a ella, más allá del breve resumen que le había hecho cuando habíamos aterrizado. No es que tratara de esconderle la existencia de mi abuelo. O quizá sí. En cierto sentido, era incluso más duro compartir la calidez y bondad de mi abuelo con Tess de lo que me costaba compartir la mezquindad de mi padre. Puede que el mayor de los Sebastian fuera el hombre que levantó Sebastian Industrial, pero no se parecía en nada al rostro actual del imperio, y dejar que la gente viera eso me parecía una especie de fracaso personal, aunque yo no poseía ningún tipo de control sobre ellos.

Pero no tenía de qué preocuparme porque el abuelo no le dejó ni un solo segundo a Tess para molestarse:

—Por supuesto. Y veo que no exageró nada cuando te describió. Eres realmente impresionante. También debes de tener un corazón de oro para soportar a un fracasado como este.

Me guiñó un ojo y le ofrecí una sonrisa de mala gana. Se le daba muy bien desplegar sus encantos. Puede que hubiera aprendido un par de cosas de él con los años.

—Eh, es menos fracasado de lo que parece —dijo Tess, y vi que el viejo ya se la había ganado—. Tiene unos cuantos ases en la manga.

—No quiero saber nada del tamaño de su pene, muchas gracias. Ya he leído todo lo que tenía que saber y más en esa porquería de revistas que compra la ama de casa en el supermercado. Espero que hayas descubierto que posee ciertas cualidades que superan sus habilidades en la cama y su cuenta bancaria.

—Abuelo, por favor. —¿Por qué no había contado con que iba a hacerme pasar vergüenza? Un descuido imperdonable.

—Cállate, chico. Soy un hombre moderno. Sé cómo van estas cosas. Por eso os alojaréis en el ala de invitados. Podéis gritar tanto como…

—¡Abuelo!

Soltó la mano de Tessa para poder desdeñarme con un manotazo al aire.

—Enseguida os dejaré para que vayáis a vuestro nidito de amor. Solo quería conocerla e informaros de que he organizado la cena en la terraza a las siete. He tocado todas las teclas. Se quedará impresionada, hijo.

—No hay que esforzarse —intervino Tess—. Ya estoy impresionada. Con los dos.

Se inclinó hacia ella con curiosidad.

—¿Pero estás lo bastante impresionada? Podría contarte grandes historias sobre él.

—Le aseguro que estoy lo bastante impresionada. Pero aun así puede contarme esas grandes historias sobre él. —Esta vez fue ella quien le guiñó el ojo.

—Sé exactamente por cuál voy a empezar.

—Abuelo, por favor. No seas raro. —No estaba listo para admitir lo mucho que me entusiasmaba verlos llevarse tan bien. Y admitirlo se acercaba demasiado a ponerle nombre a esa extraña sensación que tenía en el pecho, esa sensación que me ardía y aumentaba con cada aliento que tomaba en su presencia.

—¿Que soy raro? Yo que creía que estaba siendo un anfitrión cortés. —Se volvió hacia Tess, virando como si quisiera contarle a algo en confianza—. Estoy tratando de comportarme lo mejor que puedo. Nunca había traído a una chica para que la conociera.

Madre de Dios.

—No tiene por qué saber eso, abuelo.

Giró para fulminarme con la mirada.

—Pues claro que tiene que saberlo. Si una mujer no sabe que es especial, es más probable que se vaya.

—Está siendo un anfitrión muy cortés —le aseguró Tess—. Me he sentido muy bienvenida.

—Genial. Siempre eres bienvenida. Y ahora voy a dejar que hagáis lo que tengáis que hacer y ya os veré para cenar.

—A hacer la siesta —le dije mientras se alejaba—. Vamos a hacer la siesta. —Entonces me volví hacia Tess, que parecía que estaba reprimiendo una carcajada—. Pobre de ti —le advertí—. No es tan majo como se piensa, así que no me digas que lo es.

—Ni pensarlo. —Su sonrisa no desapareció mientras la conducía hasta las escaleras.

Mi sonrisa, por otra parte, sí que se esfumó. Algo me preocupaba, una sensación acuciante que me removía las entrañas, y no era capaz de identificar qué la provocaba. El encuentro había ido bien. El abuelo me había hecho sentir vergüenza ajena, pero al parecer Tessa le gustaba y viceversa. La ansiedad que acarreaba desde lo de mis padres seguía ahí, pero no había cambiado nada como para que ahora pesara más.

Entonces, ¿qué era?

Habíamos subido la mitad de las escaleras cuando me di cuenta, el miedo que mi abuelo había despertado con sutileza, y en cuanto me di cuenta, fui incapaz de atajarlo de inmediato. No podía verbalizar el sentimiento que se estaba convirtiendo en palabras en mi interior. No podía evitar hacer todo lo que estuviera en mi poder para asegurarme de que no se iba.

—Tessa —le dije, y la detuve a mi lado. Lo tenía en la punta de la lengua. En un aliento podía sacarlo. «Te deseo. Te necesito. Te quie…».

En el último segundo, las palabras se convirtieron en otra cosa. Algo más fácil de decir, aunque no mucho más.

—Eres especial. Lo sabes, ¿verdad?

Casi no podía ni respirar mientras ella me observaba con expresión seria, analizándome. Me pregunté qué vería, qué le contaría mi rostro. Recé para que viera la verdad de mis palabras porque la mera idea de que pudiera irse me dejaba destrozado.

Tras lo que me pareció una eternidad, llevó una mano a mi mejilla y me acarició la barba.

—Sí. Creo que empiezo a saberlo.

No estaba tan bien como si lo hubiera sabido sin tener ninguna duda, pero bastaba para poder volver a respirar.

Y ahora ya sabía en qué tenía que esforzarme: en demostrárselo hasta que lo supiera de verdad.

Capítulo 11

Tess

—Me estás mimando demasiado —le dije mientras contemplaba cómo un equipo de camareros colocaba una mesa en medio del Conservatorio de Mariposas y Naturaleza de Key West. Estimulaba todos los sentidos. El sonido del agua que corría y el piar de las aves llenaba el ambiente. La fragancia de centenares de plantas y flores exuberantes que llenaba el espectacular invernadero me cosquilleaba en la nariz. Mariposas de todos los colores y variedades bailaban a nuestro alrededor—. De verdad que me mimas demasiado.

No era hablar por hablar. El abuelo de Scott me había colmado de extravagancias. La noche anterior, la cena había consistido en langosta servida en la veranda, que ya de por sí era un lujo, pero no había acabado ahí. También había contratado a un cuarteto de cuerda profesional para que tocara durante la cena.

—¿Ha hecho todo esto porque estoy aquí? —había preguntado, sorprendida de que alguien estuviera dispuesto a llegar a tales extremos y más aún el abuelo de un hombre con el que llevaba saliendo oficialmente menos de una semana.

Scott había tratado de restarle importancia:

—Le gusta disfrutar de la vida. Aprovecha cualquier excusa para convertir una comida en todo un acontecimiento.

Quizá era el comportamiento habitual de ese hombre, pero la mirada que Scott le había dirigido a Irving me había indicado lo contrario.

Este trato había continuado después de la bienvenida oficial. Hoy por la mañana, había hecho que nos trajeran el almuerzo a la playa, y luego había continuado con masajes de cuerpo entero realizados por masajistas profesionales. Incluso otros profesionales me habían hecho la manicura y la pedicura después, sin haber tenido que abandonar la silla reclinable.

Y ahora, que era de noche, había alquilado el Conservatorio de Mariposas y Naturaleza entero para la cena. Era un señor mayor y rico, claro, pero ¿hacía falta todo el conservatorio? ¿Para los tres?

—La estás mimando demasiado —coincidió Scott en un tono que me confirmó que él no había tenido nada que ver—. Se suponía que tenía que hacerlo yo.

Irving miró a su nieto con los ojos entrecerrados.

—Quizá deberías esforzarte más.

—Si me dejaras, al menos…

Interrumpí las protestas de Scott.

—Los dos me estáis mimando demasiado. —La mayor parte de los mimos de Scott habían sido carnales. Me había regalado un cunnilingus de una hora entera antes de dormirme ayer por la noche y me había despertado con su cabeza entre las piernas otra vez.

Mimada a más no poder.

Scott me rodeó con los brazos desde la espalda y me dio un beso en la sien.

—No es menos de lo que te mereces.

Me encantaba, sí, pero ¿me lo merecía?

—No creo que…

—¡Ah, ah, ah! —Los ojos de Irving se abrieron de par en par, como si hubiera dicho una atrocidad—. Díselo, Scottie.

Me aparté del abrazo de mi novio para poder mirarlo.

—¿Decirme qué?

—Recibes lo mismo a lo que aspiras —recitó de una forma que me indicó que se lo había dicho muchas veces a sí mismo.

—Exacto —asintió Irving—. Recibes lo mismo a lo que aspiras. No lo olvides.

No estaba tan segura. Era un tanto simplista para mi gusto. Pero asentí a pesar de distraerme con un pájaro colorido que descendió tan en picado delante de mí que le vi los ojos.

—Uau.

—Tal vez puedas conseguir que se pose sobre ti. —Scott me dio un empujoncito para que elevara el brazo y se ofreciera.

—Nada de tal vez —lo regañó Irving—. Eso es justamente a lo que me refiero. Si crees que tal vez vendrá y se posará en tu brazo, tal vez lo hará o tal vez no. Espera que se pose y lo hará.

Alzó la mano y, como si lo hubiera llamado, el ave se acercó y se posó en su dedo.

—Uau —repetí.

Scott no parecía tan impresionado.

—Sí, abuelo. Pero ¿cuál es el truco?

Irving se rio entre dientes.

—A ti no se te puede engañar, ¿eh? —Se llevó la mano que tenía libre al bolsillo y sacó un puñado de semillas y las colocó para que el ave se las comiera—. Vengo aquí muy a menudo. Neville y yo somos viejos amigos. Sabía que le iba a dar manduca si venía.

Neville picoteó las semillas y, luego, cuando se fue volando satisfecho, Irving se frotó las manos y dejó que lo que le quedaba en la mano cayera al suelo. Otra ave colorida voló para picar las sobras. Y luego otra.

—Me lo esperaba —dijo, con una sonrisa—. Ahora en serio: si afrontas la vida con muchos quizá, entonces es lo que conseguirás. Afróntala con seguridad. Los resultados que obtendrás serán totalmente distintos.

—De acuerdo —repuse. Porque ¿qué más podía decir?

—Mira, deja que te ponga un ejemplo. Dime algo que quieras.

El abrazo de Scott se estrechó con actitud protectora.

—Abuelo, no tienes que darle un sermón.

—No pasa nada —intervine. Scott me apretó y luego me soltó, como si me dijera «buena suerte, tú misma». Me lo tomé como una indirecta de que no dejara que la conversación tomara derroteros más serios—. Vale. Quiero que ese pájaro se pose en mi dedo.

—Entonces coge unas semillas y haz lo que he hecho yo y ya está. Demasiado fácil. Dime algo más serio.

Scott me dedicó una mirada de «ya te lo había dicho».

De acuerdo. Pues jugaría en serio. Después de todo lo que había hecho el señor por mí durante el último día, podía aceptar que me diera una lección. Además, a lo largo de mi infancia y juventud siempre había echado de menos la sabiduría de un hombre. Bien podía recibirla ahora.

—Deja que piense un momento.

—Algo que te importe —insistió Irving—. Algo que quieras de verdad.

¿Qué quería realmente? Había pasado mucho tiempo desde la última vez que me lo había preguntado. Solía centrarme en lo que podía conseguir. Lo que podía hacer con mis posibilidades. A lo que podía aferrarme y durante cuánto tiempo.

Pero ¿qué quería realmente?

Miré a Scott, quien me observaba de hito en hito y parecía muy interesado en mi respuesta. Lo quería a él en mi vida. Lo había querido desde que lo había visto. Me había esforzado tanto en no estar con él que apenas me había quedado tiempo para reconocer que sí lo quería en mi vida.

Y ahora que lo tenía, o en parte, seguía queriendo que se quedara. Quería más. Quería que siguiera en mi vida, al menos el tiempo suficiente como para descubrir si quería que se quedara para siempre. Y no me imaginaba que pasar más tiempo con él me hiciera desearlo menos.

Sin embargo, no podía decir nada de esto. No solo porque no era lo que una declara por primera vez delante del abuelo de la otra persona, sino porque no sabía si Scott estaba listo para oír algo como eso.

Así que centré mis pensamientos en el ámbito laboral. Y en Kendra. Por jodida que estuviera ahora en mi trabajo, seguía queriendo trabajar en Conscience Connect. Creía en la empresa y había invertido mucho tiempo en levantarla con Kendra.

Solo quería que me tomara más en serio. Solo quería que me tratara de igual a igual.

—Quiero cerrar un patrocinio con la Fundación para la Lucha contra la Disautonomía e impresionar a mi jefa —dije. Que seguro que era hacer trampas, porque la FLD ya casi había cerrado un patrocinio con Sebastian Industrial, pero la parte clave del enunciado era el final: quería que el acuerdo impresionara a Kendra. Quería que viera lo que era capaz de hacer por mí misma y que se diera cuenta de todo lo que sería capaz de hacer si me apoyaba.

Y lo más importante: una vez se hubiera firmado el acuerdo, Kendra y Scott ya no seguirían prometidos.

—Sí. Eso lo que quiero de verdad.

Eché otro vistacito a Scott y, al ver que fruncía el ceño, me preocupé por si había dicho algo malo.

Irving, por otra parte, esbozó una sonrisa radiante.

—¿Ves? A eso me refiero. Supongo que ya estarás esforzándote para conseguir cerrar el acuerdo y ahora estás esperando a que todo salga bien, ¿verdad?

—Exacto. —No quise mirar a Scott; tenía miedo de que siguiera con mala cara, pero me pregunté el porqué de su reacción mientras seguía prestando atención a Irving.

—Pues deja de esperar —me dijo este—. La esperanza no sirve ni para los pájaros. Si quieres que Neville se te pose en el dedo, no va a pasar nunca si tienes esperanza. Tienes que contar con ello. Piensa como si ya estuviera firmado y formalizado. Dilo. Venga, dilo.

—Eh... —balbucí, tratando de averiguar qué quería que dijera—. Cuento con conseguirlo.

Irving puso los ojos en blanco.

—No lo digas así. Dime qué vas a hacer para conseguirlo para que te crea.

Vale. Yo podía. Inspiré hondo y eché los hombros hacia atrás.

—Escúchame bien, Irving: están pasando cosas maravillosas en mi trabajo. Estoy a punto de cerrar un acuerdo de patrocinio brutal y mi jefa va a quedar tan impresionada que me va a ofrecer un aumento de sueldo. Y un ascenso. Y un nuevo cargo también. Puede que incluso me haga socia, mira qué te digo.

Con esta última me había pasado, pero el resto me había hecho sentir llena de energía.

—Lo estabas haciendo bien hasta el «puede». En general, muy bien, hija. —Me guiñó el ojo—. Estoy seguro de que lo irás entendiendo. Puedes informarme de tus progresos cuando nos veamos la semana que viene.

—Ah, ¿vamos a vernos la semana que viene? —Me atreví a echar una mirada a Scott. ¿Tenía otra escapada sorpresa planeada que yo no supiera?

—Vendrá a Nueva York para el cumpleaños de su hermana —me explicó con una expresión menos tensa que antes—. Y quería que me acompañaras a la fiesta.

—¿Otra oportunidad de asistir a un evento organizado por los Sebastian? Madre mía, sí que me estáis mimando. —Me acerqué despacio a Scott, ansiosa por volver a sentir su abrazo. Me estrechó entre sus brazos al instante y cualquier rastro de preocupación que me quedara sobre su mala cara de antes se esfumó. Seguramente, no entendía por qué quería seguir trabajando con Kendra. O quizá la alusión a la mujer con la que técnicamente seguía prometido era suficiente para ponerlo de mal humor.

O quizá había tenido la esperanza de que dijera que lo quería a él.

Lo estreché y esperé que, de alguna forma, entendiera que él había sido mi primera opción.

Ups. Otra vez con la esperanza. Pero por mucho que lo intentara, no podía convencerme de que Scott supiera cómo me sentía. No, si no se lo decía.

Los camareros del servicio de *catering* terminaron de montar la zona de cenar y uno se acercó para avisarnos:

—Veinte minutos y podremos servir el primer plato, señor.

—¡Perfecto! —Irving se volvió hacia nosotros—. Así tenéis un rato para explorar, tortolitos. Yo haré una visita al baño.

Nos animó a seguir el camino que torcía hacia el paraíso tropical y luego se dirigió en dirección contraria.

—No volveremos a verlo esta noche —anunció Scott, agarrándome de la mano—. ¿Te has dado cuenta de que han puesto la mesa solo para dos?

—Qué pillo. —Entrelacé los dedos con los suyos y dejé que me condujera por el sendero que rodeaba un estanque ocupado por dos flamencos hasta un puente que se erigía junto a una cascada. Era una cita muy romántica. ¿Por eso me estaba mimando tanto? Irving trataba de emparejarme con su nieto—. Es muy mono. Está tratando de emparejarnos.

—Ya somos pareja —dijo en el tono característico de los Sebastian: con confianza y seguridad.

Vaya, quizá sí que sabía cómo me hacía sentir.

—Bueno, al parecer cree que necesitamos una ayudita.

—Creo que solo quiere asegurarse de que sigamos siendo pareja.

—Pero si solo tiene que contar con que lo haremos. Recibes lo mismo a lo que aspiras, ¿no?

—Aprendes rápido. —Se llevó mi mano a la boca y me dio un beso en los nudillos que me provocó una oleada de calidez que me recorrió las venas.

¿Así era como iba a ser pasar todo el tiempo con él? Nunca había salido con un hombre que hubiera demostrado ningún tipo de interés en estar juntos, menos aún en seguir juntos. La mayor parte de todo esto me resultaba nuevo porque no tenía experiencia en cómo funcionaban todos estos sentimientos a largo plazo.

¿Querría quedarse el tiempo suficiente como para descubrirlo?

«Cuenta con que lo hará».

Era tan extraño decirme algo tan asertivo a mí misma que por poco no se me escapó la risa.

—Es una forma de pensar muy distinta a la que me han enseñado. A mí me enseñaron a controlar mis expectativas. Me pregunto lo diferente que habría sido mi vida si se me hubiera enseñado lo mismo que a ti.

Con un suspiro, Scott se detuvo de golpe.

—La verdad es que tampoco es tan fácil como el abuelo hace que parezca. Lo sé por experiencia. Somos ricos, Tessa. Tenemos todo a lo que aspiramos porque nos lo podemos permitir.

Lo observé unos segundos. Tenía mérito que fuera capaz de reconocerlo.

—Sí, sin duda sois unos privilegiados. Pero quizá por eso sois ricos. Por esta forma de pensar. Fue tu abuelo quien ganó todo el dinero, ¿verdad? Quizá fue capaz de construir el imperio que construyó porque contaba con que lo haría.

Me dedicó una mirada escéptica.

—¿Te has leído *El secreto* ahora o cómo va?

—No, no. —Me hizo gracia cuando mencionó el éxito de ventas de autoayuda que decía a la gente que con pensar en una vida mejor, la atraías—. Como has dicho, no es tan fácil. Pero un poco sí.

Ahora fue él quien me miró de hito en hito. Me encantaba que cada dos por tres me mirara así, como si de verdad le importara lo que yo pensara y creyera.

Me brindó tiempo para explorar la idea que acababa de germinar en mi mente. No daba mucha credibilidad a las ciencias sin fundamento, pero había estudios significativos que demostraban que la actitud de una persona marcaba la diferencia en lo que pretendía conseguir. ¿Había sido mi actitud lo que se había interpuesto en mi camino durante todo este tiempo?

—Durante toda mi vida, he aspirado a la mediocridad —empecé—, excepto cuando me aceptaron en Georgetown. Entonces, pensé que iba a recibir una beca íntegra y eso fue lo que me pasó. Pero, más allá de eso, siempre he contado con que los hombres que me gustan sean emocionalmente inaccesibles. He contado con que Kendra nunca viera mi valía, y no lo hace. Supuse que mi padre escogería su otra vida antes que a mí, y eso hizo. Una vez tras otra, siempre cuento con que me decepcionen. Y yo misma espero lo peor. Aspiro a lo peor.

Scott me soltó la mano y se apoyó en la barandilla de madera del puente.

—¿También esperas lo peor conmigo?

Era una pregunta muy dura de oír. Incisiva, porque me obligaba a mirarme y analizar mi comportamiento de una forma que me hacía sentir desnuda y expuesta.

Pero también noté la vulnerabilidad que él sentía, solo porque la reconocía de todas las veces que yo me había abierto con otros hombres cuando me había atrevido a sacar el tema de nuestra relación. Su pregunta indicaba que mis sentimientos al respecto eran tan desconocidos para él como para mí.

Si él podía ser tan valiente, yo también.

—Desde que te conocí, supe que eras… —Hice una pausa; no quería ofenderlo, pero también quería ser sincera. Y ganó la sinceridad—: Que eras el tipo de tío que metía los dedos a mujeres en azoteas y luego se las sacaba de encima. Sabía qué tipo de hombre eras, Scott. Sabía que eras el típico tío que me llevaría a su casa solo para una noche. Sabía que eras el típico tío con el que tendría un sexo espectacular porque te habías llevado a muchísimas mujeres a la cama.

Hizo una mueca, pero eso no me detuvo:

—Sabía que eras el típico tío que después se cansa y pierde el interés, y lo más probable era que te ocurriera antes que a mí.

Asintió, con la mandíbula apretada, aceptando la verdad de mis palabras.

—Bueno, pues deja de saberlo. Tienes que saber algo distinto.

El corazón me dio un vuelco y se aceleró. ¿Entusiasmo? ¿Miedo? No estaría segura de lo que sentía hasta saber a qué se refería.

—¿Qué tengo que saber?

—Dímelo tú, Tessa. ¿Qué quieres de mí? ¿Qué quieres que sea para ti? Eso es a lo que deberías aspirar. Eso es lo que vas a recibir.

Me había abierto la puerta de par en par y por mucho que quisiera que él me dijera lo que éramos y lo que él quería, el hecho de que se me ofreciera la batuta me provocaba una libertad emocionante. Nadie lo había hecho nunca. Nadie me había dicho: «¿Quieres que esté contigo? Pues estaré contigo». ¿Por qué nunca había tratado de averiguar qué quería yo? Porque nadie me había hecho sentir que lo que yo quisiera importara, pero ahora había llegado Scott y me estaba diciendo que lo único que importaba era lo que yo quería.

Mi respuesta era fácil. Quería que me amara. Como siempre había querido que un hombre me amara. Pero ante la invitación de reconocerlo, vacilé. Porque quería que me amara porque saliera de él, no porque yo se lo pidiera.

Aunque el hecho en sí de que me lo ofreciera, ¿no significaba que ya me amaba?

No tuve tiempo de procesarlo antes de que la empleada del conservatorio que nos había dejado entrar se nos acercara.

—El señor Sebastian me ha pedido que les diga que está cansado y que ha vuelto a casa. También ha pedido que les diga que no hay prisa y que disfruten de la cena. En cuanto salgan los camareros, yo también les dejaré en paz. Si necesitan algo, me encontrarán en la zona de atención al público de la entrada.

Scott le agradeció la información y le dio un billete disimuladamente que, desde mi posición, me pareció que era de cien dólares. Cuando la mujer se fue, él se giró hacia mí con una expresión de complicidad:

—Te lo he dicho. ¿Sabes qué significa eso?

—¿Qué?

Me rodeó con un brazo y se acercó a mí como si fuera a decirme un secreto.

—Que en cuanto nos hayan servido la cena, estaremos solos.

—Con las aves.

—Y las mariposas.

Había tantas mariposas… Tanto las que llenaban el conservatorio como las que me notaba en el estómago, que revoloteaban como si fuera un día cálido de primavera.

Scott me rodeó la cintura con el otro brazo.

—¿Bailas conmigo?

—Si no hay música.

—¿De verdad? Es como si la hubiera. —Nos estábamos moviendo como si oyéramos una canción silenciosa. Oscilando de un lado al otro mientras dábamos vueltas despacio.

Apoyé la cabeza en su pecho. Estando tan cerca, le olía el perfume con notas de madera a pesar de estar rodeados de flores. Una mariposa espectacular se le posó en el hombro, el color de sus alas rivalizaba con el azul de los ojos de Scott. Grabé ese momento en mi memoria: la calidez de su cuerpo junto al mío, el piar de los pájaros, el latido de su corazón en mi oído.

«Quiero esto. Espero tener esto. Debería tener esto, por siempre jamás».

¿Podía ser tan fácil, de verdad?

Me agarré a él con más fuerza.

—Oye, Scott, ¿cuentas con acostarte conmigo esta noche?

—Sí, la verdad.

—Mira tú por dónde… Pues tu abuelo debe de saber de lo que habla, porque creo que eso es lo que va a pasar.

Acurrucó la cara sobre mi pelo.

—La pregunta es: ¿cuentas con follar en cuanto volvamos a casa o cuentas con follar aquí, en el conservatorio?

Me aparté un poco para poder ofrecerle una expresión de escándalo.

—¿Lo dices en serio? Cuento con ambas, por supuesto.

Capítulo 12

Scott

—¡Caray! Ese sí que ha ido rápido. —El abuelo se volvió para quedar frente a Elias, su asistente personal—. ¿Lo has cronometrado?

Elias comprobó la pantalla del detector de velocidad.

—Uno ochenta y siete.

El abuelo esbozó una expresión que parecía tanto de impresión como de enfado a la vez.

—Será difícil de superar. Tendríamos que haber apostado por ese.

Me reí entre dientes y tomé un sorbo de la cerveza (la única bebida permitida cuando asistíamos a una regata, según el abuelo). Llevábamos todo el día en el agua, habíamos aparcado pronto para tener un sitio de primera. Ahora que la competición había empezado, no sabía qué era más entretenido, si las carreras a toda velocidad o las reacciones de mi abuelo mientras las miraba.

—¿De verdad apostarías en contra de tu propio equipo? —le pregunté al cabo de un segundo.

Se encogió de hombros.

—Si la embarcación que patrocino no va a ganar, será mejor que al menos haga algo de dinero de otra forma.

Esta vez, solté una carcajada.

—Como si necesitaras más dinero.

Abrió la boca y supe qué sería lo siguiente: alguna ocurrencia de las suyas del estilo «no conservarás el dinero con

144

esta actitud» o algo parecido. Pero entonces, cerró la boca y se limitó a sonreír.

—No voy a mentir —dijo, después de dar un trago a su cerveza—: me gusta el dinero.

—Al menos te conoces bien.

—Con noventa y cinco años, eso espero.

La siguiente embarcación se preparó para hacer el recorrido y nos quedamos en silencio. Era un buen día para no hacer nada. Una brisa fresca corría por el puerto y aliviaba lo que, de otra forma, sería un día de calor sofocante de treinta y un grados. Era muy cálido para ser octubre, pero era de agradecer tras el frente frío que había azotado Nueva York antes de irnos.

No obstante, a pesar de lo agradable que era pasar la tarde en el yate, tenía otras cosas en mente. Especialmente lo que tenía que ver con el correo electrónico que había recibido al despertarme.

—Limpia —había anunciado Tess orgullosa cuando había abierto el resultado de sus análisis. Me los había restregado por la cara para demostrarlo y eso mismo había hecho yo.

—Limpio.

Estábamos a unos minutos de celebrarlo de la única forma posible (follando a pelo) cuando Elias había llamado a la puerta del dormitorio para informarnos de que el yate zarpaba en diez minutos.

Así pues, la celebración tendría que esperar a que volviéramos. Lo que probablemente era lo mejor, puesto que no quería ir con prisas. Quería ir con calma. Quería disfrutar de todos y cada uno de los segundos que durara la experiencia y pretendía hacerla disfrutar a ella también. Había estado todo el día sufriendo medio empalmado solo de pensarlo.

Los ojos se me fueron a la cubierta inferior, donde Tess estaba estirada tomando el sol y leyendo un libro que había encontrado en una de las estanterías que había en casa del abuelo. En algún momento, se había quitado la ropa y ahora solo llevaba un bikini negro y diminuto. Joder, me estaba matando. Ya había pensado qué le haría cuando por fin pudiera deshacer los lazos de esos cordeles tentadores y contemplar cómo caía ese delgado trozo de tela.

Con discreción, me la recoloqué y volví a centrar mi atención en el abuelo. Estaba mirando en la misma dirección y con una expresión de admiración que supuse que rivalizaba con la mía.

—¡Oye! Vigila adónde se te van los ojos, abuelete.

Me ofreció una sonrisa de culpabilidad.

—Seré un abuelete, pero no estoy ciego. No hay ninguna razón por la que no pueda mirar.

—A mi novia, no. Mira todo lo que quieras, pero a otras mujeres. Aparta esos ojos de ella.

—«Novia» —repitió, virando la conversación hacia donde le convenía—. ¿Así es como se va a quedar?

Me estremecí solo de pensar en perder a Tess.

—No tengo planeado dejarla, si eso es lo que insinúas.

—No, no. Quería decir todo lo contrario. Me preguntaba si lo ibas a hacer permanente.

Ah. A eso quería llegar.

Me relajé, y era raro porque este era el tipo de tema que habría esperado que me pusiera nervioso. Pero, en realidad, sentía un entusiasmo extraño.

—No llevamos saliendo tanto tiempo, abuelo. No debería estar pensando en esos términos aún.

—Pero...

—Pero sí, hacerlo permanente... Me parece que es una posibilidad. —Decirlo en voz alta fue un alivio. No era la primera vez que me planteaba un futuro con Tess, pero esta era la primera vez que lo expresaba en voz alta de una forma concreta. Aunque hacía tiempo que este tipo de pensamientos luchaban por salir. La noche anterior, cuando la había presionado para que me dijera qué quería de mí, en realidad le había pedido permiso para decirle lo que yo quería de ella. Para decirle que lo quería todo de ella, para siempre.

Ahora que me había permitido formularlo, era como si hubiera abierto una compuerta. Me lo imaginaba todo: ella, con un anillo en el dedo, que yo habría escogido; sus ojos cuando le levantara el velo de la cara; su barriga embarazada con nuestro bebé. Toda una vida perfecta y maravillosa que me esperaba con ella a mi lado.

—Es lo que había supuesto por cómo la miras. Solo quería saber cómo tienes previsto hacerlo si estás prometido con otra.

Volví la cabeza de golpe en su dirección.

—Papá te lo ha contado. —No sabía de qué me sorprendía. Mi padre se jactaba siempre que podía y consideraba que mi compromiso con una mujer con el estatus social de Kendra mejoraba su imagen.

Era por él. Siempre se trataba de él.

El abuelo me miró con dureza.

—Esperaba que me lo dijeras tú.

—No voy a casarme con Kendra —le aseguré.

—Bien, esperaba que ahí estuviera la confusión. —Señaló a Tess con la cabeza—. No merece ser la otra.

Me asqueó la idea de que una mujer «mereciera» ser una amante, pero había muchas posibilidades de que el abuelo Irving hubiera tenido alguna que otra aventura y no quería abordar ese conflicto ahora.

—No se lo haría nunca.

—No lo dudo. Pero si técnicamente ahora mismo estás prometido…

—Estoy esforzándome por dejar de estar prometido. Solo que… —suspiré—. Solo que no es tan fácil como desearía.

Reflexionó. Noté cómo se contenía y no supe si agradecía que no me diera un sermón o si estaba decepcionado. Al final, me preguntó:

—¿Lo sabe, ella?

—¿Tess? Sí. Es plenamente consciente de la situación. —Qué mentira—. Bueno, no del todo. —Me planteé seguir explicándome. Si se lo contaba, ¿me ofrecería una solución? ¿Tendría esa misma sensación de alivio que había tenido cuando había reconocido que quería una vida compartida con Tess?

Seguramente se lo habría contado de no ser por lo que le había respondido ella en el conservatorio. Hasta ese momento, no me había incomodado con la muy alta probabilidad de que la FLD se quedara sin acuerdo de patrocinio. Sabía que era una organización que le importaba a Tess, pero no me había dado cuenta de lo mucho que le importaba hasta que había oído su respuesta a qué era lo que más deseaba.

No quería asumir que yo formaba parte de su lista de prioridades. Con todo, estaba bastante seguro de que no estaría de acuerdo con que me casara con Kendra a cambio de conseguir el patrocinio. O, cuando menos, no sería una elección fácil. Y por eso todavía no había llegado a contárselo.

Y por esa misma razón me estaba costando obligarme a explicárselo al abuelo.

Él lo hizo más fácil al nombrar el quid de la cuestión:

—Deja que lo adivine: a ese hijo que tengo no le parece bien.

Era la versión larga y la resumida, porque iba más allá de su amenaza de no patrocinar a la FLD, tanto si yo estaba dispuesto a asumirlo como si no.

—Ya sabes el tipo de perfil que papá quiere que tengan los miembros de la junta. Nunca me dejará avanzar. Me quedaré en un punto muerto.

Soltó un bufido.

—Henry es un imbécil. Siempre lo ha sido. Ya era un engreído y un estirado de niño. Me enfurece que haya instaurado esta actitud en la empresa. En mi empresa. No es el ambiente que yo fomenté. No es lo que yo defendía.

Su arrebato no me sorprendió. En general, trataba de evitar hacer comentarios sobre cómo mi padre dirigía Sebastian Industrial, pero las pocas veces que se había ido de la lengua, siempre había expresado frustración.

Musitó algo más entre dientes y oí una palabrota o dos antes de que se tranquilizara.

—¿Quieres que hable con él?

—Gracias, pero no hace falta. —Era un detalle por su parte, pero los dos sabíamos que haría más mal que bien. Mi padre era testarudo a más no poder. Siempre que alguien lo desafiaba, se cerraba en banda, por mucho que lo correcto fuera ceder. Y más cuando se trataba de su padre.

Y el abuelo podía quejarse todo lo que quisiera sobre cómo dirigía Sebastian Industrial, pero no iba a cambiar nada. Hacía décadas que había entregado el liderazgo de la compañía a sus hijos y, legalmente, no tenía ni voz ni voto.

—Me ha parecido que al menos debía ofrecértelo.

—Te lo agradezco.

La siguiente embarcación había iniciado su recorrido y se dirigía hacia nosotros. Nos quedamos en silencio mientras pasaba por delante a toda velocidad, hasta que Elias anunció que solo había tardado uno setenta y tres, y el abuelo perdió interés en la regata y me devolvió toda su atención.

—¿Te he contado alguna vez qué hizo tu abuela con su herencia?

Por lo general, el abuelo parecía tener la misma mente afilada con noventa años que la que tenía cuando yo era pequeño, así que no puse en duda este brusco cambio de tema y le seguí la corriente.

—No que yo recuerde. ¿Qué hizo?

—En realidad, lo más importante es lo que no hizo. Verás, cuando nos casamos, no teníamos ni un centavo. El padre de Adeline tenía algo de dinero, pero no estaba dispuesto a desembolsar ni un dólar, así que vivíamos en una casucha que daba pena mientras yo cultivaba las relaciones que necesitaba para erigir un imperio. Estaba obsesionado con eso, con erigir algo que fuera digno de ella. Ella, por su parte, habría sido feliz con tener una casa con moqueta de pared a pared.

»Aún pasábamos dificultades cuando su padre murió. Le dejó una buena suma, lo suficiente como para comprar una casa en un barrio residencial y que quedaran unos ahorrillos. Podría haber seguido con mi trabajo de contable, y habríamos estado bien. Bueno, ella habría estado bien. De hecho, habría estado contentísima. Y yo habría estado amargado.

—¿No le compraste la casa que quería? —le pregunté, suponiendo hacia dónde iba esta historia. No parecía él. Tanto si le había sido fiel como si no, había querido mucho a la abuela. Había sido todo su mundo, la adoraba.

—No era yo quien debía decidir, no era mío. Era suyo.

No importaba que en esa época las mujeres casadas no tuvieran ningún derecho legal a tener bienes propios. De todas formas, dejó que ella tomara la decisión. Esto sí que cuadraba más con la persona que sabía que era mi abuelo.

—Entonces, ¿qué hizo ella con el dinero?

—Me lo dio para que lo invirtiera. Me dijo que fuera a levantar lo que siempre había soñado. Sabía que al final iba a velar por ella. Por desgracia, perdí una buena parte de ese dinero, y pasamos unos cuantos años muy duros, pero la sociedad que había fundado gracias a esa inversión encontró petróleo por primera vez y, como ya sabes, desde ese momento, una cosa llevó a otra. —Hizo un ademán como si se hubiera desviado del tema—. No era ahí adonde quería llegar. Lo que quería decir es que tu abuela sacrificó algo importante para ella para que yo lograra algo que era importante para mí. Me dijo que no sería feliz en su casita perfecta si yo no era feliz con ella. Eso es amor. Eso es amor de verdad. Antes de ese momento, no sabía que me quería tanto. Sí, claro que me había casado con ella. Porque le tenía mucho cariño. Porque creía que iba a ser una buena madre. Una buena esposa. Pero creo que no me enamoré de ella hasta entonces. Marcó una gran diferencia en nuestro matrimonio. No sé si habríamos sido los que fuimos de no ser por ese sacrificio.

Vaya.

Era una historia conmovedora que no había oído hasta ahora, pero no estaba seguro de qué quería el abuelo que extrajera de ella.

—¿Qué tratas de decirme, abuelo?

Frunció el ceño como si hubiera perdido el hilo de los pensamientos.

—La verdad, no estoy seguro del todo, Scottie.

Bueno, pues había llegado el momento. El abuelo había empezado a perder la chaveta.

Se volvió para darme unas palmaditas en el hombro.

—Si alguien puede averiguar lo que quería decirte con esta historia, eres tú. Tengo fe.

—De acuerdo, abuelo. Le daré unas cuantas vueltas.

Sin embargo, en ese momento, mis ojos volvieron a Tess. Había dejado el libro a un lado y se había estirado boca abajo, con la parte de arriba desabrochada, de forma que tenía la espalda completamente desnuda y, joder, parecía una diosa, medio desnuda con la piel brillando bajo el sol.

Y la única cosa a la que le di vueltas en ese instante fue elaborar un plan que nos sacara del yate y nos llevara a la habitación de invitados tan pronto como fuera posible, joder.

Cuando por fin pisamos tierra firme, le dije al abuelo que no contara con nosotros para cenar y, entonces, después de que me respondiera con un guiño cómplice a escondidas, Tess y yo prácticamente nos fuimos corriendo al dormitorio.

Fui pisándole los talones y en cuanto cruzamos el umbral, la agarré por detrás antes incluso de que la puerta se cerrara del todo.

—Esta cosa a la que llamas bikini y que has llevado todo el día me está volviendo loco. —Con una mano reposando en su clavícula, bajé la otra sobre las braguitas del bikini y le acaricié los labios por encima de la tela mientras me apretaba fuerte contra ella para que notara lo mucho que había estado sufriendo—. Tanta piel desnuda y tú enseñando esas maravillosas curvas que tienes y aun así lo único en lo que no he podido dejar de pensar estaba aquí escondido.

—¿Ah, sí? —Empujó las caderas y siseé cuando restregó el culo por encima de la polla—. ¿Y qué pensabas al respecto?

—En lo calentito que está. En lo húmedo que te lo podía poner. En lo apretado que estará cuando te la meta sin nada más.

—Yo tampoco he podido dejar de pensar en todo esto. He intentado leer un poco, pero no me concentraba y he acabado leyendo el mismo párrafo una y otra vez. Había algo que me distraía.

A través de la palma, noté cómo se le aceleraba el pulso en el cuello. Las tetas le subían y le bajaban con una respiración superficial. Tenía las mejores vistas. Llevaba todo el puto día medio empalmado, pero verla excitada, notarla excitada, llevó mi erección a otro nivel. Me notaba la polla dura como una barra de hierro entre las piernas, compacta, pesada y peligrosa.

Quería que Tess estuviera tan excitada. Quería que sufriera tanto como yo estando cachonda.

—¿Algo como esto? —la provoqué, metiéndole los dedos en la vagina, tanto como la tela me lo permitía.

—Sí, pero en la otra, la de verdad.

Se los volví a meter y la tela le acarició los labios.

—¿Acaso esto no es de verdad? —Sabía a qué se refería, pero quería que lo dijera.

—Me distraía porque estaba pensando en tu polla.

Le rodeé el cuello con la mano y le eché la cabeza hacia atrás y hacia un lado para recompensarla con un beso. Al mismo tiempo, paseé la mano por dentro del bikini, donde la humedad de su piel cálida fue mi recompensa.

—Me gusta saber que piensas en mi polla —le dije después de dejarla sin aliento. Me estaba esforzando por hacerla jadear: con un dedo le masajeaba el clítoris de la forma que había descubierto que le gustaba más.

Gimoteó, noté cómo vibraba bajo la palma de mi mano.

—Deja de provocarme, Scott. Fóllame. Por favor. Quiero que me folles.

Normalmente jugaba más antes de que la tentara a hablar sucio, y encima que suplicara… Sin duda estaba ansiosa. Una parte de mí quería apiadarse de ella y darle lo que era tan evidente que necesitaba.

Pero tras horas y horas de expectativas, no estaba seguro de lo que iba a durar y más sin condón, y quería que disfrutara tanto como sabía que lo iba a hacer yo.

Pasé los dedos de largo del clítoris y los adentré entre los labios húmedos y la entrada de la vagina y se los metí sin miramientos.

—Aquí tienes, preciosa. ¿Era esto lo que necesitabas?

—No. Necesito… Necesito… —Pestañeó cuando el placer empezó a acapararla.

—¿Qué necesitas? Me has dicho que querías que te follara. Esto estoy haciendo, con los dedos, y te está gustando, ¿no?

Jadeó y empujó las caderas contra mi mano.

—Pero no son como tu polla.

—Chist… Ya lo sé. Ya lo sé. —Le recorrí la mandíbula a besos—. No te preocupes. Tendrás mi polla, pero primero quiero que te corras. ¿Lo harías por mí?

—Pero quiero correrme con tu polla.

—También dejaré que te corras con mi polla, pero antes necesito que te corras.

—¿Quieres que te deje la mano chorreando?

«Joder». Qué boquita. Me mataba.

Me esforcé por ignorar lo que me dolía la polla, y estiré el pulgar para poder masajearle el clítoris mientras la embestía con los dedos.

—Exacto, preciosa. Es justo lo que quiero que hagas. Quiero que me llenes la mano de tu corrida.

Me recorrió los muslos de arriba abajo con las manos mientras gemía y se le contraía la vagina alrededor de mis dedos. Estaba a punto. Un poco más e iba a llegar.

—Tess, enséñame esas tetas. Juega con los pezones, que se pongan tiesos. —Ya eran dos aguijones firmes que afloraban bajo la tela del bikini, pero sabía que estimularlos era un modo fácil de hacer que alcanzara el orgasmo.

Esta era una de las ventajas de follar con la misma mujer más de una vez. Descubrir lo que le gustaba y dejar a un lado las suposiciones. En otro momento de mi vida, había creído que eso solo conllevaba sexo aburrido. Ahora, sin embargo, ocurría justo lo contrario. Ahora que ya habíamos superado lo básico, podíamos explorar y aprender cosas nuevas.

Y, joder, cómo me gustaba explorar con Tess.

Ansiosa por hacer lo que le pedía, se llevó las manos a la espalda para desabrocharse el top, pero entonces quizá se dio cuenta de que era demasiado complicado llegar a los cordones conmigo rodeándola como estaba, así que decidió bajarse el sujetador y ya está.

O tal vez fue deliberado. Porque sabía cómo me pondría verla así, con los pechos desnudos y agarrados y los dedos tirando de los pezones...

Joder, si no se corría pronto, lo iba a hacer yo.

En cuanto lo pensé, llegó al orgasmo. Echó la cabeza hacia atrás, le tembló el cuerpo, le cedieron las rodillas y tuve que agarrarla con fuerza para evitar que se cayera al suelo.

Acerqué la boca a su oído y la acompañé en su arrebato de placer.

—Así me gusta, preciosa, así. Déjame la mano chorreando.
—Y la polla también. Notaba cómo caían unas gotas por la punta, como si llorara de envidia de mis dedos.

«Tranquila, enseguida llegará tu turno».

Tess seguía temblando cuando me llevé un dedo a la boca para chuparlo y limpiarlo. Me encantaba cómo sabía. Me encantaba cómo olía. Me encantaba saborear a Tessa Turani.

Giró la cabeza para observarme con los ojos vidriosos.

—Delicioso —le dije, chupándome otro dedo—. Me entran ganas de ponerme de rodillas y darme un festín.

Con un arranque repentino de energía, se liberó de mis brazos, giró sobre los talones y me agarró con ambas manos la camisa que había llevado abierta durante todo el día.

—Lo único que vas a hacer ahora es metérmela. Ni los dedos, ni la lengua... La polla.

Sonreí y le sostuve el rostro entre mis manos ahuecadas.

—Qué mandona. —Luego la besé, y el sabor de su coño se mezcló con mi otro sabor favorito: el de su boca, mientras la devoraba con los labios, los dientes y la lengua.

Tess tenía razón: lo único que podía hacer ahora era metérsela y tan rápido como fuera posible. Tenía que hacerlo ya. Una necesidad tan urgente y poderosa que lo habría dado todo para gozar de ese privilegio. Habría abandonado todo lo que conocía. Habría vendido mi alma sin arrepentirme ni un solo segundo.

Su desesperación parecía equiparable a la mía. Mientras le desabrochaba los cordones del bikini, ella me apartó la camisa de los hombros. Luego, se centró en el cordón de mi bañador y mientras trataba de deshacer el nudo, sus manos me acariciaban el pene erecto y me provocaban un placer que me recorría las venas. Lo tenía tan sensible que apenas soportaba el roce. En cuanto la hube desnudado, le aparté las manos y tomé las riendas, me bajé el bañador hasta los pies, me lo quité y la acerqué a mí para darle otro beso abrasador.

Estar desnudo con ella era casi llegar al éxtasis, ambos apretábamos el cuerpo contra el otro, como si fuéramos imanes pesados que no tuviéramos ninguna otra opción que pegarnos el uno al otro en cada momento posible. Me provocaba una sensación de vértigo y nerviosismo. Me hacía sentir entrelazado con ella, no en un sentido literal con los brazos y las piernas, sino a otro nivel. Espiritual o emocional, algo así. No era capaz de explicarlo, tanto porque era demasiado nuevo como porque era tan asombroso como indescriptible. Era una sensación a la que me quería entregar tanto como protegerme de ella. Porque me hacía sentir arraigado y perdido a la vez. Porque me hacía sentir dominado y liberado a la vez.

Y todavía no se la había metido.

La aparté, necesitaba recuperar el aliento. Necesitaba recuperar algo de control. La polla, que me palpitaba, tenía intenciones propias, y por mucho que quisiera bajar el ritmo, la pura necesidad de follar excedía cualquier otro deseo.

Me dirigí hacia la cama y me apoyé sobre el cabezal. Me había pasado el día pensando en este momento, en cómo quería hacerlo con ella esta primera vez, porque en todos los sentidos era una primera vez a pesar de las muchas veces que lo habíamos hecho ya. Quería contemplar cómo se introducía mi polla en su interior y había dudado sobre cuál sería la mejor posición para lograrlo. ¿Por detrás? ¿De rodillas entre sus muslos?

Ahora que había llegado el momento, descarté ambas opciones. Necesitaba poder agarrarla, poder besarla. Necesitaba que esto fuera tan íntimo como guarro.

Me la toqué, preparándome, aunque no lo necesitaba.

—Ven y siéntate en mi polla, Tessa.

Ya estaba encaramándose a mi cuerpo, como si supiera lo que yo necesitaba, o tal vez porque ella también lo necesitaba. Tras sentarse a horcajadas sobre mí, apoyó las manos sobre mis hombros y se colocó justo encima del pene.

—Espera —le dije y la detuve justo antes de que descendiera. Adoptó una expresión perpleja y frustrada y joder si la entendía, porque yo también me moría de ganas, pero para mí se trataba de un momento trascendental y quería grabármelo todo en la memoria—. Espera —repetí, en voz baja, mientras le apartaba el pelo de la cara. La besé con suavidad. Y luego, con menos suavidad, le sostuve la cara con una mano mientras la otra todavía me agarraba la polla palpitante.

Cuando los dos estábamos jadeando otra vez, me separé, coloqué la mano en su nuca y posé la frente sobre la suya.

—Quiero ver cómo te entra. Quiero ver cómo la aceptas. Mira conmigo, ¿vale?

Tal y como la estaba agarrando, no le quedaba otra opción a menos que cerrara los ojos, pero asintió de todas formas.

—Sí, miro contigo. Lo que quieras. Pero métemela.

Su urgencia parecía un ser vivo entre nosotros, que nacía de ambos, que era solo nuestro y que si yo no hubiera estado tan poseído por el deseo ahora mismo, tal vez habría querido alargar el momento.

Pero estaba poseído. Y la necesitaba. Lo necesitaba todo de ella. Necesitaba poseerla y llenarla y pertenecerle.

Coloqué la punta en el lugar exacto.

—Hazlo, preciosa. Déjame entrar.

Se hundió despacio, muy despacio, sin que yo tuviera que decirle que no se apresurara. Despacio, de forma que pude saborear todas y cada una de las sensaciones, centímetro a centímetro, mientras desaparecía en su interior.

—Ah, joder, Tess. —Apenas podía contenerme y solo habíamos llegado a la mitad.

Su suspiro se hizo eco de mi placer.

—Qué grande la tienes. ¿Cuándo se te ha puesto tan grande? Te noto entero.

Se deslizó hasta abajo, hasta que la hube penetrado por completo.

—Todo entero, cariño. Me tienes todo entero. —Desnudo, expuesto, tal como era, en todos los sentidos—. Joder, qué placer. —Qué maravilla, joder. Una sensación como ninguna que hubiera sentido antes. Húmeda, cálida y opresiva, como una puta sauna, pero tenía la sauna solo rodeándome la polla, y en vez de tener que salir al cabo de diez minutos desesperado por una bocanada de aire fresco, no me imaginaba querer estar en ningún otro lugar que no fuera aquí dentro.

Y sentía mucho más, sensaciones que no nacían de la unión física de nuestros cuerpos. Tenía la sensación de estar cayendo al vacío. A un vacío extraordinario y agradable. Era como dormirse tras haber tenido un día largo y horroroso. Un gustazo sin parangón imposible de controlar. Una sensación que no podía forzarse, uno solo podía rendirse ante ella. Era el éxtasis, aunque todavía tenía que llegar al orgasmo.

Tess separó nuestras frentes y empezó a bambolearse, pero yo no estaba listo. Si se movía, iba a explotar. Le agarré la cadera con una mano para inmovilizarla.

—Mentí cuando te dije que hacía años que no lo hacía con una mujer sin protección.

Mis palabras la petrificaron tanto como mi mano, el pánico le refulgió en los ojos y me imaginé lo que pensaba mientras trataba de darle un sentido a lo que acababa de decir. «¿Me ha engañado? ¿Por eso insistió tanto en que nos hiciéramos los análisis?».

Le acaricié la nuca con el pulgar en un intento por tranquilizarla.

—Nunca lo he hecho sin protección, Tessa.

—¿Qué? —Más sorpresa que incredulidad—. No puede ser que nunca, nunca.

Pues sí.

—Se me ha educado para que siempre tuviera cuidado —le expliqué. Desde que había perdido la virginidad con dieciséis años, siempre había usado protección. No habría demandas judiciales de paternidad si no había podido haber bebé.

—Y ahora…, conmigo… ¿Por qué?

—Joder, preciosa. ¿No lo sabes ya? —No le di tiempo para que lo adivinara. Tomé su boca con la mía, le dije que la quería con un beso. Se lo dije con un empujón de caderas. Se lo dije con las manos, acariciándole la piel, masajeándole los pechos, entrelazándome con su pelo en un intento de acercarla más.

Pensé las mismas palabras una vez tras otra mientras rebotaba sobre mí. Con cada embestida, «te quiero». Tras cada segundo que me acercaba al orgasmo, «te quiero». Tenía las palabras anudadas en la garganta, tan apretadas como notaba la polla dentro de Tess y quería pronunciarlas (no, necesitaba pronunciarlas), pero también necesitaba que las oyera y se las creyera y si las decía ahora en voz alta, mientras me cabalgaba como la preciosa amazona que era, se convertirían en palabras sexuales pronunciadas en un arrebato de pasión, vacías e irracionales.

Así que seguí diciéndoselo con mi cuerpo, besándola y haciéndole el amor, obligándola a ralentizar cuando quiso acelerar y provocándole despacio y con paciencia otro orgasmo a ese cuerpo arrebatador.

—Voy a correrme —le dije y me entregué al torbellino vertiginoso de mi propio orgasmo porque quería que lo sintiera conmigo, que notara cómo me vaciaba en su interior y le entregaba lo que nunca le había entregado a ninguna otra mujer.

—Lo noto —soltó, entre jadeos—. Adoro notar cómo te corres dentro.

Mientras gruñía al terminar de vaciarme, me pregunté si sus palabras también tenían un significado más profundo.

Después, nos quedamos abrazados, pegajosos, sudorosos y exhaustos. Me rodeaba las caderas con los muslos y tenía la cabeza apoyada sobre mi hombro mientras la polla se me iba ablandando en su interior. Le acariciaba la espalda con la mano y cerré los ojos, convencido de que podría quedarme dormido en esta posición a pesar de que empezaba a no notarme la pelvis. Suponía que sus piernas tampoco podrían soportarlo mucho más, así que, aunque no era lo que quería, salí y cambié de posición de forma que quedamos estirados de lado, cara a cara.

No se apartó demasiado, dejó que la abrazara, pero en cuanto pude sacar la colcha de debajo para taparnos con ella, cerró los ojos y, a juzgar por su respiración, supe que estaba a punto de quedarse dormida.

Me embargó una peculiar punzada de pánico. Las palabras que se me habían anudado antes en la garganta habían conseguido llegar hasta mi boca y luchaban por salir tras los labios. Necesitaba soltarlas tanto como había necesitado estar dentro de ella. Como si formara parte de lo mismo. Como si no pudiera estar de verdad dentro de ella sin pronunciarlas.

—Oye. —Le acaricié la mejilla con los nudillos.

Abrió los ojos de golpe, demasiado rápido como para que hubiera estado adormilada. Pero en cuanto me encontré con su mirada, me ofreció una sonrisa adormecida que indicaba que podía quedarse dormida enseguida si la dejaba.

—¿Sí?

No me lo pensé. No vacilé.

—Te quiero.

Ahora sí que estaba despierta del todo y tenía una expresión atónita.

—Lo digo de verdad —reiteré—. No puedo hablar de esto a medias, esperando y temiendo al mismo tiempo que entiendas qué quiero decir. No puedo. Y sé que es rápido y si te da miedo oírlo, bueno, la verdad es que yo también lo tengo, pero no puedo dejar que te lo preguntes o te preocupes o que no lo sepas. Te quiero, Tessa. Por eso ahora. Por eso contigo. Porque estoy enamorado de ti.

Me rodeó el cuello con el brazo y nos acercó todavía más.

—¿De verdad, de verdad?

—De verdad, de verdad. —Examiné su expresión, muriéndome por oírle decir las mismas palabras, pero tratando de to-

mármelo bien si no lo hacía—. ¿Crees que… Te ha parecido…
Bien?

Tenía los ojos vidriosos cuando asintió.

—Me ha parecido muy bien. —Tenía la voz temblorosa, y
me di cuenta de que estaba intentando no llorar—. ¿Está bien
si te digo que yo también te quiero?

Por supuesto, necesitaba oírselo decir de verdad.

—¿Ah sí?

—Sí, te quiero.

Juro que el corazón me dio un vuelco. Como si fuera una
adolescente, joder.

—Está perfecto, Tessa. Muy muy bien.

Nos besamos durante un rato, con besos lentos y prolon-
gados. Besos que creían que tenían todo el tiempo del mundo.
Besos que no tenían ninguna razón para apresurarse.

Cuando al final se quedó dormida, a mí me faltaba poco
para cerrar los ojos. Y en un momento entre la lucidez y el
vacío, las piezas de mi vida que no parecían estar relacionadas
hasta ahora encajaron como un puzle. La historia del abuelo.
La herencia de la abuela Adeline. El ultimátum que me había
dado mi padre. El miedo que había tenido de dejar a Tess sin
lo que más quería.

Lo vi todo claro. El significado de sacrificarse. Lo que tenía
que hacer.

Con Tess entre mis brazos, me dormí sonriendo y aliviado.
Sabía que el abuelo tendría la respuesta. Al fin y al cabo, todo
lo que sabía del amor me lo había enseñado él.

Capítulo 13

Tess

A pesar de haber subido en ascensor, estaba sin aliento cuando llegué ante el mostrador de recepción de Eden el lunes por la mañana.

—¿En la sala de siempre? —pregunté.

Era extraño que hasta el último detalle del proceso de negociación entre Sebastian Industrial y la FLD no dependiera de mí. Kendra me mantenía informada, pero había tomado las riendas. Ni siquiera estaba segura de qué íbamos a abordar en la reunión de hoy. Lo único que sabía era lo que me decía en el mensaje que me había mandado después de que llegara a casa el domingo por la noche: que estuviera en Sebastian Industrial al día siguiente a las once en punto.

No eran las once en punto. Según el reloj que había en la pared tras la recepción, eran las 11:03. De ahí que fuera con prisas.

Eden hizo una mueca.

—¿No te han avisado de que la reunión estaba cancelada?

—No, no me han avisado.

Y no era culpa suya. Era el día que llevaba. Aunque el viaje a Cayo con Scott había sido maravilloso, estaba teniendo un día horrible. Primero, me había equivocado de hora al programar el despertador. Después, con las prisas por haberme quedado dormida, me había manchado sin querer la blusa rosa palo con rímel. Había tardado quince minutos en encontrar qué otra cosa ponerme. Ahora que no le tomaba prestada la ropa a Kendra, mis opciones para vestirme eran mucho más

161

reducidas. No tenía nada que estuviera a la altura de lo que me había puesto en reuniones anteriores, así que finalmente había optado por un vestido de corte evasé negro que había sacado del armario de Teyana.

El vestido había resultado ser una opción que me favorecía, y habría tenido un poco de confianza en mi aspecto de no ser porque me las había arreglado para que se me descosiera una costura debajo del brazo derecho mientras me lo estaba poniendo. Al menos tenía un cárdigan que podía ponerme encima, que me estropeó un poco la vestimenta, pero como mínimo estaba presentable.

Después de eso, el día había ido de mal en peor. El tren había ido con retraso. Había pisado un charco de vómito. Me había olvidado la cartera (por suerte, en bolso llevaba un puñado de billetes con los que había llegado a la ciudad). Se había puesto a llover. Y, por último, la cerecita de mierda de un pastel de mierda: se me había caído el teléfono en la calle y había sido testigo de cómo lo aplastaba un camión de la basura antes de que pudiera recogerlo. Esperaba tener la pantalla hecha añicos, pero resulta que ni siquiera se encendía.

Y por eso no había recibido el mensaje de que se había cancelado la reunión.

—Lo siento —dijo Eden—. Hemos usado el número que tenemos en la ficha. ¿No es el correcto?

—Seguro que es el correcto, pero es que no se me enciende el móvil. —Saqué el teléfono roto del bolso, no porque creyera que necesitara una prueba, sino porque necesitaba compartir mi miseria con alguien.

—Ostras, qué mierda —exclamó, con el nivel justo de empatía.

—Sí, un día de mierda es lo que tengo. —A la velocidad que iban las cosas, no esperaba que fueran a mejorar.

Con un suspiro, me metí el teléfono inútil en el bolso.

—Bueno, supongo que eso me cambia el horario. ¿Se ha propuesto una nueva fecha para la reunión?

Escribió en el ordenador.

—No, que yo vea. ¿Tienes otro número en el que pueda ponerme en contacto contigo cuando aparezca en el calendario?

—No, pero hoy mismo tendré uno nuevo. —Retiraba eso. Como me había dejado la cartera en casa, tendría que volver hasta Jersey City primero y, cuando llegara al piso, lo único que pensaba hacer era meterme en la cama y cubrirme con la colcha hasta las orejas—. Será mejor si… ¿podrías mandarme un correo electrónico?

—Por supuesto.

Me alejé del mostrador mientras trataba de decidir qué hacer ahora. Sin duda, la cama me llamaba, pero, por otra parte, ya estaba en el centro de la ciudad. Y estaba cerca de Scott. Y lo echaba de menos. Era una tontería porque solo habían pasado dieciocho horas desde que lo había visto, pero después de pasar tantos días con él (de despertarme con él, de dormirme en sus brazos), dieciocho horas me parecieron una vida entera.

Quizá estaba libre para un almuerzo improvisado.

No le importaría invitarme. Me dio un poco de vergüenza suponerlo, pero sabía que no había forma de convencerlo de que me dejara pagar a mí, así que ¿importaba, acaso?

Di media vuelta.

—¿Y Scott? ¿Está libre?

Nuestra relación seguía siendo un secreto, pero después de todo el tiempo que habíamos pasado trabajando juntos, no parecería extraño que preguntara por él.

O no debería haberlo parecido. Sin embargo, Eden, pareció un tanto horrorizada cuando lo hice.

—No, me temo que hoy tiene la agenda llena. —Esta vez no había consultado primero el ordenador.

No me decidía en si era sospechoso o no. Al fin y al cabo, seguramente había sido él quien había cancelado la reunión. Tendría sentido que fuera porque le había salido otra cosa, y Eden, por supuesto, lo sabría.

No obstante, no podía evitar desconfiar.

Pero ¿qué iba a hacer? ¿Ponerla en duda? Joder, ojalá me funcionara el teléfono. Le habría mandado un mensaje. Quizá incluso él mismo podría estar tratando de ponerse en contacto conmigo.

Pensar que Scott no podría ponerse en contacto conmigo me hizo replantearme los planes. Quizá la cama tendría que esperar para poder conseguir un teléfono nuevo.

Pero no iba a conseguir nada sin la cartera. Así que, con otro suspiro, le di las gracias a Eden y salí de las oficinas.

Distraída como iba, no vi a Sarah Boynton de la FLD hasta que casi choco con ella.

—Ay, ¡hola!

Seguro que venía a la misma reunión cancelada que yo. Me tranquilizaba un poco saber que no había sido la última en llegar.

—¿Te vas? —me preguntó—. ¿Ya ha terminado?

—La reunión se ha cancelado. Supongo que a ti tampoco te ha llegado el mensaje.

Frunció el ceño con expresión perpleja.

—Pero la rueda de prensa no se ha cancelado, ¿verdad?

—¿Rueda de prensa? —No sabía nada de una rueda de prensa.

—Estaba prevista en lugar de la reunión, aunque estas cosas siempre empiezan tarde. —Echó un vistazo al reloj—. Seguro que estamos llegando justo a tiempo.

¿Por qué Eden no me había dicho que había una rueda de prensa? ¿Acaso Kendra intentaba dejarme mal?

Otra posibilidad era que Eden tuviera segundas intenciones. Teniendo en cuenta que yo era la chica que salía con el hombre que le gustaba, me parecía plausible. Me pregunté si me habría mandado un mensaje siquiera.

Ya fuera cosa de Eden o de Kendra, estaba bastante segura de que alguien trataba de apartarme de forma deliberada de la rueda de prensa.

Hablaría con Scott al respecto, más tarde.

Mientras…

—¿Sabes dónde se hace?

—Me dijeron que la sala de prensa está en la primera planta. Vayamos, a ver si entre las dos la encontramos.

Por suerte, los carteles del vestíbulo lo indicaban claramente y no nos costó descubrir adónde se suponía que debíamos ir. Mientras nos dirigíamos hacia allí, Sarah me puso al día del estado actual de las negociaciones.

—Se suponía que hoy era la reunión final antes de firmar el acuerdo, pero supongo que ha habido algún otro escándalo que Henry Sebastian quiere silenciar, así que han querido anunciar el patrocinio antes de tiempo.

—Uf, qué asco. ¿Usa la FLD para escudarse? —Por primera vez desde que había empezado todo esto, me pregunté si había cometido un error al poner en contacto una organización decente y reputada con Sebastian Industrial.

Sarah le restó importancia con un gesto.

—Es lo habitual en este tipo de acuerdos. Nosotros sacamos algo de ellos, así que espero que ellos saquen algo de nosotros. Yo me centro en lo bueno: ¡hemos conseguido un acuerdo con Sebastian Industrial! —De pronto se detuvo y se volvió hacia mí—. ¡Lo hemos conseguido gracias a ti! Eres maravillosa. Gracias, gracias, muchísimas gracias. No habría sido posible sin ti.

Con todo el jaleo desde que Kendra había descubierto mi engaño, me había olvidado del lado positivo. Yo lo había conseguido. Yo había marcado la diferencia. Había hecho algo bueno, algo más que bueno, y no solo para Teyana, sino para incontables personas que sufrían trastornos relacionados con la disautonomía.

No dejé que me afectara, pero Sarah me agarró y me abrazó.

—Os lo merecéis. Me alegro tanto de que haya salido bien.

—Yo también. Yo también. —Cuando se apartó, tenía los ojos llorosos. Se secó una lágrima con un nudillo—. No hay tiempo para esto. Quiero estar dentro cuando lo anuncien.

Recorrimos el resto del pasillo corriendo, deteniéndonos solo para que Sarah enseñara rápidamente las credenciales. Por suerte, el guardia no estaba muy preocupado porque tuviera una invitada, puesto que no le había preguntado por mí, y no estaba segura de si estaba incluida o no en la lista que le habían entregado. Si no hubiéramos tenido tanta prisa, me habría parado a preguntar, solo por curiosidad.

Pero estaban ocurriendo cosas más importantes que el problema que Eden o Kendra tuvieran conmigo. ¡El acuerdo se iba a anunciar!

Y yo que creía que nada podía hacer que este día mejorara.

La sala de prensa tenía un tamaño decente: era más grande que la que había en la Casa Blanca, pero más pequeña que el salón de baile que se usaba para dar una rueda de prensa en la película de *Notting Hill*. A pesar de su tamaño, estaba llena de periodistas y cámaras. Divisé a Brett y a unos cuantos empleados con los que había trabajado en el acuerdo de patrocinio en primera fila, pero, que yo viera, no tenían asientos libres junto a ellos.

Además, la rueda de prensa ya había empezado. Scott estaba en pie tras el atril, y estaba para morirse con un traje de tres piezas a medida, azul, que hacía que sus ojos parecieran tan azules como el océano que habíamos sobrevolado hacía solo unas horas.

Junto a él estaba Kendra, con aspecto impecable en su traje de chaqueta y pantalón de diseño. Por un momento, quise arrancárselo y apuñalarla en los ojos. Pero solo porque yo merecía estar ahí arriba, y no ella, o al menos con ella, no porque de verdad la odiara tanto. Y menos cuando estaba que explotaba de la alegría porque el acuerdo había salido adelante. A estas alturas, no me importaba quién consiguiera que se firmara, solo que se firmara.

Junto a Kendra había un par de personas que no conocía, aunque reconocí a uno: el doctor que formaba parte de la junta de la FLD.

—Ese es el doctor Faust —me susurró Sarah justo cuando encontrábamos sitio junto a una pared lateral—. Y detrás está Peter, es el presidente.

—Hay muchos hombres representando una enfermedad que solo sufren mujeres —protesté.

—Al menos la representan.

Nos callamos para oír lo que Scott estaba anunciando:

—… emociona esta oportunidad de representar a una organización que merece atención y reconocimiento —decía, leyendo un guion que tenía delante—. Ya es hora de que las enfermedades relacionadas con la disautonomía se tomen en serio tanto en la sociedad como en el ámbito de la medicina.

Prosiguió con su discurso hablando de la labor de la Fundación para la Lucha contra la Disautonomía y la variedad de obstáculos que se interponen en la vida de los pacientes que sufren disautonomía. Me alegraba de estar en un lugar de la sala donde no pudiera verme con facilidad, porque estaba segura de que tenía una expresión embobada y de enamorada. Scott ya sabía que lo quería. No necesitaba saber lo mucho que me fascinaba cuando se ponía en modo hombre al mando.

—Uno de los aspectos más apasionantes de este patrocinio —dijo, al cabo de un rato—, es cómo llegó a forjarse. La FLD y Sebastian Industrial se pusieron en contacto gracias al maravilloso trabajo de Conscience Connect, una organización que se dedica a unir empresas como la nuestra con fundaciones que necesitan patrocinio.

Se volvió hacia Kendra, quien dio un paso adelante para quedar a su lado, y de pronto me hacía menos gracia que Scott no pudiera verme porque estaba segura de que mi expresión rezumaba rencor porque así era como me sentía y no tenía ningún reparo en hacérselo saber.

—Kendra Montgomery es la CEO y fundadora de Conscience Connect y, lo que es más importante, me emociona poder anunciar que también es mi prometida.

Un barullo se adueñó de la sala, aunque lo único que oía yo era un pitido en los oídos mientras el aire abandonaba mis pulmones. Sentí un nudo en el estómago y un vacío en las entrañas. Tenía la sensación de estar cayendo a la nada. De estar cayendo a un pozo muy muy profundo. Gracias a Dios que estaba junto a la pared, donde me apoyé, o no habría sido capaz de mantenerme derecha.

Qué. Cojones.

En serio, ¿qué cojones?

—No sabía que estaban prometidos —exclamó Sarah, maravillada.

Apreté los dientes.

—Yo tampoco.

Porque no lo estaban, ¿no? Scott había dicho que no era de verdad. Que pronto terminaría todo, en cuanto se firmara el acuerdo. Había dicho que no iba a seguir adelante con la boda. Había dicho que nunca llegaría a anunciarse.

Entonces, ¿por qué demonios estaba en una sala llena de periodistas diciéndoles que estaba prometido?

Si hubiese sido Kendra quien lo hubiese anunciado, habría sido otra cosa. O Henry Sebastian. Pero no, había sido Scott. Había salido de su propia boca.

Lo que significaba que yo era una tonta estúpida.

Una estúpida por haberme creído que me quería. Una estúpida por haberme creído todo lo que me había dicho.

Aunque… había parecido todo tan real…

Quería darle el beneficio de la duda y creer que esa sensación no era equivocada. Quizá había ocurrido algo que lo había hecho cambiar de parecer. Quizá había algo que yo no sabía.

Sin embargo, esto era lo que ocurría con los ligones, ¿no? Esto era justo lo que solían hacer. Hacían creer a las mujeres como yo que eran especiales. Hacían creer a las mujeres como yo que podían llegar a ser su pareja. Hacían creer a las mujeres como yo que un hombre como él se merecía ser querido.

Estaba a punto de romper a llorar.

Señal de que debía irme, pero, justo cuando empecé a excusarme con Sarah, Kendra intervino para explicar las razones por las que había querido colaborar con la FLD y no eran razones que nacieran de ella. Eran mis razones.

—La disautonomía es una enfermedad muy importante para mí —dijo—. Tengo una muy buena amiga que sufre el síndrome de taquicardia postural ortostática, también conocido como POTS, desde hace años, de modo que he presenciado de primera mano el impacto que puede tener en la calidad de vida de una persona. He sido testigo de cómo afecta a sus relaciones. De cómo afecta a su capacidad de conservar un trabajo. Es desgarrador. Por eso para mí era tan importante encontrar una empresa tan prestigiosa como Sebastian Industrial que quisiera formalizar este acuerdo. Me alegro mucho de saber que la FLD estará en tan buenas manos.

Kendra se podía ir a la mierda. Y Scott también. Estaban hechos el uno para el otro.

Como si pudiera oír mis pensamientos, la mirada de Scott recorrió la sala y se detuvo cuando se encontró con la mía. Su piel palideció, pero la mirada era cálida y suplicante. Noté que trataba de evitar que me moviera. Casi que lo oía diciéndome «No te vayas hasta que hablemos».

Pero no podía quedarme en la sala ni un minuto más. No sin derrumbarme por completo.

—Me encuentro mal —le susurré a Sarah. No era mentira—. Será mejor que me vaya. Felicidades por el patrocinio.

Me di la vuelta, no le di la oportunidad de responderme, y me adentré entre la muchedumbre en dirección a la salida.

Las lágrimas me asomaban cuando llegué al vestíbulo, pero me negué a dejarlas rodar. Aquí no. Mientras siguiera en territorio de los Sebastian no lloraría.

De inmediato, me sentí agradecida por tener la habilidad de mantener la compostura porque solo había dado dos pasos por el pasillo cuando Henry Sebastian salió por una puerta secundaria de la sala de prensa.

—Señorita Turani —dijo, obligándome a detenerme y a hablar con él—. Me alegro de verte.

Me obligué a alzar la barbilla y ofrecerle una sonrisa tensa.

—Lo siento, señor Sebastian. No tengo tiempo ahora mismo. Tengo prisa.

—¿Tienes otra cosa concertada a la misma ahora que la del anuncio? Qué extraño, dada la naturaleza de la rueda de prensa. Scott me había dado a entender que el patrocinio era importante para ti.

Por Dios. Si yo solo… Yo solo quería salir de ahí. No quería tener que ponerme a hablar con este imbécil.

—Efectivamente —respondí, girándome para quedar frente a frente—. Y estoy muy contenta de que los patrocinen. Y ahora, si me disculpa…

Había conseguido dar tres pasos cuando me llamó:

—¿De verdad creías que te iba a elegir a ti?

Me quedé petrificada. Como si me hubiera clavado un puñal en la espalda, no podía moverme. No podía dar otro paso. Tenía un nudo en la garganta que no dejaba pasar las palabras, así que no tenía sentido tratar de responder.

Y, aunque hubiese sido capaz de responder, ¿qué le habría dicho?

Porque, en el fondo, en las entrañas, en lo más profundo de mi ser, no, no había creído que fuera a elegirme a mí. Porque nunca creía que me tocara algo tan bueno. Porque mi forma de pensar no era la adecuada. Porque no creía que yo valiera la pena.

—No sé qué te dijo, pero Scott es consciente de sus obligaciones —prosiguió Henry, retorciendo el puñal—. Sabe perfectamente qué quiere conseguir. Estoy seguro de que habrá espacio en su vida para ti, pero no como su mujer.

Puede que fueran las palabras más sinceras que un Sebastian me había dicho en la vida.

Y las más desgarradoras.

Y si me quedaba a escucharlo un segundo más, no creía que saliera lo suficientemente ilesa como para poder reanudar mi vida.

Con el último ápice de fuerzas que me quedaba, obligué a mis pies a caminar. Primero un paso, luego otro. Luego otro más. Hasta que seguí recorriendo el pasillo. Hasta que atravesé el vestíbulo. Hasta que salí por la puerta.

Hasta que en la calle, bajo la lluvia, empecé sollozar mientras me preguntaba cómo había podido creer que me merecía algo más de lo que tenía.

Capítulo 14

Scott

En cuanto la rueda de prensa terminara, saldría pitando de aquí. Kendra debía de tener tantas ganas como yo de irse, porque aunque me di mucha prisa, oí lo que le dijo a Brett cuando bajó del atril:

—No sé qué le ha podido pasar a Tess —dijo—. Debería haber estado aquí. Ha sido muy incómodo leer el discurso cuando debería haber sido ella.

Sí, porque el guion se había escrito pensando que lo pronunciaría ella.

No tenía tiempo para contarle nada a Kendra. Primero tenía que encontrar a Tess y, teniendo en cuenta que la rueda de prensa había continuado durante al menos siete minutos después de que se fuera, había muchas probabilidades de que ya no la encontrara.

Esperaba que se hubiera quedado por aquí, aunque era poco probable.

En vez de salir disimuladamente del salón de prensa por detrás, como solía hacer, hice lo impensable y salí por delante. Ignorando las peticiones de los periodistas para dar más declaraciones, me abrí paso entre la aglomeración de reporteros buscando algún rastro de ella, pero no encontré ninguno. Llegué hasta el vestíbulo, con la esperanza de encontrarla allí. Entonces, cuando salí y no la vi, atravesé el vestíbulo hasta la calle del otro extremo.

—¡Joder!

Se había ido. Claro que se había ido. Era lo que habría hecho yo si fuera ella.

Y, por ese motivo, tenía que encontrarla y explicárselo.

Guiado por el instinto, me llevé la mano al bolsillo en busca del teléfono, sin pensar que me lo había dejado en el despacho, cargando. Eso me ayudó a decidir qué hacer ahora. Subir al despacho, pues.

Tal vez estaba allí, esperándome.

Esta posibilidad me hizo caminar con más brío y volví a cruzar las puertas de cristal y entré en el vestíbulo.

Y me encontré de frente con mi padre.

—Ahora mismo no deberías preocuparte por ella —me dijo, como si fuera la continuación de una conversación que estuviéramos teniendo—. Además, hace rato que se ha ido. Si es a quien estás buscando.

Lo escuchaba a medias, de modo que tardé unos segundos en procesarlo.

—¿De quién hablas?

—De la Turani esa. Supongo que has visto que había venido.

—¿Tú también la has visto? —Al menos no habían sido imaginaciones mías.

—Sí, hemos mantenido una agradable charla, ella y yo. Hemos dejado las cosas claras.

Me puse tenso. Vi chiribitas rojas.

—¿Qué le has dicho?

—No mucho. Solo me he asegurado de dejarle claro su lugar en tu vida. Lo curioso del caso es que creo que ella solita lo ha entendido en la rueda de prensa. Anunciarlo ha sido una buena decisión. Has matado muchos pájaros de un tiro.

Noté cómo se me cerraban los dedos en un puño incluso antes de que respondiera. Pegarle no era una posibilidad (me arrestarían, por muy hijo suyo que fuera) y aunque no me importaría ir a la cárcel por Tess, tampoco me ayudaría a resolver la situación.

Pero eso no significaba que no pudiera atacarlo verbalmente:

—No te acerques a ella. Como me entere de vuelves a acercarte a menos de dos metros sin que yo esté presente, te juro que…

—Mira, Scott —me cortó. Su mirada me advertía que recordara dónde estábamos y con quién estaba hablando. En voz baja, prosiguió—: Lo que está claro es que no te estás comportando como un hombre decidido a casarse con otra mujer.

En este sentido, tenía que ir con pies de plomo. Porque tenía razón, y eso era justo lo que mi padre debía creer: que estaba decidido a casarme con Kendra.

—En ningún momento me dijiste que tenía que serle fiel. Si la fidelidad es una condición para estar en la junta, tanto tú como yo sabemos que la mayoría de los miembros tendrían que ser despedidos, tú incluido.

Entrecerró los ojos. Y me ofreció una sonrisa tensa.

—Es la impresión, Scott. La condición es dar una buena impresión. Hoy lo has hecho muy bien. No lo jodas todo ahora pensando con la polla.

Me dio unas palmadas en el hombro. Cualquiera que nos viera pensaría que solo me estaba felicitando. Entonces, porque él siempre debía tener la última palabra, me dio la espalda y se dirigió hacia los ascensores que conducían a su planta, la más alta.

Me quedé mirándolo cuatro segundos, pensando en todas las brutalidades que me entraban ganas de hacerle. Podría haberme pasado el día entero así, pero me recordé que no valía la pena que perdiera mi tiempo con él. Tess, por otra parte, sí que valía la pena.

Ahora que sabía que había tenido un encontronazo con mi padre, era incluso más necesario que hablara con ella. Me dirigí al ascensor corriendo y apreté el botón varias veces, tratando de acelerarlo. Cuando por fin llegó, me abrí paso entre la muchedumbre que salía y fulminé con la mirada al hombre que empezó a entrar después de mí.

—Lo siento, el ascensor está ocupado —le dije mientras apretaba el botón para cerrar las puertas. Se me había agotado la paciencia. Si teníamos que ir parando en otras plantas, abriría un boquete de un puñetazo en el ascensor.

A pesar de mi urgencia, cuando llegué a mi planta pasé por recepción, donde estaba Eden, antes de dirigirme al despacho.

—Te he pedido explícitamente que no mandaras a Tess a la rueda de prensa. ¿Puedes explicarme cómo cojones lo has podido malinterpretar? —La rabia que quería descargar sobre mi padre la expulsé directamente en ella.

Me daba igual. No me importaba quién me oyera ni a quién pudiera ofender. Estaba demasiado nervioso. Demasiado colérico. Demasiado asustado de que me hubiera salido el tiro por la culata y ahora se hubieran jodido las cosas con Tess.

Eden me miró y pestañeó con los ojos como platos.

—¡Pero si no lo he hecho! ¡Ha venido, pero le he dicho que la reunión se había cancelado!

—Entonces, ¿por qué demonios la he visto claramente entre los asistentes?

—¡No lo sé! Debe de haberlo descubierto sola. Como ya te he dicho, ha venido. Me ha explicado que se le había roto el móvil y…

—¿Se le ha roto el móvil? —Eso explicaba por qué Tess no había respondido a ninguna de las llamadas que le había hecho por la mañana.

Eden asintió.

—Y por eso no había recibido el mensaje.

—Un momento. —Era la voz de otra persona. La voz familiar de otra persona.

Me volví y me encontré a Kendra. Ni siquiera me había parado a mirar quién estaba esperando en la recepción cuando había entrado hecho una furia. Debía de haber subido cuando había acabado todo, mientras yo buscaba a Tess por todas partes.

Kendra se acercó antes de añadir nada más. Era lo adecuado, puesto que la conversación se estaba desarrollando en un lugar demasiado público.

—¿Has dejado a Tess fuera de la rueda de prensa a propósito?

Solté un bufido.

—Deberíamos continuar esta conversación en privado.

—Sí, buena idea.

Mientras tomaba nota mental de disculparme con Eden más tarde por este ataque fortuito, conduje a Kendra rápidamente por el pasillo hasta mi despacho. «Qué pérdida de tiempo». Era lo único que podía pensar a cada paso. En el tiempo que estaba perdiendo lidiando con otras personas (mi padre, Eden y, ahora, Kendra) cuando la única persona con la que quería hablar era Tess.

No obstante, ahora que sabía que tenía el teléfono roto, estos minutos no importaban. La única forma de hablar con ella sería ir a verla y, como Tess usaba el transporte público, era imposible que hubiera llegado ya a su casa, si es que se había dirigido allí.

Podía permitirme dedicar cinco minutos a una conversación que debía mantener.

Con la intención de no alargarme demasiado, empecé sin preámbulos en cuanto la puerta se cerró después de que hubiésemos entrado.

—Mira, Kendra, te lo tendría que haber dicho antes y no lo he hecho porque… —Iba a tardar una eternidad en explicarle que creía que el hecho de que ella lo supiera ponía en peligro el acuerdo con la FLD. Irónico, me di cuenta ahora, cuando se había evidenciado que la amenaza era mi padre y no Kendra—. Bueno, por ciertas razones. Da igual. La cuestión es que no puedo casarme contigo. Lo siento. He sido muy directo, no tiene nada que ver contigo, es que no puedo y ya está.

—Ah. —Parecía sorprendida—. Ah. —Y luego aliviada, una reacción que abordaría tarde o temprano—. Entonces, por qué has querido anunciar nuestro compromiso?

—Porque, bueno, por ciertas razones también. En resumen, porque necesito que la gente crea que me voy a casar contigo, sobre todo mi padre, y me he dado cuenta de que no es justo pedirte que mantengas las apariencias, pero yo estoy dispuesto a, no sé, a encontrar una compensación. Quiero decir, no sé si hay algo que pueda proporcionarte que sea tan bueno como una oferta de matrimonio… —Y entonces recordé que me había parecido aliviada—: Aunque me da la sensación de que tú tampoco querías casarte, ¿verdad?

—La verdad es que no.

Opté por no sentirme ofendido, aunque una parte de mí quería.

—Entonces, ¿por qué dijiste que sí?

—Porque, bueno, por ciertas razones.

Me picó la curiosidad, claro, pero no tenía la energía como para ponerme a hurgar.

—De acuerdo, cosas tuyas. Lo respeto. En cuanto al compromiso…

—¿Hasta cuándo quieres que mantengamos el teatro?

—Eh… —Joder, me sentía imbécil contando con que Kendra quisiera ayudarme con mi plan absurdo. Pero estaba poniendo en práctica el método Sebastian (recibes lo mismo a lo que aspiras) porque quería conseguirlo—. Hasta que se haya transferido el dinero del patrocinio a la FLD.

—Tal y como está redactado el contrato, podría llevar más de un año.

—Sí, lo sé.

—¿Puedo preguntarte por qué?

—Claro, claro. —A ver, ¿cómo podía explicárselo para ir rápido?—. Básicamente, porque mi padre es un capullo controlador que se niega a patrocinar la FLD a no ser que tú y yo nos casemos. Y antes de que me preguntes por qué me importa tanto, es porque le importa mucho a Tess. Y, ah, sí, estoy enamorado de Tess.

—¿Mi Tess?

—Prefiero pensar en ella como mi Tess, pero sí.

—Ostras. —Inspiró hondo, se sentó en el reposabrazos del sofá y me miró—. ¿Lo sabe ella?

—Sí. Al menos lo sabía, antes de que entrara en la rueda de prensa y me oyera anunciar que eres mi prometida. He tratado de hablar con ella primero, pero no me ha respondido en toda la mañana y no quería que se enterara sin una explicación y como no he podido ponerme en contacto con ella antes de que bajáramos a la sala…

—Le has dicho a la recepcionista que no la mandara a la rueda de prensa —acabó ella por mí.

—Exacto.

—Un desastre de planificación, sinceramente.

Razón no le faltaba. En parte había sido deliberado. De haber sabido cómo iban a salir las cosas, me habría replanteado la estrategia.

—Vaya —dijo Kendra, jugueteando con la manga de su traje pantalón, que ahora reconocía como el que Tess había llevado a las reuniones previas. Así que por eso siempre parecía vestir de diseño—. De pronto, muchas cosas empiezan a cobrar sentido.

«Estaba pensando lo mismo».

—De verdad que lo siento. Te lo tendríamos que haber dicho cuando estábamos en casa de tus padres, y Tess quería, pero…

—Pero ¿cómo ibais a decirme algo si aparecí de repente? No, de verdad que lo entiendo. Me han dicho muchas veces que mi impulsividad causa muchas molestias a los demás.

Me apoyé sobre el escritorio y tamborileé los dedos a ambos lados de mi cuerpo.

—No voy a mentirte…

—Oye, tampoco es que tú puedas hablar de no causar molestias a los demás, ¿eh? Que me estás pidiendo mucho.

—Tienes razón. Te estoy pidiendo mucho. —Traté de reprimir la creciente desilusión, convencido de que, en efecto, le pedía demasiado.

—Pero voy a ayudarte.

—¿De verdad? ¿Por qué? —No era la mejor de las reacciones, pero, sin duda, era la más genuina.

Soltó media carcajada.

—Bueno, porque Conscience Connect va a recibir un porrón de dinero gracias al acuerdo.

Había sido una de mis exigencias para incluir en el contrato, que todavía había que firmar. Un pago que cubriría tanto el de Tess como el de Kendra.

—Pero, sobre todo, porque la FLD también es importante para mí.

Notaba el paso inexorable del tiempo. Notaba cómo se esfumaban los segundos en los que no estaba tratando de ponerme en contacto con Tess.

Con todo, no pude reprimir la necesidad de preguntar:

—Entonces, ¿por qué no te presentaste antes en Sebastian Industrial con la propuesta? Es una organización perfecta para nosotros. Seguro que lo ves.

—Claro —reconoció—. Y tal vez debería haberlo hecho. Al principio, me preocupaba... ¿Sabes? La verdad es que es complicado, y ahora mismo me da la sensación de que con quien deberías estar hablando es con Tess.

Sí, exacto. Eso es lo que tendría que estar haciendo.

Alargué la mano hacia el móvil y luego me acordé.

—Se le ha roto el móvil.

—Podrías llamar a Teyana —propuso Kendra con cierta cautela.

—Cierto, buena idea. —Di la vuelta al escritorio para llegar mejor al botón de altavoz del teléfono del despacho—. Sadie, consígueme el número de teléfono de Teyana Lewis. Es una de las pacientes del documental de la FLD, así que debería estar en los permisos.

—O me lo podrías pedir a mí. —Kendra ya estaba sacando el móvil de su bolso.

—Olvídalo, Sadie. —Desconecté el altavoz y agarré mi teléfono personal—. Cuando quieras. —Introduje los números que me dictó y pulsé el botón de «llamar».

Un tono. Dos. Tres. Cuatro. Cinco.

—Me ha saltado el contestador. —Me planteé volver a llamarla—. Tal vez no lo coge si no reconoce el número.

Kendra titubeó unos segundos.

—Deja que lo pruebe yo. —Dos segundos después...—. A mí también me ha saltado el contestador.

Me contuve para no soltar palabrotas, aunque no dejé de repetirme una retahíla de palabras de cinco y seis letras.

—Gracias por intentarlo.

—Es posible que no haya respondido a propósito —reconoció Kendra mientras se guardaba el teléfono. De nuevo, sentí curiosidad, pero ella misma evitó que la interrogara al ponerse en pie y decirme—: Supongo que tendrás que ir a su apartamento y hablar con ella en persona. ¿Todavía tienes su dirección?

Aunque estaba muy estresado, no pude reprimir una sonrisa.

—Sí, gracias. Ah, y gracias por ayudarme. Todavía no acabo de entender del todo por qué lo haces...

Volvió a interrumpirme:

—Pero ¿acaso importa?

—Diremos que a caballo regalado, no le mires el dentado. —Y menos cuando tenía cosas más importantes que hacer.

Me llevó más de una hora liberar la agenda. Hubo una cita que no pude cancelar: una reunión para minimizar un escándalo a la que también asistiría mi padre. Me las arreglé para salir al cabo de cuarenta y cinco minutos y sin hablar con él a título personal, así que me lo tomaba como una victoria.

A las dos y cuarto, estaba de camino a Jersey City. Entre el tráfico y buscar dónde aparcar, pasó otra hora antes de poder plantarme delante de la puerta del piso de Tessa.

«Te escuchará. Te dará la oportunidad de explicarte. Te quiere, así que querrá solucionar las cosas».

Me dio la sensación de que pasaban horas desde que llamé a la puerta hasta que se abrió. Lo hizo solo unos centímetros, lo suficiente para que viera a Teyana con una expresión que indicaba que no se alegraba ni una pizca de verme.

Lo que significaba que Tess se lo había contado.

Lo que significaba que Tess había vuelto a casa.

—Veo que no soy la persona a quien querrías ver ahora mismo —le dije, tratando de ser tan encantador como podía—. Pero ¿puedo hablar con ella? ¿Por favor?

—En lo que a mí respecta, me vale con que no vuelva a hablar contigo. Y si me quedo sin el tratamiento que patrocina Sebastian Industrial, me da igual, no vale lo que vale mi amiga.

Ah, por cierto, felicidades a ti y a Kendra. Estáis hechos el uno para el otro.

—Teyana, por favor. No es… No voy a casarme con Kendra.

—Seguro que no, y menos cuando lo has anunciado ante una sala llena de periodistas, ¿verdad?

—Y, pase lo que pase, no te quedarás sin el tratamiento. Aunque al final no se firme el patrocinio, te lo pagaré de mi bolsillo. Te lo prometo.

Al oírlo, abrió la puerta un poco más.

—¿Por qué no iba a firmarse el acuerdo?

—Por nada. Se firmará. —Si mi padre seguía convencido de que me iba a casar, el patrocinio se firmaría—. Solo quería decir que nada de esto tendrá ninguna consecuencia en tu tratamiento. Ni siquiera aunque Tess no quisiera volver a hablar nunca más conmigo, pero, de verdad, espero que no sea el caso porque la quiero, y bajo ningún concepto voy a casarme con Kendra Montgomery.

Se quedó mirándome con escepticismo.

—Incluso se lo he contado a Kendra.

Abrió un poco más la puerta.

—¿Ah, sí? ¿Y cómo se lo ha tomado?

Su interés me sorprendió, así que tardé unos segundos en responder.

—Pues la verdad es que muy bien.

—Ajá. —Teyana relajó un poco la expresión—. En ese caso, supongo que podrías hablar con Tess. Si estuviera aquí.

—¿No está aquí? —Eché la cabeza atrás, exasperado.

—Se ha ido hará unos quince minutos a comprarse un móvil nuevo. Seguramente estará fuera el resto de la tarde.

Yo tenía la suerte de que alguien se encargara de estos asuntos por mí, pero había oído que comprarse un móvil nuevo podía ser un proceso largo y pesado.

—¿Te importa si espero aquí?

—No me importaría, pero sería una estupidez, puesto que me ha dicho que en cuanto terminara iría a tu casa.

No sé cómo, pero logré contenerme.

—Podrías haber empezado por ahí.

Sonrió.

—Podría, pero prefería de largo ver cómo te arrastrabas.

—Me lo merezco. —De pronto, me pregunté si era demasiado fácil—. ¿De verdad irá a mi casa? ¿No me lo dices solo para deshacerte de mí?

—No estaría mal, ¿verdad? Pero no. Por alguna razón, cree que te mereces el beneficio de la duda. O, como mínimo, tener una conversación. Es más buena de lo que sería yo.

Gracias a Dios.

—Gracias. Te lo agradezco y te prometo que voy a arreglar las cosas. —Hice una mueca al decirlo, esperaba que fuera una promesa que pudiera mantener—. ¿Puedo darte mi teléfono, por si pasara algo y cambiaran las cosas?

—Sí, claro. Espera, iré a buscar el móvil. —Desapareció un momento y luego volvió a asomarse a la puerta. Tras desbloquear la pantalla, me entregó el teléfono.

—Yo ya tengo tu número —le dije, mientras introducía el mío en su móvil—. Pero, si te llamo, lo más probable es que te salga como número oculto. Te he llamado antes.

—Ah, eras tú. No respondo si no sé quién es.

Le devolví el teléfono.

—Creía que podía ser el caso, por eso Kendra te ha llamado justo después.

—Como ha aparecido su nombre en la pantalla, le he colgado directamente.

La examiné. Sabía que había cierta tensión entre Kendra y Tess, pero no me había dado cuenta de que también se extendía a Teyana.

—No te cae nada bien, ¿verdad? ¿Por qué?

—¿Quieres quedarte aquí para hablar de mis problemas con Kendra o quieres ir a buscar a tu chica?

Solo había una respuesta correcta, la única respuesta que quería dar:

—Me voy a buscar a mi chica.

Capítulo 15

Tess

Contuve la respiración mientras el portero llamaba al apartamento de Scott, temiendo que no quisiera dejarme entrar. Había sido la razón por la que no lo había llamado, aunque hacía más de una hora que ya tenía un móvil nuevo. Porque ¿y si lo llamaba y me colgaba? ¿Y si el anuncio de su compromiso con Kendra significaba que no me quería de verdad?

Sabía que pensar así era una estupidez.

Si estaba prometido, joder. Prometido de verdad. No importaba si me quería o no. No podía seguir con él, muriéndome por la atención que quisiera prestarme. Merecía más que esto. Me lo creyera o no.

Si de verdad me respetara a mí misma, no habría tratado de ponerme en contacto con él bajo ninguna circunstancia, y mucho menos habría venido a su apartamento para hablar con él.

Pero nunca se me había dado demasiado bien respetarme a mí misma, y, como una tonta, me creía que Scott me quería, así que estaba dispuesta a que mantuviéramos una conversación.

Si es que me quería ver, al menos.

—Puede subir, señorita Turani —me dijo el portero después de lo que me pareció una década y noté que una capa de tensión me desaparecía de los hombros.

Mientras que esperar la respuesta del portero me había parecido una eternidad, el viaje en el ascensor pasó en un abrir y cerrar de ojos y, cuando llegué a su planta, se me aceleró el pulso del miedo. Hacía poco que habían dado las seis. Había tenido toda la tarde para pensar en lo que quería decirle, pero ahora me había quedado en blanco.

Tampoco ayudó el hecho de que me lo encontrara esperándome, de pie en el umbral de su apartamento, con la puerta abierta. Todavía vestía el traje de la mañana, pero no llevaba ni la corbata ni la americana y los botones del cuello de la camisa estaban desabrochados. Llevaba el pelo despeinado, como si se hubiera pasado las manos miles de veces por él.

Aun así, estaba tan bueno como siempre.

A diferencia de mí, que me había cambiado y me había puesto unas mallas y una sudadera cuando había llegado a casa. Hasta la última célula de mi cuerpo se sentía desgraciada, tanto por dentro como por fuera. Esperaba que vestirme con ropa cómoda me ayudara a sentirme mejor.

No tenía esa suerte. De hecho, al verlo a él tan *sexy* y atractivo, puede que incluso me sintiera peor.

Hasta que me di cuenta de que me estaba mirando como si fuera un regalo caído del cielo.

—Tessa. —Su voz sonó como si tuviera un nudo en la garganta. Su mirada daba tanta pena como un cachorro perdido.

Y, joder, la vulnerabilidad era mi punto débil. Estaba de pie, triste y desamparada delante de él y al cabo de un momento, dejé que me metiera dentro del apartamento y me abrazara.

—Gracias a Dios que estás aquí —me dijo, contra el pelo, y me aferré a él con más fuerza.

Su boca recorrió mi mandíbula hasta llegar a mis labios, y como nunca había podido resistirme a él, me entregué al beso.

—Tenía miedo de que no fueras a venir —confesó cuando se separó para recobrar el aliento.

No debería haber venido. No debería haberle puesto las cosas tan fáciles. Debería haber hecho que fuera él quien viniera a buscarme.

Pero no lo había hecho y aquí estaba. Este momento de debilidad no tenía por qué encadenarse con más de lo mismo.

Darme cuenta de esto me provocó un arranque de fuerzas y me separé de él.

—No podemos seguir así. No puedo acabar siempre en tus brazos.

—Tessa. —Se acercó un paso y yo me alejé otro, y mi espalda chocó contra la puerta.

—No.

Vaciló, y luego retrocedió para darme espacio.

—Sé que tengo que explicártelo. Ojalá… —Se detuvo y negó con la cabeza—. He intentado hablar contigo antes de la rueda de prensa para avisarte de que se iba a anunciar. No quería que te enteraras como lo has hecho. Tiene que haber sido horrible y siento muchísimo que haya sucedido así.

—¿Crees que estoy así por cómo me he enterado? —A ver, sí. Pero no era la peor parte del anuncio. Ni por asomo.

—Estoy seguro de que en parte sí, pero tienes razón. No es el mayor fallo que he cometido con esto, pero te prometo que nada ha cambiado.

—¿Que nada ha cambiado? —Lo miré de hito en hito, incrédula—. ¡Estás prometido con mi jefa! Y prometido de verdad. ¿Y se supone que yo tengo que pasarlo por alto y ya está? Solo porque lo acepté en su momento cuando creía que era temporal, ¿crees que lo voy a aceptar ahora?

—No es… —Empezó a acercarse, pero luego se refrenó—. No es real. No voy a casarme con ella.

—Entonces, ¿por qué has anunciado en una sala llena de periodistas que sí? ¿Hasta qué punto te crees que soy estúpida, Scott? ¿De verdad te parezco tan ingenua?

—No. Nunca. Claro que no. ¿Cómo voy a…? Pero si eres… —Se detuvo para ordenar las ideas y justo después me clavó en el sitio con una mirada—. Sabes que creo que eres la mujer más lista, apasionada y con talento que he conocido. Y si no lo sabes, lo siento, porque debería habértelo dicho más a menudo. Me fascina cómo piensas. Una de las razones por las que estoy tan enamorado de ti es el cerebro que tienes.

El pecho se me hinchó al oírlo, pero me negué a dejar que la mención del amor me hiciera débil.

—Entonces, ¿por qué ibas a anunciar públicamente delante de todo el mundo que vas a casarte con otra?

—Porque si el mundo se lo cree, mi padre también se lo creerá y necesito que mi padre crea que voy a hacerlo.

—¿Por qué tiene que...? —Pero tampoco era tonta, así que cuando me paré a pensar un instante, no me costó deducirlo—. Te ha amenazado.

Scott suspiró y su expresión confirmó mis sospechas.

—Será mejor que nos sentemos y lo hablemos, ¿te parece?

No estaba de humor para que me consolara.

—¿Con qué te ha amenazado?

—Por favor, Tess. —Me fulminó con esos ojos azules—. Te lo contaré todo, pero ¿podemos hablarlo al menos en otro sitio que no sea en la puerta de casa?

Lo miré a los ojos durante unos segundos muy tensos. Entonces, sin mediar palabra, pasé por delante de él, con cuidado de que ninguna parte de mi cuerpo rozara el suyo, consciente de que incluso el mínimo contacto me haría desintegrar.

Sin embargo, notaba perfectamente cómo me seguía, irradiaba un calor que me calentaba la espalda como una chimenea que calienta lo que tiene delante y mientras el resto del cuerpo seguía frío. Una parte de mí deseaba que me agarrara y me abrazara y me calentara el cuerpo entero.

El resto de mí temía que, si lo hacía, quedara cautivada por él para siempre, que aceptara sus excusas, que me inventara excusas propias.

De hecho, ya estaba racionalizando el comportamiento que él había tenido. Si Henry lo había amenazado, entonces quizá no era culpa de Scott. Tenía un padre amenazador. Lo sabía por las cosas que me había dicho a mí. «¿De verdad creías que te iba a elegir a ti?».

Había pensado en eso. Tras lo de hoy, estaba segura de que me había equivocado.

Pero ahora había vuelto a preguntarme si Henry había tratado de confundirme. ¿Qué habría dicho para confundir a Scott?

—¿Quieres algo de beber? —preguntó cuando llegamos al salón.

Apenas lo oí, estaba absorta en tratar de descubrir con qué podía amenazarlo su padre. Scott me había seguido y al volverme para mirarlo, descubrí que se había dirigido hacia la barra y solo me encontré con su magnífica espalda.

—¿Te ha amenazado con despedirte?

—Nunca despediría a uno de sus hijos. Daría muy mala imagen. ¿Vino? ¿Agua? Tengo tequila.

Por lo que Scott me había contado sobre la relación que tenía con su padre, no había más cosas que quisiera excepto un puesto mejor y un asiento en la junta. Pero ya había aceptado que no iba a conseguirlos. ¿Había cambiado de idea?

Entonces caí en la cuenta, se me encendió la bombilla. Era lo único que Scott me había asegurado que iba a ocurrir, incluso cuando su padre se había resistido.

—Ha sido con la FLD. Te ha dicho que no va a patrocinar a la FLD.

—¿Lo ves? No eres ingenua. —Scott sacó una botella de agua con gas de la nevera y me la ofreció.

—Por… ¿Por qué? Quiero decir, ¿por qué ha llegado a pensar que a ti te importa tanto?

—Porque me importa, y mucho. Porque te importa mucho a ti.

No quise admitir cuánto me emocionaba esta declaración de intenciones, pero me había dejado sin palabras, quisiera admitirlo o no.

Cuando me recuperé de la emoción, me sentí asqueada. Henry Sebastian me detestaba hasta ese nivel. No a mí, exactamente, puesto que casi no me conocía, pero la idea que yo encarnaba. La idea de que su hijo pudiera estar con una chica mestiza que se había criado solo con su madre y que tenía unos ingresos que por poco superaban el umbral de la pobreza.

Simple y llanamente, yo no era suficiente para Scott. No a ojos de su padre. Incluso puede que tampoco a ojos de la mayoría de la gente.

«Recibes lo mismo a lo que aspiras, pero más te vale no aspirar a más de lo que te mereces». Este era el método real de los Sebastian.

—Bueno, ¿no quieres nada de beber?

Negué con la cabeza y Scott guardó de nuevo la botella en la nevera y luego se giró hacia mí. Se apoyó en la barra, con las manos agarradas a la encimera como si fuera lo único que lo separara de mí, y, a juzgar por la expresión que tenía, perdía el agarre por momentos.

«No opina lo mismo que su padre». Era imposible. ¿Verdad?

Me obligué a salir de mi estupor y traté de centrarme en los detalles de la información que había admitido, puesto que necesitaba formarme una idea clara para poder separar al malo del quizá no tan malo.

—A ver, explícamelo bien. Has vuelto hoy a la oficina tras pasar un fin de semana largo fuera y tu padre te ha dicho…

—Tess, por favor, ¿quieres sentarte?

—Por favor, ¿me lo puedes explicar?

Estuvo tentado de decirme que me lo explicaría si me sentaba, se lo vi en los ojos. Pero debió de darse cuenta de que mi estado de agitación era demasiado elevado como para usar esos modales porque desistió y se sentó sobre el reposabrazos y colocó los antebrazos sobre los muslos.

—Esta mañana he llegado hacia las ocho y mi padre ya me estaba esperando. Estaba alterado por un titular que salió durante el fin de semana en el *Washington Post* en el que se atacaba su compromiso para reducir la contaminación y ha insistido en que tenía que ocurrírseme algo para distraer la opinión pública. Le he sugerido que anunciáramos el patrocinio de la FLD.

—¿Aunque todavía tenga que firmarse todo el papeleo?

—Anunciarlo antes de tiempo era un riesgo, lo sé.

—Pero lo obliga a comprometerse públicamente.

—Exacto. Él quería una distracción. Y yo quería que se comprometiera. Dos pájaros de un tiro.

Me paseé de una punta a la otra del sofá mientras trataba de imaginarme la escena, lo que en realidad no era importante, pero era más fácil que atacar la pregunta fundamental, que era «¿Scott cree que soy suficiente para él?». Y la consiguiente, «¿Voy a ser tan estúpida como para seguir queriéndole si cree que no lo soy?».

Me asustaba que las respuestas no fueran las que me gustarían, y no estaba lista para afrontarlas.

Así que mejor centrarse en Henry y su hijo, discutiendo sobre una crisis de imagen pública.

—Vale, pero no tiene sentido. Si necesitaba crear una distracción, ¿por qué iba a amenazarte con rechazar el patrocinio?

—Bueno. —Sus ojos saltaron a la barra, como si deseara haberse preparado algo de beber cuando había estado allí.

Pero el impulso no era lo bastante fuerte como para hacerlo ahora.

Volvió a centrar los ojos en mí.

—No quería usarlo como la distracción. Quería que se me ocurriera otra cosa. He tenido que convencerlo, por eso no he podido llamarte para avisarte de la rueda de prensa hasta casi las diez. Kendra ha dicho que era raro que no estuvieras. —Hizo una pausa para que lo asimilara.

En otras circunstancias, quizá me habría emocionado al saber que no se me había excluido de mi propio proyecto. En este momento en concreto, apenas me inmuté.

Al darse cuenta de que no iba a darle la reacción que esperaba de mí, prosiguió:

—Bueno, la cuestión es que como no he podido hablar contigo, le he pedido a Eden que te mandara a casa si te presentabas, porque no quería que asistieras a la rueda de prensa sin haber hablado contigo antes, por eso no esperaba que te enteraras de esa forma.

—¿Enterarme de qué, exactamente? Porque sigo confundida. ¿Qué me habrías dicho si hubieras podido hablar conmigo? ¿Que tu padre te ha amenazado con rechazar el patrocinio, así que le has ofrecido casarte para que no lo haga?

—No, no se lo he ofrecido. Me ha dado un ultimátum. —Soltó un bufido, frustrado—. Mira, ha ocurrido así: él tenía un problema de imagen pública. Yo le he dicho: «Anuncia el patrocinio». Él me ha dicho: «Lo haré si te casas con Kendra, pero si no lo vas a hacer, no pienso firmar el acuerdo y tienes que encontrar otra forma de enterrar el problema». ¿Más claro ahora?

Me daba la sensación de que había algo que no terminaba de cuadrar, pero quizá no era importante.

—Entonces, ¿solo tienes que fingir que estás prometido hasta que se haya firmado todo el papeleo? —No estaba tan mal. Había sido un proceso lento hasta ahora, pero ¿qué quedarían? ¿Unas semanas más? ¿Un mes, como mucho? ¿Había exagerado con mi reacción ante todo esto?

—En realidad, el papeleo no es tan vinculante. —Sonó grave y arrepentido—. Estipula las obligaciones que se le exigen a la FLD a cambio de recibir los fondos, obligaciones sobre cómo se usará el dinero y cosas por el estilo. Garantiza que Conscience Connect reciba su parte. No obstante, no deja de ser una donación. Sebastian Industrial puede cancelarla en cualquier momento.

La FLD iba a realizar un presupuesto basado en las expectativas de recibir esos fondos, ¿y Henry Sebastian podía echarse atrás cuando quisiera?

—Qué horrible.

—Sebastian Industrial es quien tiene el poder. Quien tiene la sartén por el mango.

Claro, así era como funcionaban las cosas. Siempre se protegía al poderoso. Siempre se dejaba tirado al indefenso.

Bueno, tampoco es que fuera la primera vez que descubría el corporativismo estadounidense.

—Entonces, tienes que estar prometido hasta que se transfieran los fondos. Lo pillo. ¿Y cuándo pasará eso?

—¿Tal como está redactado el contrato ahora mismo? —Miró a otro lado con aire culpable—. Eh... Al menos un año.

—Ah, no. Ni de coña. ¿Es una broma? —Tenía que fingir estar prometido con Kendra durante un año y mientras tanto yo sería... ¿qué? ¿Su amante secreta? ¿La otra?—. Ni de puta coña.

Se pasó las manos por el pelo.

—Ya lo sé, Tess. ¡Ya lo sé!

Me obligué a tranquilizarme y a revaluar si estaba reaccionando de forma exagerada o no.

Tan solo me llevó un par de segundos para darme cuenta de que mi reacción no era para nada exagerada.

—¿Te has parado a pensar en cómo sería? Seguro que no. Porque estás muy tranquilo como para haberlo pensado detenidamente.

—Lo he pensado detenidamente, Tess. Créeme. Lo he mirado desde todos los ángulos y sí, es una mierda. Es una puta mierda. Pero no hay otra opción.

—No has tenido suficiente tiempo como para poder decirme esto ahora. La rueda de prensa ha sido a las once. ¿Cuándo te ha dado el ultimátum tu padre? ¿No has dicho que te estaba esperando a las ocho? No es tiempo suficiente como para haberte parado a considerar todas tus opciones.

—Es… —Otra vez esa mirada de culpabilidad—. El ultimátum no me lo ha dado hoy.

Y ahí estaba lo que no acababa de cuadrar.

—¡Madre mía! Lo sabes desde la semana pasada. Desde que le dijiste a tus padres que no te ibas a casar. Por eso te espabilaste para empezar el documental. Y con lo de Teyana. Y por eso también le has sugerido usar el patrocinio para tapar el chasco de su imagen pública. —Todas las piezas encajaban ahora—. Lo has decidido todo por tu cuenta y ¿ni siquiera te has planteado contármelo?

Se puso en pie de un salto.

—Lo he intentado. Y no me has contestado cuando te he llamado, pero ahora sé que ha sido porque…

—Acabamos de pasar cuatro días juntos. Has tenido oportunidades de sobra de decírmelo.

—Sí, tienes razón. Y quería decírtelo, de verdad. Te llevé de fin de semana pensando que lo único que necesitaba era un poco de tiempo y que encontraría la forma de explicarte que ibas a perder el patrocinio porque mi padre era un capullo controlador que no podía soportar que ninguno de sus hijos fuera feliz. Pero entonces, cuando dijiste lo mucho que te importaba la FLD…

—No te atrevas a echarme la culpa…

—No te estoy echando la culpa. Te estoy explicando que ya lo sabía, pero después de lo que le respondiste a mi abuelo cuando te preguntó que querías, entendí mejor que…

—¿Y pensaste que prefiero soportar un compromiso falso durante quién sabe cuánto tiempo solo para que la FLD recibiera el dinero?

—Pensé… —Se detuvo un instante y cuando retomó la palabra, usó un tono mucho más bajo que el que estábamos usando, casi gritando—. Pensé que para ti sería una decisión imposible. Así que la tomé yo para que no tuvieras que tomarla tú.

Me gustaba que me mangoneara en ciertos contextos, pero fuera de la cama era condescendiente y denigrante.

—Oh, qué generoso por tu parte. Tú has hecho el sacrificio para que yo no tuviera que hacerlo.

—Pues sí, eso he hecho.

—Pues bueno, ¡has elegido mal!

Se plantó ante mí en dos pasos.

—¿De verdad? Piénsalo, Tess, piénsalo bien. Piensa en las repercusiones que habría tenido cualquier otra decisión. Piénsalo bien y luego dime qué habrías elegido tú.

No dudé:

—¡A ti!

—¿De verdad? Sin pensártelo dos veces, ¿eso es lo que eliges? Yo seguiría ayudando a Teyana pasara lo que pasara, y sé que discutiríamos antes de que me dejaras ayudarla, pero ¿y todas las personas desconocidas que sufren enfermedades parecidas? ¿Y toda la publicidad que la FLD puede recibir gracias a este patrocinio? —Retrocedí un paso, pero él avanzó conmigo hasta que me topé con el sofá y me quedé sin espacio—. ¿Te habría dado igual renunciar a todo eso? ¿Solo porque te has enamorado?

Negué con la cabeza.

Seguí negando con la cabeza.

Porque no lo sabía. Porque no se trataba solo de nosotros. Porque era como el dilema del tranvía que se exponía en psicología: ¿eliges sacrificar a una persona para poder salvar a un mayor número de gente? Y quizá estaba siendo dramática porque nadie se jugaba la vida con esto, pero a la vez no estaba siendo tan dramática, porque la disautonomía sí que le destrozaba la vida a la gente y quería pensar que habría elegido el mayor bien posible, pero yo quería a Scott, y quería elegirlo a él, aunque pudiera ser la elección egoísta y equivocada.

Me cubrí la cara con las manos.

—Tienes razón. ¡Tienes razón! No habría sido capaz de elegir. —Mientras negaba con la cabeza, me dejé caer hasta el suelo—. No habría sido capaz de elegir.

—Lo sé.

Cuando separé las manos, tenía los dedos húmedos por las lágrimas y a Scott delante, arrodillado sobre una pierna.

—No es justo —me quejé.

—Ya lo sé. —Y cuando cambió de posición para sentarse a mi lado, dejé que me estrechara entre sus brazos.

Me meció mientras me daba besos en la cabeza y yo aspiraba su perfume y absorbía su calidez y fingía que con esto se solucionaría todo entre nosotros.

Pero fingir no dura para siempre.

—No deberías habérmelo dicho —empecé, y lo decía sinceramente—. Deberías haberme dicho que tu padre no iba a firmar al acuerdo y que no supiera que se trataba de nosotros y entonces no tendrías que estar prometido y yo no tendría que saberlo.

Se echó atrás para mirarme.

—Tampoco podría haber elegido eso, Tess.

—Porque no eres mala persona. —Se me rompió la voz.

Me apartó un cabello húmedo de la cara.

—Ahora mismo siento que sí lo soy.

Entonces, enterré la cara en su hombro mientras las lágrimas rodaban, pero no sé cómo conseguí no derrumbarme del todo. Me meció un poco más. Me besó un poco más.

Abrazada así contra él, todo me parecía exagerado. Henry Sebastian era un hombre poderoso, pero no podía serlo tanto. No tenía por qué ser tan intimidante. Si nos negábamos a permitírselo, no lo sería. Podíamos encontrar otra opción.

—Hay otras empresas que podrían patrocinar a la FLD —dije, al cabo de un rato—. No tenemos que aceptar que Sebastian Industrial sea la única opción.

—¿Cuántas probabilidades hay de que encuentres algo mejor?

Sebastian Industrial era la corporación más importante con la que Conscience Connect había trabajado nunca.

—No muchas, pero hay que contar con que lo conseguiremos, ¿no era eso?

—Es un buen mantra cuando te lo aplicas a tu propia vida. Parece irresponsable cuando de ti depende la vida de cientos de personas.

Suspiré y me acurruqué contra su cuello.

—Ojalá no fueras tan buena persona.

—No, no te gustaría.

Era el primer chico con el que salía y que era buena persona. El primer chico que me había hecho sentir buena persona a mí también. Era la magia que tenía y llevaba razón; en realidad, no me gustaría que fuera distinto en ningún sentido.

Me aparté para mirarlo detenidamente. Estando en sus brazos, con sus labios tan cerca y necesitando consuelo tanto como lo necesitaba, no me sorprendió que poco después sus labios se posaran sobre los míos. Los besos tiernos se convirtieron en apasionados. Nuestros cuerpos se recolocaron de forma que acabé sobre su regazo, encajados a la perfección, y el cerebro empezó a nublárseme y no podía pensar con claridad.

Pero no dejaba de pensar.

Una serie de pensamientos que se repetían en bucle: «Con esto es suficiente», «Estos momentos robados son suficientes», «Saber que me quiere es suficiente».

Eran los mismos pensamientos que me había repetido una y otra vez con otros hombres. Con un padre que apenas sabía que existía. Con una jefa que siempre me dejaba al margen.

«Con esto es suficiente». «Con esto es suficiente». «Con esto es suficiente».

«Si te lo repites lo bastante, te lo acabarás creyendo».

Se acabó.

Me zafé de sus brazos con brusquedad.

—Scott, no puedo. No podemos.

—No cambia nada. Te quiero.

—Ya lo sé, pero… —Trató de abrazarme otra vez, así que me puse en pie para alejarme de sus brazos incitantes—. Pero esto es diferente. No estamos hablando de mantener la relación en secreto un par de semanas. Estamos hablando de un año. Quizá más.

Con disimulo, se recolocó el bulto que le había dejado en la entrepierna.

—Será difícil, sí, pero podemos hacer que funcione.

—¿Cómo? ¿Cómo va a funcionar? ¿Qué parecerá nuestra relación? Sigo trabajando con Kendra. ¿Se supone que tengo que oír cómo planea una boda que nunca va a celebrarse y no decir nada?

—Ya lo sabe. Se lo he dicho.

—¿Qué sabe? ¿Que no te vas a casar con ella en realidad?

—Y… que… —Se puso en pie y me levantó la barbilla—. Y que te quiero. Lo entiende. Y está dispuesta a seguirnos el juego.

Uau. Qué sorpresa. Una sorpresa agradable, y más cuando Kendra no solía hacer nada que no ayudara a sus propios intereses.

Sin embargo, que ella lo supiera no lo arreglaba demasiado.

—Solo es una persona. No importa si nos va a seguir el juego, tienes que convencer al resto del mundo. Tendrás que ir a eventos con ella. Que te fotografíen con ella. Que te entrevisten y te pregunten por ella. Que te entrevisten con ella. Será ella quien te acompañará en las reuniones familiares. Porque a mí no puedes llevarme al cumpleaños de tu tía abuela Ida.

La desilusión se cinceló en su rostro. Luego desapareció, escondida bajo una expresión estoica.

—Tampoco la voy a llevar a ella.

Efectivamente, no lo había pensado bien. Sabía que no lo había hecho.

Aparté su mano de mi barbilla.

—¿Y cuándo nos veíamos? ¿Tendrías que sobornar al portero? No podríamos salir a cenar. No podríamos ir a la ópera. No podríamos dejarnos ver en público. Tener que escondernos es excitante una vez, pero enseguida cansa. Siempre tendríamos que estar preocupados por si alguien nos ve. Y cargar para siempre con las consecuencias si tus padres lo descubren. No podría contarle lo nuestro a nadie. A todos los efectos, estaríamos teniendo una aventura.

»¿Y qué pasa si tu padre lo alarga? ¿Y si ofrece un segundo plazo para los fondos? ¿Qué será lo siguiente que hará para sobornarte?

—No lo hará. No lo haré. No importará. —Me colocó una mano en la cadera, pero me aparté.

—Eso lo dices ahora, pero créeme, sé cómo funcionan estas cosas. Siempre habrá otra excusa. Siempre habrá otra razón para seguir sometido a él. Nunca dejará que seas libre.

—No —dijo, categórico—. Eso no pasará.

—¿Sabes? Es que sé que no puedes prometérmelo porque he tenido muchas relaciones así. Tengo mucha experiencia siendo a quien le dan falsas esperanzas, Scott. Siempre dispuesta a creerme una nueva explicación. Convencida de que esta vez será distinto.

—¿Estás diciendo que te estoy dando falsas esperanzas?

—Quizá no a propósito, pero...

—Para. Escúchame. —Me miró con severidad—. Todo esto son excusas. Sí, será muy duro. Sí, habrá momentos que serán una agonía, pero nos tendremos el uno al otro.

—En secreto.

—En secreto —admitió.

Debería haber sido muy fácil aceptarlo. Los términos eran lo bastante simples. Era más voluntad de estar conmigo que la que otro hombre hubiera demostrado en la vida. Lo que ya era un paso para una chica como yo.

Pero…

—Ya no soy así. Tú has hecho que ya no sea así. Me has hecho darme cuenta de que me merezco más. Que no merezco ser un secreto. Y que ahora me pidas que lo sea es como si… —Traté de pensar un ejemplo y me conformé con el primero que se me ocurrió—. Es como en *Pretty Woman*, cuando Richard Gere le propone a Julia Roberts que sea su puta consentida después de haberla convencido de que es mucho más que una puta.

—No te pido que seas mi puta.

—No digo que lo estés haciendo. Digo que no puedes convencerme de que me merezco mucho más y luego pedirme que acepte menos. No puedes decirme que cuente con conseguirlo y luego pedirme que me conforme. Espero estar contigo al cien por cien. Me merezco estar contigo al cien por cien.

—Sí —coincidió, y recortó el espacio que nos separaba a toda velocidad y me estrechó entre sus brazos—. Te lo mereces. Y quiero que estés conmigo al cien por cien. Yo quiero estar contigo al cien por cien. Llamaré a mi padre, ¿de acuerdo? Lo anularé todo y podremos estar juntos.

Durante medio segundo, me sentí aliviada.

Pero el alivio enseguida se vio reemplazado por una sensación más amarga y desagradable.

—Tú y yo sabemos que eso convertiría todo lo bonito que tenemos en algo egoísta y feo.

—Tess… —Me agarró con más fuerza—. Me da la sensación de que estás rompiendo conmigo.

Yo misma habría sido incapaz de pronunciar esas palabras. Pero ahora que ya las había dicho él…

—No quiero.

—Pues no lo hagas.

—No puedo. —Habían vuelto las lágrimas, me rodaban por las mejillas como una lluvia lenta—. No puedo estar contigo así.

—No. No. No digas eso.

No podía repetírselo. Tenía un nudo en la garganta.

Pero eso no significaba que pudiera quedarme, aunque gran parte de mí me imploraba que lo hiciera. Al menos esta noche. Esta semana. Quizá no era tan malo. Probarlo y a ver qué tal.

¿Y acabar más comprometida? ¿Más herida? ¿Más destrozada?

Negando con la cabeza, me llevé las manos a la espalda para separar sus manos de mi cintura. Apartarme de él era como resistirse a un intenso campo magnético. Como si estuviera luchando contra natura. Como si fuera lo incorrecto.

No sería capaz de irme si no me soltaba.

—Por favor… —gimoteé.

—No lo hagas —repitió, pero me dejó ir—. No será así como terminamos. No voy a aceptarlo. Encontraré otra solución.

—Espero que la encuentres —le dije mientras retrocedía despacio. Un paso. Otro—. Llámame si lo haces, ¿vale? —No soportaba mirarlo. Giré sobre los talones y salí disparada por el pasillo en dirección a la puerta.

—Tess. ¡Tess! —Era un grito herido. Afilado y agudo e imposible de ignorar.

Lo tenía justo detrás cuando me volví y me aferré a su cuerpo. Una caricia más. Un abrazo más. Un beso más.

Cuando me separé esta vez, tuve la sensación de haber perdido una parte de mí.

—Joder, cómo duele.

—No lo hagas.

Pero ya había agarrado el pomo. Como si no estuviera dentro de mi cuerpo, observé cómo lo giraba y la puerta se abría lo justo para poder pasar.

—Tengo que irme.

Y, entonces, me fui.

Capítulo 16

Scott

—Joder, qué mala cara tienes —me dijo Kendra cuando me encontré con ella en el vestíbulo del edificio del apartamento de mi tía abuela en el Upper East Side.

Mirándola a través de las lentes oscuras de las gafas de aviador le puse mala cara, lo que equivalía a mantener la misma expresión que había lucido toda la semana y se la dirigí a ella directamente.

—Gracias, te agradezco el cumplido.

Ella reprimió una sonrisa.

—De nada.

Sin mediar palabra, saludamos al portero y entramos en el ascensor. La cabeza me dolía con cada paso que daba. No debería haber bebido tanto la noche anterior. O la anterior a esa. O la anterior a esa otra. Era la viva imagen del arrepentimiento.

Las abundantes cantidades de alcohol sin duda habían contribuido a mi aspecto andrajoso, pero beber en exceso no era el único mal comportamiento que había tenido durante los últimos seis días, desde la última vez que había visto a Tess. El martes, el miércoles y el jueves había logrado llegar a la oficina solo para encerrarme en el despacho e ignorar todo el trabajo que me esperaba en el escritorio. Me había dedicado a hacer llamadas. Horas y horas de llamadas, de hablar con todos y cada uno de los contactos profesionales de alto nivel que tenía, tratando de encontrar una empresa adecuada para patrocinar a la FLD en vez de Sebastian Industrial. Sorprendentemente, unas pocas se mostraron interesadas, pero ni una sola estaba dispuesta a contribuir con ni siquiera la mitad del dinero que mi padre había accedido a donar.

El viernes estaba tan abatido que ni lo intenté.

Ese día me había derrumbado y había terminado ante la puerta del apartamento de Tessa. La había llamado primero; la había llamado durante toda la semana. Y le había mandado mensajes. No había respondido a ninguno de mis intentos, lo que debería haber sido evidente, pero me sentía como una mierda y la echaba de menos, así que me fui a Jersey City. Cuando ni ella ni Teyana me abrieron la puerta, decidí instalarme en el pasillo. Esto me había durado un total de diecisiete horas antes de que el dueño me echara.

Así que me había pasado el siguiente día y medio dentro del coche, aparcado frente a su edificio. Otra de las razones por las que estaba tan demacrado.

A eso había que añadir que me sentía profundamente culpable por llevar a Kendra a la fiesta de cumpleaños de Ida cuando le había dicho a Tess que no lo haría. De hecho, no tenía previsto venir hasta que mi padre me había llamado y me había exigido que me presentara con mi prometida de mi brazo.

Tess tenía razón. Mi padre nunca pararía. Siempre habría una cosa y luego otra y luego otra. Siempre estaría sometido a él.

—¿Por qué demonios estoy haciendo esto?

Pretendía musitarlo para mí, pero como estaba a mi lado y me oyó, Kendra respondió:

—Porque quieres que la FLD reciba los fondos.

El ascensor se abrió en la planta de Ida. En cuanto salimos, me volví hacia ella.

—Tess me dijo que habías tenido esta fundación sin presentarla más de un año. Si tanto te importa ahora, ¿por qué no la has presentado antes? Y no me digas que estabas preocupada por nuestra relación, porque eso no explica por qué no la has presentado a otras empresas.

—La he presentado a otras empresas. La he presentado en todas las empresas a las que he ido.

Seguro que no vio cómo fruncía el ceño, puesto que aún tenía que sacarme las gafas de sol.

—Tess no parecía…

—No se lo he explicado a Tess —confesó, respondiéndome antes de que pudiera formular la pregunta—. Y antes de que quieras saber por qué, no es asunto tuyo. Podemos hacer ver que somos dos tortolitos tanto como quieras, pero mis secretos son míos.

Me había picado mucho la curiosidad, pero estaba en su derecho. Si la iba a presionar en algo, sus mierdas personales no eran las primeras de la lista.

—Eh… Me he pasado por su casa unas cuantas veces, pero no estaba. ¿Sabes si…?

—Ya, he oído que habíais roto —me dijo.

—Solo de forma temporal.

—¿Ella es consciente de que solo es temporal?

«Más le vale que lo sea».

Pero no iba a ahondar en el tema con Kendra.

—¿Puedo usar yo también el comodín de «no es asunto tuyo»?

—Qué listo. —Su sonrisa fingida se desvaneció—. Me pidió la semana libre para ir a visitar a su madre al norte del estado.

—Ah. Bien. Solo me lo preguntaba. —Me sentía mejor si sabía que estaba a salvo con alguien que la cuidara—. ¿Teyana la ha acompañado? Porque tampoco estaba en el piso.

Kendra jugueteó con la ristra de perlas que le adornaban el cuello.

—¿No estaba? Qué raro. La verdad es que Tey y yo no… Bueno, ya sabes. Así que no sé qué decirte.

Lo extraño fue cómo los ojos de Kendra iban de un lado para otro al oír la pregunta, aunque tal vez simplemente estaba incómoda por cómo había terminado su amistad con Teyana. Tess no me había contado mucho, pero sí lo suficiente como para saber que las cosas entre ellas eran complicadas.

—En fin —dijo—. ¿Vamos a seguir aquí de pasmarote o vamos a entrar?

—Espera, una cosa. —Saqué una petaca del bolsillo interior de la americana y tomé un trago antes de ofrecérsela. Se lo planteó y luego la rechazó, así que la volví a guardar donde la tenía—. Bien, estoy listo.

El panorama que había en el interior del apartamento de Ida era tan aburrido como había imaginado. Varias generaciones de la familia Sebastian se repartían por el ático de trescientos metros cuadrados (hermanos, primos, tías y tíos) y yo no estaba de humor como para acercarme a ninguno de ellos.

Cómo no, las dos personas que menos tenía ganas de ver fueron las dos que me encontraron cuando solo hacía cinco minutos que habíamos llegado.

—Kendra, estás preciosa —dijo mi madre, mientras sus ojos escrutadores examinaban hasta el último centímetro de mi supuesta futura esposa antes de centrarse en mí. Puso mala cara enseguida—. Quítate las gafas de sol, Scott.

—Estamos en familia, mamá. A todo el mundo le da igual.

—Tiene resaca —terció mi padre, acertando en su suposición.

—Tienes treinta y cinco años, Scott. Ya eres mayorcito como para comportarte como un universitario.

—Tengo treinta y cinco años, mamá. Ya soy mayorcito como para que mi madre todavía me dé sermones sobre cómo debo comportarme.

Frunció los labios y noté que se debatía en si seguir con la reprimenda o no. Finalmente, decidió volverse hacia su marido.

—Encárgate tú. Yo me llevaré a Kendra para presentarla a la familia.

Kendra me miró con impotencia mientras mi madre se la llevaba, pero si tenía la esperanza de que la salvara, era evidente que aún no había aprendido que no había forma de escapar de Margo Sebastian.

Pronto lo descubriría.

Quedarme solo con mi padre me facilitaba las cosas. Suficiente me había cambiado ya la vida por su culpa. Ni de coña iba a permitir que me la tocara más.

—He venido con mi prometida —le dije, antes de que empezara otro sermón—. Es lo máximo que vas a conseguir. —Empecé a alejarme, pero me volví para añadir—: Y no estoy seguro de que puedas llamarlo resaca cuando yo diría que aún estoy borracho.

O pronto lo estaría. Sin esconderme, di otro trago de la petaca. Luego, con una sonrisa de suficiencia, me fui en busca de un lugar tranquilo en el ático donde pudiera regodearme en mi miseria.

Encontrar privacidad en una reunión de los Sebastian no era fácil. Por suerte, habíamos llegado justo cuando se servía el pastel, y todo el mundo se dirigió al comedor para cantar «Cumpleaños feliz» a la cumpleañera de noventa años. Aproveché la oportunidad para apropiarme de la mesa de billar que había en la habitación interior, y, al entrar, cerré las puertas cristaleras de la estancia con la esperanza de que disuadieran a cualquiera de acompañarme.

Había conseguido meter un puñado de bolas cuando oí que las puertas se abrían. No me molesté en descubrir quién era. Se cerraron antes de que el recién llegado hablara.

—Te estaba buscando.

Alcé la vista y vi que Brett se remangaba una manga.

—No quiero pastel. Puedes darle mi trozo a la prima Berta si lo ha pedido.

Se remangó la otra.

—No he venido aquí a eso.

Tampoco es que me importara, pero como estaba seguro de que me lo iba a decir de todos modos, me erguí y lo miré expectante.

—Entonces, ¿a qué has venido?

—A darte tu merecido. Lo que pasa es que no me decido entre un puñetazo en la barriga o en la cara. Después de lo que le has hecho a Tess, puede que te merezcas ambos.

Ah. Sí. Me había olvidado de que eran amigos.

—¿Qué te ha dicho exactamente Tess por lo que merezco ser castigado, según tú? —Estaba seguro de que la lista de cosas que había hecho mal era más larga que la de él.

Me miró como si fuera imbécil por no saberlo.

—Por haberle dado falsas esperanzas mientras estás prometido con otra, capullo.

—Técnicamente, no estaba prometido cuando ella y yo empezamos a salir.

—Me importan una mierda los tecnicismos.

Lo observé mientras me preguntaba si tendría las agallas de pegarme un puñetazo de verdad.

—Mira, voy a decirte una cosa. —Señalé la mesa de billar con la cabeza—. Vamos a jugárnoslo. Si gano yo, podrás pegarme dos veces, en la parte del cuerpo que quieras.

—¿Eso si ganas tú? —me preguntó, con recelo—. ¿Y qué pasa si gano yo?

—Si ganas tú, pagaré a alguien para que me pegue en tu nombre. No tendrás ni que ensuciarte las manos.

—Sea como sea, salgo yo ganando.

—Sea como sea, yo también salgo ganando. —De hecho, como no las tenía todas en que Brett imprimiera toda su fuerza en pegarme si finalmente tenía la oportunidad, incluso me estaba planteando dejarlo ganar.

Porque tenía razón: me lo merecía. Merecía que me pegaran una paliza que me dejara hecho papilla. Merecía acabar a moretones azules y negros.

Y, la verdad, con lo mierda que me sentía ya, no creía que pudiera sentirme peor.

—¿Tiramos y quien se quede más cerca empieza? —preguntó mientras agarraba un palo de la estantería.

—No, puedes empezar tú. —Mientras colocaba las bolas en el interior del triángulo, me quité la americana y saqué la petaca antes de remangarme la camisa—. ¿Normas de billar de bar?

—Me parece bien.

Tomé un trago largo y contemplé cómo hacía el primer tiro, con el que entró tanto una bola lisa como una rayada.

—Por colores —se pidió, y se colocó para su siguiente tiro. Estaba a punto de hacerlo cuando las puertas volvieron a abrirse.

No había ni una pizca de privacidad en una reunión de la familia Sebastian.

—Aquí estás —dijo el abuelo Irving, mirándome.

Nada como sentirme popular cuando lo que más quería era que todo el mundo me dejara en paz.

—Aquí estoy —suspiré.

—La pregunta es: ¿dónde está ella?

—Si te refieres a Kendra, la verdad, no lo sé, abuelo, y tampoco es que me importe. —Di otro trago a la petaca. Empezaba a sentirme ligero. Demasiado.

El abuelo cerró las puertas y se acercó a mí con una mirada acusadora con la que supe que lo que quería no tenía nada que ver con mi petaca.

—No me refiero a ella. Me refiero a Tess.

Brett se irguió y abandonó el tiro.

—¿Sabe lo de Tess?

Ignoré la pregunta de mi primo.

—No ha venido. Ha roto conmigo, por si te interesa saberlo.

—Bien hecho —intervino Brett; un comentario, la verdad, innecesario, a mi parecer.

Y, a la vez, el abuelo dijo:

—¡Como debería!

La opinión del abuelo me dolió un poco más. No es que le faltara razón.

—Totalmente de acuerdo. —Me bebí la mayor parte del *whisky* que me quedaba. Con suerte, mi tía abuela Ida tendría un buen surtido de alcoholes del que podría echar mano, porque las mimosas y los *bloody mary* que ofrecían los camareros no bastaban.

El abuelo me arrebató la petaca de la mano.

—¿Y eso es lo que quieres?

—Pues claro que no es lo que quiero. Ya te dije lo que pensaba. Pero es lo que hay porque no se merece que la trate como a… ¿qué fue lo que dijiste? Ah, sí, «la otra».

—Cuando te lo dije, hablabas de anular el compromiso, no al revés. ¿Qué demonios haces aquí con la tal Kendra? ¿Anunciando que te vas a casar con ella ante la prensa? Me dijiste que eso no iba a pasar.

—Es… —Miré a Brett y dudé, no quería revelar demasiado ante alguien que podía delatar mi estratagema a mi padre—. Es complicado. Vamos a dejarlo así.

Tiró la petaca casi vacía al suelo.

—¿Complicado? Una mierda. ¿No me escuchabas cuando te hablé del sacrificio o qué?

—Ya me he sacrificado —le dije, mientras me quitaba las gafas de sol para mirarlo a los ojos—. Por eso hoy no me ha acompañado Tess, abuelo, porque me dijiste que si la quería me sacrificaría, y eso es justamente lo que he hecho. He renunciado a ella para que pudiera tener lo que más le importaba.

—Hijo, creo que te equivocas con eso. Creo que lo más importante para ella eres tú, pondría la mano en el fuego.

—No, la fundación. El patrocinio que quería conseguir. ¿Te acuerdas? —Era ridículo lo mucho que dolía reconocer en voz alta que yo no había ocupado el primer lugar de su lista, por mucho que los dos hubiésemos estado presentes cuando Tess lo había dicho.

El abuelo parecía perplejo.

—¿Tu padre lo ha usado como moneda de cambio?

—No va a firmar a menos que me case con la chica «adecuada». Así que aquí estoy.

—Espera un momento. —Brett se acercó un paso y me recordó que seguía allí—. ¿Tu padre te ha dicho que tenías que casarte con Kendra si querías que se firmara el acuerdo con la FLD?

Lo miré, pero el abuelo acaparó mi atención al preguntar:

—¿Esta es tu idea del sacrificio?

¿En serio? ¿Estaba hecho una puta mierda y el señor aquí minimizando lo que había hecho para llegar hasta este punto?

—Pues a mí me parece un sacrificio bastante grande —le espeté mientras me metía las gafas de sol en el bolsillo delantero con una mano y con la otra agarraba el palo de billar.

Señaló con la cabeza a este último.

—¿Me lo dejas?

—Eh… Claro. —Le pasé el palo.

Justo después, recibí un golpetazo en el pie con el palo.

—¡Au! —Al instante, me asestó otro golpe—. Joder, abuelo. ¿Qué demonios haces? —Para ser un señor mayor, tenía fuerza.

—No me refería a eso cuando te dije que te sacrificaras, memo.

—Entonces, ¿a qué te referías? ¿A renunciar al patrocinio que ella quiere? Porque no me parece una buena forma de demostrarle que la quiero.

Me miró con mala cara y me alejé por instinto, temeroso de que fuera a atacarme de nuevo con el palo.

Pero optó por atacarme verbalmente:

—No tenía ni pajolera idea de nada de eso del patrocinio que dices. Yo me refería a ti, Scottie. A tu vida. A lo que tú quieres de tu vida frente a la vida que tu padre cree que deberías tener. Deja de permitirle que te mangonee. No tienes que ser lo que él quiere que seas solo porque así lo ordena.

—Es mi jefe. Es bastante difícil desobedecer en ese sentido.

—No tiene por qué seguir siendo tu jefe.

Parpadeé, en parte porque tenía la sensación de que había demasiada luz en la habitación sin las gafas de sol puestas, pero también porque me costaba un poco asimilar sus palabras, lo que podía deberse a que había pasado el estado de la embriaguez.

—¿Qué sugieres, entonces? —pregunté, al cabo de unos segundos—. ¿Que deje Sebastian Industrial?

Se encogió de hombros con ese aire tan suyo y tan «claro, por supuesto».

—¿Quieres que deje la empresa familiar? ¿Lo que tú erigiste? ¿La empresa para la que llevo toda la vida preparándome para trabajar?

—¡Premio! —exclamó, moviendo el palo para darle más énfasis—. No sería un sacrificio si no te pareciera un tanto imposible incluso de imaginar.

Era más que «un tanto» imposible de imaginar. Plantearme no trabajar en Sebastian Industrial era como si alguien me dijera que la gravedad no existía. Solo de pensarlo, mi mundo se ponía patas arriba.

Apoyé el culo sobre la mesa de billar, vagamente consciente de que Brett lo estaba presenciando todo, y a la mierda, seguro que ya había dicho demasiado delante de él. No tenía fuerzas para preocuparme porque hasta la última gota de mi energía cerebral estaba concentrada en asimilar la sugerencia descabellada del abuelo.

—Pero... ¿a qué me dedicaría?

—¡A lo que sea! Eres listo. Centenares de empresas te darían trabajo. Qué demonios, me juego lo que quieras a que incluso habría montones que te darían un puesto en la junta en un santiamén solo con la esperanza de arrancarte aunque fuera un solo secreto útil de la familia Sebastian.

Seguí parpadeando. Seguí abriendo la mente.

—Pero. Solo. Es que. —Y, entonces, de pronto, lo vi y como mi abuelo me había permitido verlo, me sentí con la libertad suficiente para imaginarlo a lo grande. Era como si un centenar de puertas que hubieran estado cerradas toda mi vida se abrieran de golpe y tras ellas aguardara una posibilidad tras otra tras otra—. Oh.

—Ahora empiezas a pensar —dijo el abuelo, asintiendo, con brillo en los ojos—. No es un sacrificio tan grande cuando te permites la libertad de soñarlo de verdad. Tienes tu fondo fiduciario. Recibirás tu herencia de mi parte cuando muera, estés trabajando para Henry o no. Piensa en todo lo que podrías hacer.

—¿En todo lo que podría hacer? —repetí, aún aturdido ante tales posibilidades.

—Cualquier cosa —respondió—. Podrías hacer cualquier cosa.

«Cualquier cosa».

Cualquier cosa que no me exigiera pasarme el día cubriéndole las espaldas a mi padre. Cualquier cosa que no me tuviera siempre preocupado por conseguir su aprobación. Cualquier cosa que disfrutara y que se me diera bien. Cualquier cosa que no tuviera nada que ver con Henry Sebastian y todo que ver conmigo.

Me pasé la mano por la barba, sintiéndome como un hombre descuidado al que acababan de liberar de prisión. Aunque ser liberado era maravilloso, también era aterrador. Volver a mi celda sería mil veces más fácil.

Miré a mi abuelo de hito en hito.

—¿De verdad esto es lo que quieres? ¿Que abandone tu imperio? ¿No quieres que tus descendientes continúen tu legado?

¿No me consideraba parte de ese legado?

Alargó la mano que tenía libre y me agarró del brazo.

—No es mi imperio, Scottie. Ya no lo es. Y tú eres mi legado. Todos vosotros. Todos los que lleváis mi apellido. Vosotros sois lo que me importa. Lo que quiero es que seáis felices.

Noté un nudo en la garganta.

—Gracias, abuelo. Te agradezco que hayas dicho eso.

—Lo digo en serio.

—Lo sé, lo sé. —Puse la mano sobre la suya y la dejé unos segundos. Entonces la dejé caer y me erguí—. Como he dicho, muchas gracias. Sé que quieres lo mejor para mí. Y quiero seguir tu consejo, hace años que debería haberlo hecho, puede, pero ahora no sirve de nada. Si abandono Sebastian Industrial, papá se cargará el patrocinio y Tess quedaría destrozada.

La puerta de mi celda empezaba a cerrarse, la libertad que me había embargado hacía solo unos segundos se desvanecía como un sueño efímero.

El abuelo arrugó el ceño.

—¿De verdad crees que le importa más una fundación que tú?

—No más, pero sé que es importante para ella. Y no se trata solo de nosotros. Ni ella ni yo podríamos vivir sabiendo que optamos por dar la espalda a esta oportunidad.

Sin embargo, el abuelo Irving era de esos hombres que no entienden palabras como «no se puede» o «es imposible». Era un hombre que no había pasado ni un solo día de su vida prisionero o coartado.

—Pues no lo hagas. Encuentra otra opción. Consigue que otra empresa apoye a esa fundación. Tienes contactos.

—Ninguna es tan grande como necesitaría. No hay nadie que pueda competir con el capital de Sebastian. —Era una verdad que siempre había sabido, pero nunca me había parecido malo hasta ahora.

—No puedes sentirte culpable por eso —dijo el abuelo con una sonrisa triste.

—Y tú tampoco. Tú aspirabas a algo grande y eso fue lo que conseguiste.

Nos quedamos en silencio, cada cual aceptando la realidad de quiénes éramos y de lo que él había logrado.

Entonces, detrás, Brett intervino:

—Hay más de una empresa dirigida por los Sebastian.

Y existía más de una corporación. Porque lo que el abuelo había erigido había terminado siendo tan grande que hacía mucho tiempo se había dividido en dos.

Tanto el abuelo como yo miramos a Brett. Y luego nos miramos el uno al otro. ¿Podía ser que Brett hubiera dado en el clavo?

La sonrisa taimada del abuelo me indicó que podía ser.

—Me gusta este chico —dijo, señalando a mi primo—. Es de los listos.

—Sí, lo es —coincidí, mientras la idea que había plantado germinaba y crecía hacia el cielo. Esto sí que podía ser posible. Y con el abuelo de mi lado, podía ser mejor incluso de lo que había llegado a imaginar.

Brett se tomó los cumplidos con filosofía.

—¿Pero todavía puedo darte la paliza?

—No, pero creo que te gustará lo que conseguirás a cambio. ¿Te interesa?

Fingió pensárselo, o tal vez sí que necesitaba planteárselo antes de renunciar a la idea de pegarme, que era comprensible.

—Me interesa. Pero como la jodas…

—Voy a contratar a dos tipos para que me den la paliza —le prometí. Pero esperaba que no fuera necesario.

Capítulo 17

Tess

Levanté la cabeza al oír unos golpes en la puerta de mi habitación. Como había demasiada confianza para andarse con ceremonias, Teyana entró antes de que la invitara a pasar y me encontró sentada en la cama con la espalda apoyada en el cabezal.

—Vengo a ver cómo estás. ¿Te encuentras mejor después de darte la ducha?

Di vueltas a la respuesta, tratando de encontrar un término medio entre algo lúgubre y algo sincero. Al final, me decidí por decir:

—No lo sé.

El hecho de que hubiera acabado de ducharme hacía media hora y siguiera envuelta en la toalla seguramente le reveló todo lo que necesitaba saber.

Se rio entre dientes.

—Eso parece. ¿Quieres que te traiga algo? ¿Té? ¿Vodka? ¿El helado y una cuchara?

—No, estoy bien. —De pronto, me di cuenta de que no estaba en el lado correcto de la relación de quién prestaba apoyo a quién. Se suponía que era yo quien debía preguntarle cómo estaba. Ni siquiera se lo había preguntado cuando había llegado a casa por la tarde, tras pasar una semana fuera; directamente le había dicho que me iba a mi habitación en cuanto había entrado en casa—. ¿Y tú necesitas algo? —le pregunté, en un intento por desempeñar mi papel habitual—. ¿Cómo te encuentras?

—Bien. Los nuevos medicamentos que me ha mandado el especialista están haciendo efecto, creo.

—¿De verdad? Entonces, ¿no tienes náuseas? ¿Ni dolor? ¿Ni mareos?

—Tess, para. Estoy bien. Deja que cuide yo de ti, por una vez.

En condiciones normales, habría protestado, pero no tenía fuerzas. Era curioso lo mucho que agotaba tener el corazón roto.

—De acuerdo. Cuídame.

—¿Qué necesitas, cariño? ¿Quieres que te traiga algo de ropa?

—Estaría bien para empezar. —La miré mientras sacaba de mi armario el albornoz blanco de rizo y, entonces, después de que me lo diera, me las ingenié para pasar de llevar la toalla al albornoz sin dejar al descubierto demasiadas partes íntimas.

Como la santa que era, recogió la toalla del suelo, donde yo la había dejado caer, y la metió en el cesto de la ropa que tenía en una esquina de la habitación.

—¿Qué más necesitas?

Era una pregunta de doble filo, porque lo que necesitaba era justo lo que no podía tener.

Y no tenerlo a él me provocaba un dolor físico. Supuse que así es como se sentía un adicto en rehabilitación con mono de otra dosis de Scott. Había conseguido sobrevivir a seis días de abstinencia, había ignorado sus llamadas y sus mensajes y no tenía la sensación de que me lo hubiera sacado del organismo más de lo que estaba cuando había salido de su apartamento el lunes por la noche.

—¿Vienes aquí y me abrazas? —Incluso a mis oídos, soné patética.

Pero Teyana no se inmutó en lo más mínimo.

—Pues claro.

Pocos segundos después, estaba sentada a mi lado rodeándome con los brazos y aunque me había ido a casa de mi madre en busca de este tipo de consuelo, esta era la primera vez desde que había roto con Scott que me sentía medio bien.

Me abrazó durante un rato y me dejó llorar sin tratar de hacerme sentir mejor con tópicos vacíos, lo que le agradecí enormemente. De hecho, no dijo nada. Se limitó a mecerme y a pesar de la angustia que me embargaba, me obligué a guardarme este momento para consultarlo en el futuro cuando quisiera encontrar la forma perfecta de ser una buena amiga.

Podría haberme quedado así toda la noche. Me habría dormido incluso en esta posición. Sin embargo, al cabo de un rato, necesitaba desesperadamente un pañuelo, y más tras esta demostración de amistad, y es que no me pareció adecuado llenarle el hombro de mocos, así que me obligué a incorporarme.

Tey alargó la mano y sacó un pañuelo de la caja que tenía en la mesita de noche antes de que pudiera pedírselo siquiera y me lo dio.

—Gracias. —Me sequé los ojos y la nariz, luego inspiré hondo en un intento por parecerme un poco a una persona.

—¿Te sientes mejor?

Sí. Un poco. Pero admitirlo me parecía una traición al dolor que sentía. Así pues, opté por preguntar:

—¿En algún momento mejora?

Tras hacer la pregunta, caí en la cuenta de que Tey no tenía un buen marco de referencia para poder darme una respuesta satisfactoria. Conocía a Teyana desde la universidad, y nunca había tenido una relación seria. Rollos, sí. Muchos, muchos rollos. Pero nunca nada de lo que tuviera que recuperarse cuando había terminado.

—Perdona, no tendría que haberte hecho esta pregunta —le dije, tras unos segundos en silencio.

—No, no pasa nada. Espero que sí. Espero que mejore con el tiempo. Pero no te lo puedo asegurar porque no lo sé. —Sonó tan triste como me sentía yo.

Madre mía, qué buena amiga era. Estaba de mi parte al cien por cien. Empatizaba conmigo.

—Aunque míralo por el otro lado —sugirió, tras pensarlo un poco—. Scott no va a estar prometido con Kendra para siempre. Si todavía sientes lo mismo por él cuando por fin rompan… Y créeme, sé que parece que falta una eternidad, pero el tiempo pasará. Y eso sí que lo sé con seguridad. En fin, que significa que se acaba en algún momento. Podrás volver a estar con él. Este lado es más positivo. ¿No te alegra?

—Supongo. —La verdad era que sí parecía que faltara una eternidad. Y, aunque una parte de mí sabía que nunca dejaría de querer a Scott, otra parte de mí esperaba que pudiera hacerlo porque solo me imaginaba sobreviviendo así unas cuantas semanas más, no un año o incluso más.

No obstante, aunque lograra sobrevivir tanto tiempo, no estaba segura de que las cosas mejoraran.

—No es solo el compromiso, Tey. Ojalá fuera solo eso, porque, como has dicho, tarde o temprano acabará. Bueno, quizá más tarde que temprano, pero acabará. Pero es que ese no es el problema, en realidad no.

Me dirigió una mirada con la que me decía «no tengo ni idea de lo que dices, pero explícamelo».

—A ver, que sí, que esté prometido es un gran problema. Tampoco ayuda que esté prometido con Kendra, con la de personas que hay en este mundo, pero el problema es la razón por la que está prometido con ella.

—Por la FLD.

—Por su padre. —Llevaba toda la semana pensando en esto, intentando decidir si suponía un problema real o me lo había inventado yo y, aunque no era capaz de verbalizarlo por completo, sí que creía haber dado con la respuesta—. Piénsalo. ¿Cómo sería estar con él cuando su padre, que ha dejado muy claro que no le gusto, tiene tanto poder sobre él? ¿Qué tipo de vida tendríamos juntos? Y vale, no digo que vayamos a estar juntos para siempre, pero si no existe como mínimo esa posibilidad, no tiene ningún sentido que lo espere, así que tengo que plantearme cómo sería. Porque Scott ha demostrado quién es el que gana cada vez que hay un conflicto. Ha demostrado qué opinión le importa más, y no es la mía. Ni siquiera es la suya. ¿Con quién saldría? ¿Con Scott o con la persona que su padre quiere que sea? ¿Puedo aceptarlo y vivir con eso? Puede que nada de esto tenga sentido.

—No, qué dices. Tiene todo el sentido del mundo. Y aunque no soy nadie para decirte si puedes aceptarlo y vivir con eso o no, puedo decirte que yo no podría. No puedo, de hecho.

Ahora me tocaba a mí mostrarme perpleja.

—¿No puedes aceptar que yo tenga una relación así?

—No puedo tener una relación así. Lo sé por experiencia.

Cambié de postura para observar su perfil sin tener que estirar el cuello.

—Teyana, ¿hay algo que no me hayas contado? ¿Tuviste hace tiempo algún tipo de relación similar y no me lo explicaste?

—No es una cosa del pasado. Pero sí. Muy similar. —Se mordió el labio y me miró con unos ojos que rebosaban culpabilidad.

—Un momento, ¿qué? ¿Estás saliendo con alguien y no me lo has contado? ¿Desde hace cuánto? —A menos que fuera alguien con quien hubiera empezado a salir en los últimos seis días, me iba a doler mucho que me lo hubiera ocultado.

—De forma intermitente desde… —Hizo una pausa y no supe si era porque estaba contando o porque estaba reuniendo el valor—. Desde hace tres años.

Vale, estaba reuniendo el valor.

—¿Pero qué dices? Has tenido una relación intermitente desde que… eh… Desde que te diagnosticaron el POTS, básicamente…

—Empezamos poco después del diagnóstico, de hecho.

—¿Y me lo cuentas ahora? —Sin duda, sabía cómo distraerme y sacarme de la miseria—. ¿Lo conozco?

—Sí. La conoces.

Me quedé sin palabras un segundo. Y otro más.

—Vale… eh… ¿Cómo? ¿También te gustan las mujeres? Que no hay ningún problema con eso. Ya sabes que siempre he sido muy partidaria de todas las relaciones que Kendra ha tenido, y siempre ha ido de una a otro y… Hostia puta. —Lo supe sin que me lo confirmara. Una mujer que las dos conocíamos, una mujer que conociera desde hacía al menos tres años, una mujer con la que le había costado mucho reconocer que tenía una relación—. ¡¿Tienes una relación intermitente con Kendra?!

—Ya lo sé, debería habértelo contado. —Se movió para quedar frente a mí.

—¿Por qué cojones no lo hiciste?

—Nos daba miedo cómo podías reaccionar. O que complicara tu relación profesional con ella. O… no lo sé. Siempre teníamos una u otra razón y siempre que estaba a punto de contártelo, acabábamos cortando y entonces ya no había nada que contar.

Me había dejado sin palabras. No porque no tuviera nada que decir, sino porque quería decirle tantas cosas que no sabía por dónde empezar y, para colmo, no sabía cómo sentirme, puesto que se entremezclaban un montón de sentimientos, entre los que destacaba una traición absoluta.

Como siempre, Teyana parecía percibir esa sensación:

—Tess, te lo juro, no lo mantuvimos en secreto por ti. No exactamente.

—Pero si acabas de decir que sí. —La mente me iba a tanta velocidad que no pude concentrarme en este detalle—. Te abandonó cuando empezaste a ponerte mala.

—No, no lo hizo. Solo te lo pareció.

—¡Pero si no la soportas!

—No es verdad.

—¡Pero actúas como si no la soportaras! Me animas cada dos por tres a despotricar de ella.

—¡Porque la quiero!

Eso no tenía ningún sentido.

Claro que…

Cuando me permití pensar unos segundos, cobró sentido. Tenía todo el sentido del mundo. Y más al recordar que acababa de insinuar que tenía una relación en la que la opinión de un padre era la más importante y que Kendra había dicho cuando había desaparecido esta última vez que estaba tratando de decidirse entre dos amores.

«Joder».

Y ahora me dolía el corazón tanto por Teyana como por Scott porque entendía la situación a la perfección.

—Kendra eligió a Scott. Y no a ti. ¿Por sus padres? —Sus padres, tan activos en el ámbito religioso, nunca habían sabido nada de sus relaciones con mujeres—. Porque les daría un ataque si saliera del armario con una mujer.

—Con una mujer negra con una enfermedad crónica, encima.

—Ay, Tey. Lo siento.

Le restó importancia con un ademán, pero tenía los ojos tan llorosos como yo.

—Uno pensaría que a estas alturas ya me habría acostumbrado. Cada vez que he pensado que estábamos avanzando o que Kendra por fin había mandado a la mierda a sus padres e iba a estar conmigo, estos aparecían siempre con… algo nuevo. Que si un evento que querían que organizara ella. O una fundación a la que querían que les encontrara un patrocinio, y ella siempre terminaba diciéndome que no era un buen momento. Así que cortábamos. Luego la echaba de menos y volvía con ella. O lo hacía ella. Borrón y cuenta nueva. Y otra vez lo mismo.

Negué con la cabeza, incapaz de imaginar la discriminación y manipulación que había sufrido mi amiga.

—Eres demasiado buena para ella. Kendra es una egoísta y una egocéntrica.

—La verdad es que no. Si supieras todo lo que ha hecho por mí sin que te enteraras…

La interrumpí porque no quería oír cómo defendía a alguien que le había hecho tantísimo daño.

—Como mínimo, es una cobarde. ¿Cómo no es capaz de enfrentarse a sus padres? Ya es mayorcita.

—Scott es un cobarde —contraatacó.

—Sí que lo es —admití—. Y lo quiero igual. Y tú la quieres igual.

217

—Sí.

Era demasiado.

Demasiado que digerir y asimilar. Demasiado que sentir. Me dolía muchísimo que me hubieran dejado al margen. Y estaba enfadada por, bueno, por un montón de cosas, joder. Pero, sobre todo, me sentía triste. Triste por todos nosotros. Por mí y por Tey, evidentemente, pero también por Scott y Kendra y el puñetero yugo al que los tenían sometidos sus padres.

Alargué el brazo y le cubrí la mano con la mía.

—¿Qué vamos a hacer, Tey?

—No lo sé. —Me apretó la mano. Y luego la apartó para agarrar la caja entera de pañuelos y la dejó entre las dos antes de sacar uno y secarse los ojos—. Me he dicho mil veces, millones de veces, que se acabó, que me había hartado y cuando apareció con el puto anillo de compromiso... —Suspiró—. Ese fue el punto final, cien por cien. Había terminado. Pero entonces me dijiste que Scott quería anular la boca y... Soy una idiota. Pero ella no me dijo ni mu. Hasta esta semana. Me llamó y, como una tonta, me presenté en su casa. Todos estos días que has estado con tu madre los he pasado con ella.

—¿En serio?

Asintió.

—Me explicó que no iba a casarse con Scott, que sentía habérselo planteado siquiera, pero que tenía que mantener las apariencias por la FLD y que después... Me prometió... Me prometió que después podríamos estar juntas. Que se lo iba a contar a sus padres y todo.

Noté como si un elefante me aplastara el pecho. Todo aquello me sonaba. Y ahora que no era a mí a quien se lo decían, me daba cuenta de la sarta de mentiras que era.

—¿Y?

—Y pensé en ti —prosiguió—. Y pensé en que no estás dispuesta a aceptarlo. Y me di cuenta de que yo no soy tan fuerte como tú.

—Eso no es verdad.

Me ignoró.

—Pero quiero serlo. Tengo que serlo. Por mi propio bienestar.

Uf. Quería apoyarla en esto. Pero también quería que mi amiga fuera feliz. Y también quería ser feliz yo. Y quería estar con Scott. Por eso no podía decirle que no estuviera con Kendra. Al menos, no todavía. Tal vez nunca.

—Podríamos quedar en pareja. Ellos están prometidos y nosotras podemos fingir que estamos juntas y entonces salimos siempre los cuatro en pareja. —No lo decía en serio, pero me hizo sentir bien hacer ver que sí.

—Me juego lo que quieras a que así podríamos ir a fiestas alucinantes.

—Y a la ópera.

—En el palco. Podríamos ponernos ojitos de una punta a la otra del teatro.

Nos echamos a reír. Unas carcajadas de esas de todo me duele tanto que tengo que reírme por no llorar.

—¿Qué vamos a hacer? —preguntó, cuando no fuimos capaces de seguir encontrándole la gracia a nuestra situación.

La respuesta evidente era no quitarme el pijama, comer mucho helado y ponerme las canciones tristes de Taylor Swift en bucle. Cuando solo era yo la que estaba destrozada, me había parecido el plan perfecto.

Ahora que sabía que las dos estábamos mal, me sentía más motivada a encontrar la forma de salir de este pozo de tristeza. Me preocupaba más su bienestar emocional que el mío propio, al parecer. O quizá era más fácil ver el camino que debía tomar otra persona que el que debía tomar yo. O era una combinación de las dos.

—Creo… —empecé, todavía buscando la respuesta—. Creo que tenemos que elegir nosotras. Quiero decir, podemos seguir estando hechas polvo. Por no ser a quienes han elegido. Porque es una mierda que Kendra elija la opinión de sus padres antes que a ti y es una mierda saber que Scott prefiere dejar que sus padres controlen su vida antes que estar conmigo. Estoy muy dispuesta a estar triste durante mucho tiempo. Pero, al final, llegará el día en que será historia y ni tú ni yo queremos dejar que acaben con nosotras.

—No, exacto —coincidió conmigo.

—Entonces, creo que tenemos que dejar de contar con que otra persona nos elija, y tenemos que elegirnos a nosotras mismas. Tenemos que elegir querernos a nosotras mismas antes que a otra persona, incluso aunque ellos no nos quieran. Tenemos que elegir querer lo mejor para nosotras porque confiar en que otra persona lo haga por nosotras no nos ha servido para una mierda.

Ya no sabía hasta qué punto el discurso era para Teyana porque ahora ya había empezado a hablar conmigo misma. Estaba harta de compadecerme. Estaba harta de culpar de mis problemas a mi padre y a mi origen étnico y a los hombres con los que había salido y a la mujer para la que trabajaba. Todo eso eran factores que iban en mi contra, sí, pero no tenían por qué definir las cosas que sí podía controlar. Podía decidir salir con otra persona. Podía cambiar mi situación laboral. Podía optar por convertirme a mí misma en mi prioridad en la vida.

Quizá era una mejor manera de enfocar mi vida que el método Sebastian de contar con conseguirlo. Al menos, por ahora. Porque no estaba segura de que las cosas a las que había aspirado hubiesen sido las mejores que podía lograr. Tenía que tomar mejores decisiones para mí antes de decidir qué quería conseguir.

—Yo he contado contigo y eso sí que me ha servido —dijo Tey—. Pero por lo demás… Tienes razón. Yo, por ejemplo, tengo una enfermedad, pero si elijo priorizarme a mí y cuidar de mi salud de forma preventiva, seguro que tengo menos días con el POTS a tope.

—Y yo no tengo que trabajar para Kendra.

—No creo que tengas que dejarlo por mí. Sé que te encanta todo lo que defiende Conscience Connect. —Se había pasado tanto tiempo reprochándome que fuera leal a Kendra que me pareció muy raro oírla animándome.

—Gracias, de verdad, te lo agradezco. —Aunque tampoco me ayudaba a decidir qué debía hacer—. Necesito más tiempo para pensarlo. Le voy a pedir a Kendra una excedencia para ordenar mis ideas. Tengo vacaciones pendientes acumuladas y mi madre me ha dado algo de dinero, así que con eso tengo tiempo para tomar una decisión que no esté condicionada por lo destrozada que estoy.

—Me gusta. —Se lo pensó unos segundos—. Pues yo voy a mantener un horario sano de descanso y a hacer todos los ejercicios que me ha recomendado el médico.

Seguí su mirada hasta el reloj de la mesita de noche. Eran las once. Cuando volví a mirarla a la cara, había puesto una mueca.

—Supongo que eso significa que tengo que irme a la cama.

«Una buena amiga la animaría», pensé.

Pero una buena amiga también sabía los beneficios que suponía una noche de amigas deprimidas.

—Mañana ya nos daremos prioridad —le dije—. Pero hoy demos prioridad al helado.

Capítulo 18

Scott

Brett caminaba a paso ligero junto a mí por el pasillo de la planta 57 del Sebastian Center. La planta donde se celebraban las reuniones de la junta. La planta donde trabajaba mi padre.

—Aquí tienes todo lo que necesitas sobre mí: informes de rendimiento, recortes de prensa, el currículum, etcétera. —Me entregó una carpeta y luego alzó otra, más gruesa—. Y, aquí, versiones antiguas del acuerdo de patrocinio en caso de que acabes necesitándolas. No he incluido la última que han pasado los abogados, pero estoy seguro de que tu padre ya tendrá una copia. De todas formas, causa buena imagen entrar con una carpeta bien llena. Te he puesto encima de todo la carta que me has pedido que imprimiera.

—Perfecto, gracias. —Coloqué una carpeta sobre la otra, y dejé encima la que atañía a la trayectoria profesional de Brett.

Un par de pasos después, tanto la sala de juntas como nosotros aparecimos a la vista de todo el mundo.

—Hasta aquí llego yo —anunció y se detuvo a unos cuantos metros de la puerta. Miró a través de los ventanales de cristal la larga mesa y las personas que estaban sentadas alrededor; en su mayoría, hombres—. Aquí no soy bienvenido.

—Todavía no, pero pronto lo serás. —Reconocí esa mirada ávida. Era ambicioso, más ambicioso de lo que había creído. Con suerte, lo que iba a hacer hoy lo colocaría en un camino que lo llevaría adonde quería llegar.

Sobre todo porque me parecía que ascender dentro de Sebastian Industrial era lo que de verdad quería él, y no lo que otra persona quería para él.

Clavé los ojos en la sala de juntas. En otra época, había creído que este también era mi objetivo. Pero en cuanto me había permitido querer otra cosa, eso había cambiado.

Lo quisiera o no, seguía intimidándome.

—¿Estás listo? —preguntó Brett, quien parecía presentir mi aprensión.

Estaba seguro de que ni aunque hubiera tenido todo el tiempo del mundo para prepararme me sentiría listo.

No obstante, tenía lo que necesitaba. Tenía las ideas claras. Tenía un plan.

—Sí, estoy listo.

—¿Has hablado con Kendra?

Por instinto, me llevé la mano al pecho y di unas palmaditas al bolsillo.

—Ayer. Me apoya completamente.

—Bien, bien. Yo también, pero yo, como es evidente, por motivos personales.

—Tú ya me respaldaste incluso antes de saber que ibas a sacar provecho. Te lo agradezco. Estoy seguro de que las cosas no habrían salido así de no haber sido porque tú me señalaste la dirección correcta.

Inclinó la cabeza restándole importancia.

—Tarde o temprano, se te habría ocurrido a ti.

Tal vez. Pero ya me parecía que había pasado una eternidad desde la última vez que había visto a Tess y agradecía cualquier cosa que hiciera que la perspectiva de volver a verla no pareciera tan lejana.

Con la gratitud llegó la inevitable punzada de culpabilidad.

—Te das cuenta de que voy a dejar un montón de mierda que limpiar, ¿verdad?

Me repitió lo mismo que me había dicho una y otra vez durante las últimas dos semanas en que lo habíamos estado deliberando:

—La mejor forma de demostrar lo que vales a tus superiores es en una crisis. Es la única forma con la que puedo aspirar a ocupar un asiento algún día en esa sala. Como Sebastian secundario, no se me va a invitar si acepto casarme y ya está. Tengo que ganármelo. —Me guiñó el ojo—. Y no te preocupes, ya tengo algunas ideas.

—Pues prepáralas, porque supongo que tendrás una reunión con mi padre antes de que acabe el día.

—En ese caso, será mejor que baje. —Me dio una palmadita de ánimos en el hombro—. Ya me contarás cómo va.

—Serás el primero al que llame. —O tal vez el segundo. Le había prometido al abuelo que también lo llamaría.

Ni el uno ni el otro eran la persona a la que sabía que en realidad quería llamar.

Pensé en Tess (¿cuándo no pensaba en Tess?) mientras Brett regresaba al ascensor. Saqué el teléfono del bolsillo y miré el hilo de mensajes que tenía la sensación de contemplar quinientas veces al día. Seguía sin recibir respuesta por su parte, pero eso no me impedía mirar. En las cuatro semanas que habían transcurrido desde la última vez que la había visto, no me había contestado a una sola llamada ni mensaje. Sin embargo, tampoco me había bloqueado y las notificaciones del móvil me hacían saber que había leído todos los mensajes que le había mandado, normalmente al cabo de pocos minutos de habérselos enviado.

Así que le había mandado muchos mensajes.

Eran conversaciones unidireccionales en las que le hablaba de mi día a día, de lo mucho que pensaba en ella, de lo mucho que la echaba de menos. De lo mucho que la quería. Aunque no contestara, me hacía sentir más cerca de ella. A veces, la mísera notificación de «Tess ha leído el mensaje» era lo único que me hacía tirar adelante.

Pronto, no sería lo único que tendría de ella.

Animado por este pensamiento, alcé el teléfono e hice una foto a la sala de juntas. Se la mandé acompañada de un mensaje corto:

Primer día en la mesa de los adultos. Me muero de ganas de contarte cómo va.

Por ahora, no le había dicho nada. Ni la más mínima insinuación de lo que pretendía hacer. No porque tuviera miedo de que me lo sacara de la cabeza o porque quisiera sorprenderla, sino porque lo que estaba a punto de hacer era algo que tenía que hacer yo solo. Por mí. Antes de poder ser el hombre que debía ser para ella.

Seguía mirando la pantalla cuando mi padre pasó por mi lado.

—¿Vas a quedarte aquí distraído o vas a entrar conmigo? —me preguntó sin detenerse.

—Te estaba esperando. —Me guardé el móvil en el bolsillo, inspiré hondo y entré tras él.

—Señores, señoras. —Mi padre se detuvo tras la silla que presidía la mesa y añadió la segunda palabra como si se le hubiera ocurrido más tarde. Hacía ya siete años que había mujeres en la junta de Sebastian Industrial y todavía no lo había aceptado como si fuera lo más normal.

Menudo capullo.

—Estoy seguro de que todos conocéis a mi hijo, Scott. Dejará de ocupar su cargo actual como vicepresidente de Imagen y Comunicación y pasará a ocupar el cargo de vicepresidente de Telecomunicaciones. —Era más bien un movimiento lateral que un ascenso y no se alejaba demasiado del departamento de Relaciones Públicas, pero así podía decir que había cumplido con su parte del acuerdo—. También va a ocupar un puesto en la junta desde hoy mismo.

Me indicó con un gesto que ocupara una de las sillas vacías que había en el centro de la mesa, ignorando en especial la que estaba vacía a su lado. Cómo no. Porque no querría que pensara que era su mano derecha o que era importante para él en lo más mínimo. Me había nombrado miembro de la junta porque sabía que era lo que yo quería, pero seguro que no tenía ninguna intención de dejarme aportar mis ideas.

225

Más razón incluso para seguir adelante con mis planes.

Como no quería alargar la reunión más de lo necesario, me apresuré a ocupar mi asiento y saludé con la cabeza a mi hermano Cole al sentarme. Unos cuantos miembros me dieron la bienvenida y me ofrecieron la mano antes de que mi padre hiciera avanzar la reunión.

—Veo que el primer punto del orden del día es aprobar el contrato del patrocinio de la FLD. Se han incorporado cambios considerables desde la última vez que lo revisamos.

Obedeciendo a su mirada, un asistente se apresuró a acercarse a mi padre con un fajo de documentos y acto seguido se puso a repartir copias alrededor de la mesa. Henry hojeó los papeles, parecía buscar algo en concreto.

—¿Dónde está la cláusula sobre el uso de los fondos de gestión?

—Papá, ¿por qué no me encargo yo de esto puesto que soy la persona que está más familiarizada con el proyecto?

Mi padre podía tomarse este ofrecimiento por asumir el control de la reunión como un intento por usurparle la autoridad. O bien podía interpretarlo como una muestra de seguridad en mí mismo, una cualidad que apreciaba. Todo dependía del humor que tuviera hoy.

Por suerte, pareció agradecer traspasar la cuestión.

—Sí, Scott. ¿Por qué no prosigues tú y nos expones este tema?

También existía la posibilidad de que me tendiera una trampa para que fracasara.

Me recordé que no había forma de que fracasara. Ya había conseguido lo que quería. Solo quedaba una parte ínfima y si la jodía, tampoco iba a cambiar lo demás.

Pero Brett se merecía que saliera bien, así que seguí pensando en positivo.

—Por supuesto. —Saqué la carpeta que tenía debajo como si estuviera a punto de abrirla. Pero, en vez de abrirla, fingí que cambiaba de idea—. De hecho, antes de abordar este tema, hay otra cuestión que tenemos que concretar. —Abrí la carpeta que contenía las copias del currículum de Brett y los informes de rendimiento y empecé a repartirlos a todos los presentes.

—Espera un momento —me riñó mi padre sin echar ni un solo vistazo a los papeles—. Sé que acabas de llegar, Scott, pero siempre nos ceñimos al orden del día. Si quieres abordar cualquier otra cuestión, al final de la reunión puedes pedir que se añada al orden del día de la siguiente.

—Sí, papá, ya sé cómo funcionan las reuniones de juntas. Sin embargo, esto atañe al patrocinio y como antiguo responsable de Relaciones Públicas, no ocuparnos de este tema primero me parece una irresponsabilidad enorme.

Frunció el ceño, pero observó la primera página de los papeles que le había dado.

—¿Brett? ¿De qué va esto?

—De nombrar a mi sustituto. El vicepresidente de Imagen y Comunicaciones será el encargado de supervisar cualquier patrocinio que quiera asumir Sebastian Industrial. Si no hay nadie a quien entregárselo después, cualquier acuerdo al que lleguéis quedaría en el limbo. Además, con la cantidad de crisis de relaciones públicas que hemos tenido que solucionar últimamente —y las que estaban por llegar—, sería una negligencia no ocuparnos de esta cuestión ahora mismo.

Por poco no reconocí la expresión de Henry, ya que la había visto muy pocas veces a lo largo de mi vida: estaba impresionado.

—Sabia decisión. ¿Y nos recomiendas a Brett para ocupar tu puesto?

—Como veis en los informes que os he repartido, su rendimiento es encomiable. Conoce el trabajo al dedillo y lo que es más importante, está comprometido tanto con la responsabilidad que conlleva como con Sebastian Industrial. Dudo que haya otra persona, ni dentro ni fuera del departamento, que pueda ejercer mejor este cargo. —Giré la cabeza y guiñé el ojo a los demás miembros de la junta—. No dejéis que su apellido os engañe. Os aseguro que está preparado para asumir este puesto.

Se oyeron risitas por la mesa, aunque todos excepto Cole se pusieron serios al instante tras ver la mala cara que había puesto mi padre.

—Este no es lugar para hacer de bufón de la corte, Scott. En cuanto al tema que nos ocupa, si el antiguo vicepresidente recomienda a Brett Sebastian como su sustituto, me parece una opción aceptable. Todos los que estén a favor, decid «sí».

Los síes que siguieron eran innecesarios. Sebastian Industrial era propiedad privada y mi padre no tenía por qué seguir el consejo de la junta si no quería. Pero el voto dio carácter oficial a la decisión y ahora que la junta avalaba su ascenso, estaba más seguro de que mi padre no iba a tratar de revertirlo más adelante.

Lo que significaba que había logrado una victoria.

Me costó esconder la sonrisa. Me costó evitar que la emoción que me llenaba el pecho reventara en un grito de «¡Aleluya!». Lo único que evitó que me levantara de la silla y me pusiera a saltar era el hecho de saber que mi siguiente movimiento me haría sentir incluso mejor .

—Pasemos ahora al siguiente punto —dije, logrando mantener cierta dignidad. Abrí la otra carpeta y saqué una hoja con membrete. Dudé un segundo, solo para saborear el momento, y le entregué el documento a mi padre—. Ahora que ya se ha acordado quién será mi sustituto, presento mi dimisión.

—¿Qué? —El asistente que estaba junto a la pared, listo para actuar en cuanto mi padre chasqueara los dedos, fue el único que abrió la boca. El resto de la sala ahogó un grito mientras sus ojos saltaban de mi padre a mí y viceversa.

Este recuperó pronto la voz.

—¿Qué has dicho?

—Juraría que ha dicho que dimite, papá. —Puede que Cole estuviera disfrutando del momento tanto como yo. Alargó el brazo para agarrar mi carta de dimisión, puesto que nuestro padre no se había ni molestado en mirarla todavía—. Sí, es justo lo que pone aquí.

Papá estaba furibundo.

—¿Qué demonios significa este teatro, Scott?

Me puse en pie.

—Significa que ya no trabajo para ti. Ah, y por cierto… —Me metí la mano en el bolsillo del pecho, saqué el anillo que tenía y lo dejé en la mesa junto a mi carta de dimisión—. Tampoco me voy a casar.

Al menos, no con Kendra Montgomery.

Si me casaba con otra mujer o no, aún estaba por ver.

La expresión de mi padre era impagable. Nunca lo había visto ponerse tan rojo.

—Se cancela el acuerdo —anunció, sosteniendo el contrato con la FLD—. De ninguna manera vamos a firmarlo ahora.

Recogí mis carpetas.

—Ah, me había olvidado de decirlo: la FLD ya no está interesada en firmarlo. Han encontrado a otro patrocinador, uno cuyo director causa menos problemas. —Pocos menos. Aun así, sonó bien—. Espero que eso no os fastidie demasiado el orden del día. Me voy para que podáis retomarlo.

—Como salgas por esa puerta, Scott, nunca más podrás volver a entrar en esta sala de juntas. Jamás. Como salgas por esa puerta, tampoco serás bienvenido en casa. Tu vida, tal y como la conoces, ha terminado.

Los gritos de mi padre siguieron resonando mientras yo cruzaba la sala. Estaba seguro de que había perdido los estribos bastante a menudo delante de sus empleados más importantes como para que consideraran normal el arranque de ira de hoy, pero aun así era gratificante saber que lo había alterado tanto.

Más gratificante aún fue salir por esa puerta y saber que la vida que yo deseaba acababa de empezar.

Capítulo 19

Tess

—¿Kendra? —la llamé, abriendo la puerta despacio para no sobresaltarla.

Habían pasado unas cuantas semanas desde que había pisado su apartamento por última vez y aunque usaba la copia de la llave que tenía habitualmente, ahora las cosas eran distintas.

Sin embargo, como no había respondido cuando había llamado, asomé la cabeza con cuidado.

Su casa tenía el mismo aspecto de siempre: inmaculado en algunas zonas y, en otras, reinaba el caos. Kendra era así, solo llenaba partes de su apartamento, igual que solo llenaba partes de su vida. El sofá, por ejemplo, tenía libros y revistas apilados como si hubiera estado leyendo sin parar. La mesita de centro contenía el portátil y más de un plato vacío que aún había que llevar a la cocina.

En cambio, el despacho, una estancia que podía divisar con facilidad gracias al diseño abierto, parecía ordenado y desaprovechado.

Tenía sentido, supuse. Era yo quien la metía en el despacho cuando ella habría agradecido trabajar desde el salón.

Me pregunté en vano si habría sido capaz de hacer algo de trabajo desde que me había pedido la excedencia.

Como al pensarlo me sentí culpable, recogí los platos sucios, los llevé a la cocina y limpié lo que había ensuciado como me había acostumbrado a hacer. Igual que limpiaba lo que había ensuciado Teyana.

Madre mía, si al final estas dos terminaban juntas, tendrían que contratar a una niñera para adultos.

«Eso no».

Tras salir de la cocina, un golpe sordo me guio hacia la parte principal de la casa.

—¿Kendra? —volví a llamarla.

—Aquí —respondió. Su voz sonaba más lejana de lo que debería si estaba en el dormitorio.

Seguí el sonido y me la encontré en el vestidor, sentada en el suelo, sin nada más que un conjunto de sujetador y bragas y una amplia gama de ropa esparcida a su alrededor.

Alzó los ojos perfectamente maquillados para mirarme, sorprendida, lo que me llevó a preguntarme quién demonios había creído que era cuando me había invitado a entrar al vestidor estando medio desnuda. Entonces recordé que se trataba de una persona que no siempre relacionaba las cosas de forma lógica y que no tenía ningún pudor ni límite cuando se trataba de su cuerpo.

—¿Llego tarde? —preguntó.

Negué con la cabeza.

—He venido antes de tiempo. He pensado que quizá podríamos hablar primero.

—Ah, bien, porque aún no estoy vestida. —Pero sí que se había maquillado y peinado, así que estaría lista en cuanto se vistiera.

Sin embargo, no se movió para vestirse, ni siquiera con mi aparición.

Desde que la conocía, nunca la había visto dudar en el momento de elegir qué ponerse. Así que se trataba de algo más. Algo que reconocí, puesto que solo hacía dos meses desde que yo misma me había sentado en ese lugar, angustiada por cómo lograría convencer a Scott Sebastian para que patrocinara a la FLD sin que Kendra lo supiera.

Y cuando me había ocurrido, Teyana se había sentado conmigo en el suelo.

Había pasado mucho tiempo desde la última vez que había tenido este nivel de complicidad con Kendra, pero el impulso me pareció correcto, así que me dejé caer en el suelo y estiré las piernas delante, decidiendo que el vestidor era tan buen sitio para hablar como cualquier otro.

No obstante, aunque había practicado el discurso miles de veces, las palabras no me salieron. Y no iba a preguntarle qué le ocurría porque, honestamente, no me importaba.

En realidad quería que no me importara. Que no me importara de verdad era más complicado de lo que quería que fuera. Incluso después de cómo me había tratado, incluso después de que hubiera mantenido su relación con Teyana en secreto durante tanto tiempo. Incluso aunque estuviera prometida con el hombre al que yo quería.

Seguí mi instinto y le miré el dedo anular. No llevaba nada.

Tampoco le iba a preguntar por eso. Seguramente no lo llevaba las veinticuatro horas del día y se lo pondría cuando nos fuéramos.

Cuando se fuera, quería decir. Todavía no había decidido si estaba dispuesta a irme con ella.

Tras pasar unos cuantos minutos en silencio, Kendra se llevó las rodillas al pecho y descansó la cabeza sobre estas.

—No estaba segura de si vendrías.

Ese comentario me dio mucha rabia. Desde que trabajaba para ella, nunca había dejado de venir cuando se me esperaba, y me ofendió que Kendra hubiese creído que existía la posibilidad de que ahora le fallara, por mucho que me lo hubiese planteado.

Sin embargo, la rabia no nos llevaría a ningún sitio. Lo que teníamos que hacer era ir con la verdad por delante de una vez.

—Yo tampoco sabía qué hacer —admití—. Y sigo sin saber si voy a quedarme o no.

—¿Si no te quedas hoy o si no te quedas para siempre?

Era una forma peculiar de formularlo, pero entendí qué me estaba preguntando.

—Las dos, quizá. No lo sé. —Me llevé las rodillas al pecho, imitando su postura—. Depende de para lo que quieras que me quede.

—Porque eres una trabajadora excepcional. Porque me gusta trabajar contigo. Porque me conoces y aun así… —Perdió el hilo; no parecía estar segura de cómo continuar.

Aun así…, ya.

Había muchos «aun así» que había hecho por ella. Aun así había seguido con ella, siéndole leal, cuando ella me había menospreciado y me había mantenido al margen y no me había brindado la oportunidad de progresar.

Aunque quizá yo también se lo había hecho un poco.

Además, yo no le había pedido eso.

—Me refería a ¿para qué trabajo quieres que me quede? Si quieres que siga siendo tu asistente y que cuide de tu casa y te haga de criada…

—No es lo que te mereces —acabó por mí—. Tampoco es lo que deberías hacer. Lo sé. Siempre lo he sabido.

Apoyé la barbilla sobre una rodilla.

—Entonces, ¿por qué solo me has asignado estos trabajos?

Soltó un bufido.

—Me lo he preguntado mucho últimamente, he intentado encontrar una respuesta. Creo que ha sido por muchas cosas, y ninguna es una buena excusa, pero si lo quieres saber…

—Sí.

—Bueno… Pues, para empezar, porque era más fácil. Porque sabes lo que necesito y sabes cómo hacer las cosas como a mí me gustan, y formar a alguien para que lo haga es… Es difícil.

—Te habría ayudado a hacerlo y lo sabes.

—Lo sé. Pero contratara a quien contratara, nunca sería como tú.

Los halagos eran la forma de ganárseme. Pero me hice fuerte, no quería dejarme llevar por la sensación cálida y agradable, cuando debía tener esta conversación con la cabeza fría.

—¿Por qué más?

—Porque soy egoísta, claro. Me gustaba tenerte solo para mí. Me gustaba que no formaras parte del grupo de esnobs elitistas con los que me relaciono cada día. Me gustaba que fueras de verdad.

Tenía razón: era muy egoísta. Teniendo en cuenta lo que ahora sabía sobre su mundo, sin embargo, un instinto protector por su parte también podría haber jugado un papel importante. No quería atribuirle tanto mérito, pero como tampoco lo había reivindicado, era más fácil admitir que quizá sí que se lo merecía.

Esta vez no tuve que animarla a que continuara.

—Y porque creo que quería algo que pudiera controlar. Cuando tengo la sensación de que no tengo nada que controle. Nada que sea mío. Esta empresa sí que lo era y me daba miedo... —Hizo una pausa para aclararse la garganta—. Creo que me daba miedo que si te dejaba ser todo lo que podías llegar a ser, terminaras siendo mejor que yo.

Puf. Era una razón inmadura, ridícula y repulsiva, pero había muchísimas personas en esta sociedad que pensaban en los mismos términos. A las mujeres, en especial, se nos enseñaba a pensar así. Se nos enseñaba que en la cima había plazas limitadas para nosotras, así que más nos valía abrirnos paso a zarpazos y pisotear al resto.

Seguramente a ella le habían inculcado esta idea mucho más que a mí, puesto que se había criado en un mundo de perfección. En un mundo que valoraba más la imagen que se tenía de las cosas que la realidad que las definía. Un mundo que haría sentir a una mujer que debía elegir un matrimonio sin amor antes que la mujer a la que quería.

Quería estar enfadada con ella. Estaba enfadada con ella. Pero también me daba pena.

Y la quería. Y quería lo mejor para ella. A pesar de todo. Aun así.

—El éxito de otras personas no disminuye lo que tú vales —le dije, con la esperanza de que me hiciera caso.

—Lo sé —respondió—. De verdad que lo sé. Y tal vez habría sido más fácil permitir que eso se cumpliera contigo si tú no fueras... tú. Porque ya tenías lo que yo más quería. ¿Cómo podía darte lo único que me quedaba?

¿Cómo que yo tenía lo que ella más quería? ¿Qué demonios podía tener yo que ella quisiera cuando era ella quien tenía dinero y belleza y éxito y el árbol genealógico que tocaba y a Scott y…

«Ah».

—Teyana —dije.

No era un secreto que ya sabía que habían tenido una relación intermitente. Se lo había dicho cuando le había notificado que me tomaba una excedencia y Tey había tenido, como mínimo, una larga conversación por teléfono con ella sobre el tema. Pero, aunque ya me había hecho a la idea de que hubieran sido pareja, no lo había puesto todo en perspectiva, así que traté de hacerlo ahora. Traté de imaginarme en su lugar, y no fue difícil, ya que Kendra tenía a Scott, algo que para mí era desgarrador. Si yo hubiese tenido todo lo que tenía ella y ella solo lo hubiera tenido a él, me habría muerto de la envidia igualmente.

Vale, sí. Podía entender que se hubiera sentido así respecto a mí.

Aunque la verdad…

—Yo no «tengo» a Teyana, Kendra.

—Pero en realidad sí. Tienes la capacidad de poder estar con ella y ser tú misma y no preocuparte por quién piensa qué sobre qué sois.

Me incliné hacia delante y la obligué a mirarme a los ojos.

—Tú también tienes esa capacidad.

—No sin perder algo.

No era justo que juzgara si las cosas que Kendra podía perder si salía del armario con Teyana valían la pena o no. No podía hacer tales suposiciones, y menos cuando yo formaba parte del grupo privilegiado en materia de orientación sexual. No podía comprender del todo los obstáculos y los prejuicios a los que debía enfrentarse una mujer bisexual ni juzgarla por cómo decidía actuar en consecuencia.

Sin embargo, sí que tenía experiencia en el ámbito de salir perdiendo en general.

—Creo que de eso trata el amor, a veces. De perder algo. De sacrificarte, pero también de perderte a ti o perder la idea de quién eras porque por fin has visto quién eres a ojos de alguien que te quiere más de lo que tú te quieres a ti misma, y no coincide con lo que creías que eras.

Como Scott, que había sabido que yo no era capaz de renunciar a la FLD por él. Porque me veía como una buena persona, ese nivel de buena persona, y yo le creía, lo que me había llevado a tener que cambiar esa concepción de mí misma. Aunque, claro, eso también me había hecho perderlo a él.

Pero no estábamos hablando de mí.

—Sé que eso es simplificar las cosas —proseguí—, pero quizá, en vez de centrarte en todo lo que vas a perder, puedes centrarte en lo que vas a ganar. Como persona que recibe el amor de Teyana, creo que vale la pena.

Kendra inclinó la cabeza mientras pensaba. O asimilaba, tal vez.

—Era justo lo que necesitaba oír —dijo—. Eres muy sabia. —Luego se secó los ojos, aunque no había nada que secar, puesto que las lágrimas no le habían mojado las mejillas (por Dios, si hasta era perfecta llorando), y juntó las manos—. Y por eso tengo que convertirte en mi socia.

Asentí.

Y, acto seguido, negué con la cabeza.

—¿Cómo? —No debía de haberlo oído bien.

—Mi socia. Sé que pasará un tiempo antes de que puedas comprar las acciones, pero si sigues cerrando acuerdos como el de los Sebastian que vamos a firmar hoy, no tardarás demasiado.

Cambié de posición, crucé las piernas e hice caso omiso de lo arrugado que tendría el pantalón después.

—¿Eso significa que quieres que haga lo que tú haces? ¿Unir organizaciones con empresas que las patrocinen? ¿Hacer presentaciones y tal?

—Sí, todo. Y puedes conservar el ochenta por ciento del salario acordado. El veinte por ciento restante nos ayudará a permitirnos una nueva asistente. —De pronto, se puso seria—. Si quieres, claro. Pero si no quieres seguir conmigo o en Conscience Connect, te prepararé una maravillosa carta de recomendación y te desearé lo mejor cuando emprendas tu camino. Te quiero lo bastante como para perder. Sobre si tengo que perderme a mí o perderte a ti, te quiero y espero que elijas quedarte. Piénsatelo. Por favor.

No tenía que pensármelo. La única oferta que creía que podía plantearme para que me quedara era hacer presentaciones. Ofrecerme un aumento de sueldo y hacerme socia superaba con creces todas mis expectativas.

Pero no podía aceptarlo sin fingir que negociaba un poco.

—Si le añades un abono de temporada para la ópera, me quedo.

—Hecho.

Ambas sonreímos y, de pronto, todo parecía como en la universidad, ambas en igualdad de condiciones, bueno, más o menos. Cuando entre nosotras tan solo había habido amistad y había sido suficiente.

Tener mi trayectoria profesional decidida era un alivio, pero no cambiaba el resto de mi vida, y pronto tuve un golpe de realidad. Hoy se cerraría el acuerdo de patrocinio de la FLD, al menos en papel. El último contrato estipulaba que el traspaso de fondos se efectuaría a lo largo de los próximos dieciocho meses, según Kendra, quien actuaba de enlace y me había mantenido informada a través de mensajes durante las semanas que había durado mi excedencia. Faltaban dieciocho meses para que Scott pudiera romper con Kendra.

¿Podrían posponer una boda tanto tiempo?

No quería pensar en eso. Estábamos haciendo algo bueno para la FLD. Algo importante. Eso era lo principal.

—Como futura socia y no como asistente pesada, tengo que decirte que hay que espabilarse. —Me puse en pie y le ofrecí la mano para ayudarla a levantarse.

—No sabía qué debía ponerme. —Recogió un par de vestidos del suelo—. ¿El rojo? ¿O el melocotón?

—¿Qué imagen quieres proyectar? —Ni el uno ni el otro eran muy profesionales, pero cualquiera serviría.

—Tan *sexy* que no haya quien se me resista.

—Eh… En tal caso, el rojo.

Entonces analizó cómo iba vestida, como si me mirara por primera vez desde que había llegado.

—¿Tú vas a ir así? ¿Quieres que te deje el melocotón?

El traje pantalón que llevaba era nuevo, un regalo que me había hecho con el dinero que me había dado mi madre, y sabía que con él proyectaba una imagen poderosa. Al menos eso me habían dicho tanto Tey como la dependienta, y era lo bastante confiada como para creérmelas.

—Me quedo con esto, gracias.

—¿Aun sabiendo que Scott estará presente?

Sobre todo porque Scott estaría presente. No necesitaba ir vestida como si quisiera llamar su atención. Hoy sería más fácil si ignoraba por completo la química que teníamos.

Y después de lo de hoy, no tendría que verlo nunca más por motivos laborales.

Traté de no sentirme decepcionada.

—¿Sabes que Scott y yo hemos roto? —Scott me había dicho que Kendra sabía lo nuestro, pero no tenía ni idea de si la había puesto al día después de que lo dejáramos.

—Sí, pero después de… —Se interrumpió—. Será mejor que me espabile. ¿Puedes hacerme un favor y averiguar dónde narices he dejado el móvil?

Fuera su futura socia o no, había partes de nuestra relación que sospechaba que nunca cambiarían.

—Claro.

Menos de una hora después, entramos en el Sebastian Center y en ese momento descubrimos que Teyana nos estaba esperando en el vestíbulo.

—Creía que hoy tenías cita con el especialista y los del documental. —Miré a mi alrededor, casi esperando encontrarme con el equipo de grabación.

—Sí, pero ¿sabes que me ofrecen un servicio de taxi para que me recoja y me lleve de vuelta a casa? Pues el chófer me ha traído aquí cuando he salido. Cuando le he preguntado por qué, me ha dicho que no sabía nada, solo que el señor Sebastian se lo había pedido. Esperaba que tú lo supieras.

No tenía ni idea.

Pero sabía quién lo sabría.

Con los ojos entrecerrados, me volví hacia Kendra. Se encogió de hombros con aire inocente, pero se negó a mirarme a los ojos. Ni a Teyana. Era evidente que sabía algo.

—Mirad, ahí están Sarah y Peter —dijo, cambiando de tema—. Deberíamos coger el ascensor con ellos.

Se apresuró a atrapar a los empleados de la FLD. La seguimos a una distancia prudencial para que Teyana y yo pudiéramos hablar sin que nadie nos oyera.

—Está metida en algo —dijo esta, con desconfianza.

—Estoy segura de que sabía que ibas a venir. Ha tardado una eternidad en decidir qué ponerse. —No añadí que Kendra no se había puesto el anillo de compromiso. No quería que pareciera que me había fijado en eso.

—¿En serio? —La voz le subió tres tonos con una emoción prudente—. A la tía le queda muy bien el rojo. Qué cabrona.

Era extraño ver cómo actuaba ahora cuando estaba cerca de Kendra. Había asumido que los comentarios mordaces que Tey siempre hacía atañían a mi relación con Kendra y no a la suya. Ahora veía el rencor que le suscitaba su situación por lo que era.

Si hoy terminaba hablando con Scott, puede que me comportara igual.

O quizá acabara llorando en sus brazos. Estas últimas semanas había tenido que contenerme con todas mis fuerzas para no responder a sus mensajes. Si hubiera tenido instinto de autoprotección, lo habría bloqueado y habría eliminado todos los mensajes que me hubiera mandado.

Y aunque estaba segura de que cada vez se me daba mejor eso de priorizarme y escogerme a mí, seguía perdiendo el culo por cada notificación que me sonaba en el móvil. Sabía que tenía que incomunicarme para poder superarlo, pero, ahora mismo, todo lo que compartía de su vida con esos mensajes me ayudaba a seguir adelante. El que me había mandado esta misma mañana lo tenía grabado en la mente a fuego:

Pronto. Pronto todo habrá terminado. Te quiero.

Parecía tanto un presagio como un mensaje de ánimos. Pronto habría terminado y no habría ninguna razón para verlo hasta que dejara de estar prometido. Y seguía queriéndolo.

Era una puñalada. Directa al corazón.

Después de lo de hoy, me dije. Después de que los contratos se hubieran firmado y se oficializara su compromiso con Kendra durante dieciocho meses, lo bloquearía y eliminaría los mensajes. ¿Qué mejor razón tendría para pasar página?

Kendra alcanzó a los demás y pulsó el botón del ascensor cuando Tey y yo íbamos de camino todavía, de forma que, cuando llegamos, el ascensor nos estaba esperando y entramos directamente.

—Ha llegado el día —dijo Sarah, entusiasmada.

—No puedo creer que vaya a firmarse —comenté yo. Cuando me permití pensar en que el patrocinio iba a convertirse en realidad y que había sido gracias a mí, el día de repente me parecía mucho más emocionante.

—También recibirás una buena remuneración, según lo estipulado por Sebastian Industrial. —Como presidente de la Fundación para la Lucha contra la Disautonomía, Peter seguramente consideraba que él podría hacer mucho más con ese dinero si se destinara a la fundación que si se me pagaba a mí.

Bueno, peor para él. Yo también tenía que ganarme la vida y, a mi parecer, me lo había ganado.

Sarah me dedicó un guiño con el que quería decirme que hiciera caso omiso. Entonces, se cerraron las puertas del ascensor y charlé educadamente con ambos representantes de la fundación mientras subíamos y Teyana y Kendra estaban la una

240

junto a la otra delante de mí. La tensión sexual que había entre ellas era tan evidente que no podía creer que hasta entonces no me hubiera dado cuenta, y cuando sus dedos se rozaron, juro que noté el estremecimiento en mi cuerpo como si hubieran sido mis dedos los que se hubieran rozado con los de la persona a la que amaba.

Y ambas estaban en la misma situación en la que nos encontrábamos Scott y yo. Incapaces de estar juntas, incluso aunque Kendra decidiera ignorar a sus padres y escogerse a sí misma. No sin sacrificar la FLD. Y ninguna de nosotras estaba dispuesta a hacerlo.

Estaba tan absorta en la desgracia de nuestra situación (junto con las mariposas que tenía en el estómago ante la perspectiva de ver a Scott) que no me fijé en el número de planta en el que nos bajamos del ascensor hasta que no se hubieron cerrado las puertas. No reconocía nada de lo que me rodeaba.

—Creo que nos hemos equivocado de planta —le dije a Kendra.

—No, lo de hoy es aquí. Sé dónde está la sala. Seguidme. —Se adelantó para guiarnos por un largo pasillo repleto de oficinas con letreros como Relación con la Prensa, Desarrollo de Producción y Director de Contenido Digital.

—Algo no me cuadra —le susurré a Teyana.

Esta estaba observando a Kendra con aire abatido y tardó un instante en mirarme.

—¿Qué? ¿Por qué?

—Porque todo esto está relacionado con la prensa y los medios. Sebastian Industrial no debería tener estos departamentos.

—Pero estamos en el Sebastian Center.

—¿Alquilan oficinas a otras empresas? —No sabía por qué se lo preguntaba a ella. No conocería la respuesta.

Antes de que pudiera hacerle la misma pregunta a Kendra, llegamos a una enorme sala de reuniones y una mujer que debía de ejercer las funciones de asistente o recepcionista nos hizo pasar, pero no era Eden ni nadie que reconociera. De hecho, no reconocía a ninguno de los presentes, y había unas cuantas personas en la sala. ¿Dónde estaban Paris y Anthony y los dos Matt? ¿Dónde estaban los abogados? ¿Dónde estaba Brett? ¿Dónde estaban Scott o su padre, Henry?

—Parece que solo faltábamos nosotros —comentó Kendra, mirando la sala. Tras el asentimiento de un hombre maduro que estaba junto a la puerta, Kendra nos indicó que nos sentáramos—: Si os sentáis, voy a ir empezando.

Titubeé, quería hablar con ella en privado, pero se me adelantó:

—En el futuro, tú te ocuparás de esta parte, pero como has estado un tiempo al margen, hoy me encargaré yo.

—Eh… De acuerdo. —Teniendo en cuenta que nunca había actuado como enlace, me conformaba con observarla y aprender—. Pero…

No pude decirle nada más puesto que ya había cruzado la sala y se había colocado en la cabecera de la mesa. Intercambié una mirada con Teyana y nos sentamos en dos sillas vacías.

Al instante, Kendra dio la bienvenida a todo el mundo.

—Es posible que algunos presentes no me conozcan, así que voy a presentarme. Me llamo Kendra Montgomery, soy la propietaria de Conscience Connect y me emociona que por fin haya llegado el día en que firmemos el acuerdo de esta maravillosa colaboración entre el apellido Sebastian y la Fundación para la Lucha contra la Disautonomía.

»Aunque al principio empezamos haciéndole la corte a Sebastian Industrial para lograr esta unión, de manos de mi amiga y socia Tess Turani… —Hizo una pausa y me señaló con un ademán. Todos los ojos se centraron en mí y saludé, incómoda—. Las negociaciones se truncaron hace una semana cuando sus exigencias desmesuradas nos obligaron a abandonar toda esperanza de llegar a un acuerdo.

Un momento… ¿Qué?

Teyana se encorvó hacia mí para susurrarme:

—¿Exigencias desmesuradas?

—Exigirle a alguien que se case con otro alguien a quien no quiere es una exigencia desmesurada. —Claro que seguramente Kendra no se refería a eso delante de toda esta gente.

O… no podía ser.

Me incliné hacia delante, ansiosa por que continuara, y con el estómago en un puño, presa de una emoción vacilante.

—Afortunadamente, gracias a una actitud innovadora, a una pasión resolutiva y al apoyo del mismísimo fundador de este imperio, Irving Sebastian, nuestros equipos fueron capaces de cambiar de rumbo y encontrar financiación en una corporación con la misma capacidad de patrocinar a la FLD al mismo nivel que se podía esperar de Sebastian Industrial. Para desarrollar este punto, permitidme presentaros al presidente de Sebastian News Corp, Samuel Sebastian.

«¿Sebastian News Corp? ¿Samuel?».

Recordaba vagamente que Brett me había explicado que Samuel era uno de los hermanos menores de Henry. Y News Corp era otra rama del imperio Sebastian, una empresa que se había escindido de Sebastian Industrial en los años noventa y que la presidían Samuel y otro de los hermanos, August.

Lo que significaba que se trataba de una empresa Sebastian que no dirigía Henry.

Lo que significaba que poseían el músculo financiero de los Sebastian y no les debía de importar la persona con la que se casara Scott.

Esa emoción vacilante perdió su incertidumbre y se convirtió en una oleada de entusiasmo. «¡Ay, Scott! ¿Qué maravilla has hecho?».

Pero ¿dónde estaba? ¿Y cómo narices iba a dejar su padre que se saliera con la suya?

Mi rodilla rebotaba debajo de la mesa mientras el hombre maduro que había esperado junto a la puerta atravesaba la sala y Kendra ocupaba una de las sillas vacías que aún quedaban.

—Gracias, señorita Montgomery. Seré breve y dejaré que las personas que sí saben cómo funcionan las cosas por aquí aborden el asunto que nos ocupa.

Unas risas educadas se propagaron por la sala.

—Ahora en serio, solo quería pasar por aquí para dar la bienvenida a la familia a la FLD. Me hace mucha ilusión tener la oportunidad de concienciar a la población sobre un tema tan importante y espero poder cambiar el mundo para quienes sufren disautonomía. Ya era hora de que Sebastian News Corp se involucrara en temas de más difusión pública, y no podíamos adentrarnos en este ámbito de la mano de una mejor organización que la FLD. Así que muchas gracias a todos por formar parte de esta unión. Dicho esto, dejadme que ceda la palabra al hombre que se encargará de este acuerdo de ahora en adelante, el miembro más reciente de nuestra junta y vicepresidente de Integridad Pública.

Tras esta presentación, se abrió la puerta y entró el hombre al que amaba.

Capítulo 20

Tess

Tras pasar un mes sin verlo, creía que mi cabeza había exagerado lo guapo que era Scott en mi imaginación.

Para nada.

Estaba como un tren.

Había sido lo primero que había pensado de él, y ahora recordé por qué. Esos ojos azules que contrastaban con su pelo castaño claro. Esa mandíbula marcada. Esa barba tan *sexy*. Y, joder, los trajes le quedaban como a ningún otro hombre. Y el de hoy estaba muy bien tallado. Era un traje de tres piezas gris que le sentaba como un guante.

Pero, ahora mismo, lo más precioso que tenía era su nuevo cargo: vicepresidente de Integridad Pública de Sebastian News Corp. Por eso Kendra ya no llevaba el anillo, ¿verdad? Por eso Teyana estaba aquí. Por eso Scott me había mandado ese mensaje y me había dicho «Pronto todo habrá terminado».

Con todo, tenía un poco de miedo. Miedo de hacerme ilusiones y aunque tenía delante la viva prueba del mantra de recibes lo mismo a lo que aspiras, me negaba a emocionarme por lo que pudiera implicar el nuevo cargo de Scott.

Lo escucharía y esperaría a ver qué pasaba.

Teyana no era partidaria de este mismo enfoque. Se inclinó hacia mí y me susurró:

—Madre mía, Tess, ¿ha cambiado…?

—Chis. —La corté.

—Pero…

—Chsssss. —Esta vez lo acompañé de un codazo a las costillas para darle más énfasis.

Ya me estaba costando lo bastante concentrarme en Scott como para que encima ella me susurrara al oído. ¿Qué acababa de decir sobre el calendario? ¿Y el documental? ¿Y por qué aún no me había mirado?

El móvil, que había dejado en la mesa delante de mí, vibró y provocó unas cuantas miradas de soslayo de otros asistentes. Lo agarré y me lo puse en el regazo sin mirarlo siquiera, para que si volvía a vibrar no resultara molesto. Era evidente que Teyana me había mandado el mensaje, porque aunque no la había visto teclear en su móvil, me estaba mirando con esa expresión tan suya que decía «pobre de ti que me ignores».

Dándome por vencida, agarré el teléfono y leí el mensaje.

¿Tu chico ha cambiado de trabajo por ti?

Eso parecía. Le contesté:

Por NOSOTRAS.

Al fin y al cabo, la reunión iba de la FLD.

Qué dices. La FLD ya tenía un acuerdo cuando él estaba en Sebastian Industrial. Esto ha sido por ti.

Me notaba la respiración temblorosa, como si mis entrañas se revolvieran tanto de la emoción como para inspirar la cantidad correcta de aire. Había sido por mí. Todo esto había sido por mí.

No. No. Ni hablar. No iba a hacerme ilusiones. Respondí:

Quizá lo han despedido.

Con esto me gané una patada en la espinilla que, a mi parecer, era totalmente gratuita. Mi recelo estaba justificado porque ¿y si lo habían despedido? ¿Y si todo esto era su forma de intentar salvar un desastre en vez de forjar un nuevo panorama en el que pudiera estar conmigo?

Quizá era una tontería buscar complicaciones, pero ahora que estaba tan empeñada en priorizarme, quería estar segura de que se me había priorizado.

Fulminé a Teyana con la mirada con la esperanza de transmitirle todo eso. Me respondió poniéndose a teclear como una loca en su teléfono.

Pero ya estaba harta de la conversación. Apagué el móvil y lo solté en mi regazo. Deliberadamente, orienté la silla de forma que solo viera a Tey por el rabillo del ojo y me obligué a centrarme en las palabras de Scott, cosa que era más fácil de decir que de hacer con lo mucho que me distraían sus labios.

—Uno de los contratiempos que tuvimos con el contrato con Sebastian Industrial fue el calendario de pago —decía—. Lo hemos arreglado en esta versión con un único pago a principios de cada año de forma que la FLD pueda organizar su presupuesto de acuerdo con el pago. Además, hemos añadido una cláusula que obliga a Sebastian News Corp a realizar al menos las tres primeras donaciones del contrato de cinco años.

¡Cinco años!

¡Un único pago anual!

¡Una cláusula que obliga a Sebastian News Corp a pagar!

Scott había solucionado todos los problemas que yo veía al contrato anterior y mucho más. El pago que yo recibiría era, tal como había sugerido Peter, escandalosamente generoso. El compromiso de Sebastian News Corp de difundir la causa se había multiplicado por dos. Habían aumentado el presupuesto del documental y ahora también lo emitirían en horario de máxima audiencia en uno de los canales más importantes que poseía Sebastian News Corp. Había leído la mayor parte de los contratos que Kendra había firmado y podía decir, sin ninguna duda, que este era el mejor acuerdo que Conscience Connect había conseguido nunca.

Puede que hubiera sido por mí, pero también sería comprensible que Scott siguiera prometido con Kendra y, la verdad, iba a morirme si esta reunión no terminaba pronto y podía hablar con él a solas para descubrirlo.

Tras lo que me pareció una eternidad, los bolígrafos se destaparon y el contrato final y todas sus copias pasaron por las manos de Peter y Scott y ambos los firmaron.

Y, cómo no, alguien mencionó que habría que tomar unas cuantas fotografías para promocionar el acuerdo, pero Scott (gracias a Dios) lo descartó enseguida.

—Pediré a mi asistente que organice una sesión de fotos en la que representaremos la firma. Las fotos serán de mejor calidad que si ahora nos ponemos a hacerlas con los móviles.

Aun así, la gente no se fue. Todo el mundo, al parecer, quería hablar en privado con Scott, quizá era el inconveniente de ser el hombre al mando. Me quedé en pie esperando, impaciente, fingiendo que toqueteaba el móvil mientras escuchaba la conversación entre Teyana y Kendra.

—¿Significa esto que ya no estás prometida? —preguntó Tey.

—No, no estoy prometida.

Las mariposas me revolotearon en el estómago con tanto frenesí que incluso pensé que iba a vomitar.

¿Pero había sido Scott quien había roto el compromiso o Kendra? ¿Importaba?

—¿Qué implica…? —dijo Tey a mis espaldas, interrumpiendo así mis pensamientos.

Al mismo tiempo, Kendra soltó:

—¿Crees que…?

Se creó una situación incómoda en la que ambas se disculparon e iniciaron el ridículo ir y venir de «tú primera», «no, dilo tú».

Al final, fue Kendra quien decidió empezar:

—¿Crees que algún día podríamos hablar de qué pasaría si estuviéramos… juntas…, sin secretos?

—Me encantaría, pero ya puedo decirte qué pasaría. Pasaría esto.

Dejaron de hablar y cuando vi que uno de los abogados más estirados y mayores esbozaba una mueca, la curiosidad me obligó a volver la cabeza.

Me las encontré boca sobre boca, con tanta pasión que me ruboricé.

Cuando por fin se separaron para respirar, Kendra también estaba ruborizada.

—La gente nos está mirando.

—Y ninguna de las dos ha acabado en la hoguera —contestó Tey—. Qué raro, ¿verdad?

—Mucho. —Kendra tiró de mi amiga para darle otro beso.

—Iros a un hotel… —bromeé, pero media frase iba en serio, porque me di cuenta de que los asistentes a la reunión habían empezado a marcharse y me daba miedo que estas dos sugirieran que fuéramos todos a comer cuando lo único que yo quería era estar con Scott.

—O mejor: ¿en tu casa o en la mía? —preguntó Kendra.

Tey puso los ojos en blanco como si acabara de decir una tontería.

—La tuya, por supuesto. —Se dirigió a mí por encima del hombro mientras se iba—: No me esperes despierta, cielo. Llegaré muy tarde.

—Si es que vuelve a casa —añadió Kendra.

—Vaya, así que Teyana y Kendra… —oí la voz de Scott detrás de mí cuando la puerta de la sala de reuniones se hubo cerrado después de que las dos salieran.

Me volví y me di cuenta de que los demás también se habían ido. Él y yo estábamos solos ahora, y lo último que quería hacer era hablar de Teyana y Kendra cuando ya me estaba preguntando si la puerta de la sala de reuniones tendría cerradura.

—No estás prometido —afirmé, más que preguntar.

—No estoy prometido.

Nos separaban unos cuantos metros y una barrera de pura tensión sexual, pero lo único que evitaba que saliera disparada hacia él era un hilillo de fuerza de voluntad.

Había cosas que había que mencionar. Cosas que había que preguntar. Cosas que había que solucionar. Y todas estas cosas exigían hablar, una actividad que no acostumbrábamos a hacer cuando estábamos juntos.

Como demostraba el aire depredador con el que avanzaba hacia mí.

—Y ya no respondes ante tu padre.

Negó con la cabeza. Dio otro paso con aire depredador en mi dirección.

—Así que… ¿Cómo ha pasado todo esto, exactamente? —pregunté, sin moverme ni un ápice.

—Después de que mi abuelo me recordara que no estaba pensando a lo grande y que Brett me recordara que había más de una empresa Sebastian con poder, me reunió con mi tío Samuel y se lo pedí.

—¿Y le pediste…?

—El patrocinio. Un trabajo. Ha creado el cargo solo para mí, después de que se lo sugiriera. Lo aceptó de inmediato, porque, a ver, ¿quién no? Quiero decir, soy un partidazo. Tanto en el ámbito laboral como en otros ámbitos. Pero también porque sabía que iba a cabrear a mi padre. Al tío Samuel no le apasiona Henry Sebastian. Y aunque decida dejarlo y encontrar un trabajo que no tenga nada que ver con los Sebastian, que es una opción que nunca antes me había planteado y que resulta muy liberadora, la FLD recibirá la donación del patrocinio, de forma que no tenemos que…

Lo corté, necesitaba no desviarme de los detalles más importantes, puesto que mi autocontrol pendía de un hilo.

—Has dimitido. Por mí. Me has elegido a mí.

No era necesario que me contestara (tampoco es que tuviera fuerzas como para esperar una respuesta, de todas formas), me lancé a sus brazos y mi boca se encontró con la suya con tanta pasión que, en comparación, la sesión de besos de Kendra y Tey parecía un casto beso en la mejilla. Me rodeó con los brazos y, en cuestión de segundos, nos estábamos restregando el uno contra el otro de una forma no demasiado adecuada para estar en el trabajo, como hacíamos siempre que nos veíamos, que a menudo era, ironías de la vida, en el trabajo.

Pero así eran las cosas entre nosotros. Fuegos artificiales y sofocos.

Pero no solo era eso. También había una conexión que iba más allá del puro deseo. Una conexión que podíamos explorar y reforzar y cultivar ahora que no teníamos ningún tipo de restricción absurda impuesta en nuestra relación.

Pero antes que nada, tras haber pasado un mes sin tocarnos, había que compensarlo, y mucho.

Aún no habíamos empezado a jadear y nuestra ropa, por desgracia, no se había movido ni un centímetro (¡maldito el conjunto que había escogido, Kendra tenía razón!) cuando Scott se separó.

Guiada por el instinto, seguí su movimiento, mis labios buscaban los suyos, pero me rodeó las mejillas con las manos y me detuvo.

—Oye —dijo—, siempre te he elegido a ti. Desde el principio. Una y otra vez, nunca he dejado de escogerte a ti.

Fuera cierto técnicamente o no, era algo muy bonito y yo estaba encantada de aceptar lo que me había dicho y volver a centrarme en el plano físico, pero había algo en la sinceridad de sus ojos que me hizo detenerme y pensarlo detenidamente.

Y me di cuenta de que tenía razón.

Me había escogido a mí. Una vez tras otra. Me había elegido a mí en la azotea. Me había vuelto a elegir cuando me había presentado en su despacho y le había hecho la presentación. Me había elegido cuando me había permitido insistir en la fundación que quería que patrocinara Sebastian Industrial. Me había elegido cuando le había conseguido a Tey una cita con un especialista y cuando me había presentado a su abuelo y cuando había decidido seguir prometido con Kendra para que la FLD lograra su patrocinio.

—Sí que me has elegido —dije, mientras lo asimilaba.

—Solo que he tardado un poquito en darme cuenta de que también tenía que elegirme a mí mismo.

Oh. Al parecer, nos habíamos embarcado en el mismo camino espiritual este último mes. Me emocionaba la posibilidad de seguir explorándolo junto a él.

Me zafé de sus manos para acariciarle los labios con los míos.

—Yo también te elijo a ti, Scott Sebastian, eres el hombre al que quiero para siempre.

—Te quiero, Tessa Turani. —Me abrazó. El ambiente pronto recuperó la tensión sexual previa a nuestras declaraciones y el enorme bulto que sobresalía en sus pantalones me indicaba hacia dónde irían las cosas—. Y, ahora, ojalá supiera cómo narices te voy a follar con estos pantalones…

—Eres un hombre de recursos. Estoy segura de que podrás solucionarlo.

Epílogo

Scott

Septiembre

Contemplé cómo Tessa subía por las escaleras delante de mí, tensándome cada vez que daba un paso.

—No puedo creer que estés subiendo con estos tacones.

—Los tacones que llevaba hace un año eran aún más altos.

Esperé hasta que hubo llegado sana y salva al siguiente nivel antes de subir yo rápidamente, y solo recuperé la respiración cuando pisé suelo firme a su lado. Querer a Tess me había despertado un instinto protector que no sabía que tuviera antes de conocerla. Era un ejemplo más de las múltiples maneras en las que me había cambiado, siempre a mejor, aunque puede que le fuera mejor si rebajaba un poco mis alardes de masculinidad.

Por suerte para mí, ella insistía en que eso la ponía cachonda.

Le agarré la mano y, poco a poco, nos encaminamos hacia los depósitos que albergaban los dispositivos mecánicos del edificio y nos detuvimos cuando oímos una salva de aplausos y gritos procedente del bar del piso inferior.

—Deben de estar presentando a la parejita —supuso.

—¿Seguro que no quieres estar ahí?

No se lo pensó ni un solo segundo:

—Solo van a anunciar su compromiso, no es la boda.

—Recuérdame que nos escabullamos para divertirnos un poco en la boda.

Ahora sí que se lo pensó:

—No te digo que no.

—Esa es la Tess que conozco —le dije, con una carcajada, y retomamos la marcha. Era una pervertida, en el buen sentido. Siempre estaba dispuesta a hacer juegos de rol, a experimentar cosas nuevas y explorar su lado pervertido. Había pasado un año desde que me había acostado con ella por primera vez y ya sabía que nunca dejaría de querer acostarme con ella.

Nuestra relación no solo se basaba en el sexo, para nada. Siempre me habían atraído sus ideas. Una de las cosas que más me gustaba hacer era escucharla cuando me hablaba de las cosas que la apasionaban, y había tantas, y más ahora que tenía un cargo importante en Conscience Connect.

Pero no solo los temas trascendentales despertaban su pasión. Desde que se había mudado a vivir conmigo hacía seis meses, después de que Teyana se fuera a vivir de forma oficial con Kendra, había descubierto hasta qué punto todo entusiasmaba a Tess. Desde series y películas de Netflix hasta nevadas o marcas de pasta de dientes… A mi amor le encantaba la vida.

Y a mí me encantaba ella. Cada vez que respiraba, la quería un poco más.

—No puedo creer que podamos pasar nuestro primer aniversario justo en el lugar donde nos conocimos —dijo, mientras nos acercábamos al primer silo—. Bueno, hace casi un año.

El día oficial era mañana. No había mucha diferencia, a mi parecer.

—Ya lo sé. Por eso convencí a Brett para que organizaran la fiesta aquí.

—Tú convenciste a Brett, ya —me soltó, con recelo justificado.

—Pues claro. —En realidad, él me había dicho que el bar de la azotea era el lugar que ambos preferían para celebrar su fiesta de compromiso y yo lo había secundado con entusiasmo.

Si no lo hubieran hecho, habría traído a Tess hasta aquí el día oficial, pero había cierta magia en el hecho de estar aquí esta noche con una fiesta de fondo en la azotea. Era romántico, de una forma un tanto pervertida, teniendo en cuenta quién era la prometida de Brett.

Solo Tess le vería la gracia. A Brett, si se enterara, seguro que no le haría ninguna.

Dimos la vuelta al silo y Tess me soltó la mano y se adelantó corriendo hacia la pared en la que se erigía la chimenea.

—Justo aquí —anunció, apoyando la espalda sobre los ladrillos—. Estabas justo aquí cuando te vi por primera vez.

—¿Ah, sí? ¿Y qué estaba haciendo? —No necesitaba que me lo recordara, pero era divertido dejar que lo hiciera.

Esbozó una sonrisita de complicidad.

—No te lo voy a decir. Ya lo sabes.

Me acerqué a ella.

—¿Sí?

—Sí. Y te comportaste como un auténtico gilipolllas con Eden cuando terminaste, añadiría. Y recuerdo haber pensado «si está tan dispuesto a hacerlo...».

—¿A hacer qué? —insistí. Quería que esa boquita traviesa lo dijera explícitamente.

—Meterle los dedos, ¿vale? Que si estabas tan dispuesto a meterle los dedos a una mujer que era evidente que no te gustaba y le provocaste lo que me pareció un orgasmo bastante decente desde mi posición...

—¿Solo uno? Pues debiste de aparecer más tarde de lo que pensaba.

Me fulminó con la mirada.

—Recuerdo que pensé que si tratabas tan bien a una mujer que no te gustaba, ¿cómo tratarías a la mujer de la que te enamoraras?

—Mmm... Una cuestión interesante. —Con una mano apoyada en la pared que tenía detrás, atrapándola en parte, le acaricié los labios con el dedo y se lo metí entero en la boca cuando los separó, pidiéndole en silencio que lo humedeciera. Tracé un camino irregular por su cuello con el dedo húmedo y me detuve en el escote del vestido, desde donde me provocaban la parte superior de sus pechos—. ¿Por qué no te lo demuestro?

—¿Demostrarme qué? —Tenía los ojos vidriosos por el deseo.

—Demostrarte lo bien que trato a la mujer de la que estoy enamorado.

—Mmm… —Asintió, animándome—. Sí, creo que deberías hacerlo.

No podría haber provocado mejor la situación ni si lo hubiera planeado.

Fui bajando por su cuerpo, le pellizqué un pezón por el camino, hasta quedar de rodillas y a la altura de su precioso sexo, escondido tras la falda dorada, pero lo conocía tan bien que me lo podía imaginar a la perfección sin tener que verlo.

Se abrió de piernas, invitándome, y yo, incapaz de contenerme, le subí la falda hasta la cintura y le di un beso sobre las braguitas, en la V que formaba su entrepierna. Gimió y, joder, fue una tortura detenerme con la polla tan dura como la tenía, pero cuando Tess cerró los ojos la solté, coloqué un pie en el suelo y me llevé la mano al bolsillo de la americana. Cuando volvió a abrir a los ojos, vio por qué me había detenido.

Con una rodilla hincada en el suelo.

Y un anillo en la mano.

—Eh… ¿cómo? —El deseo que la embargaba cedió el paso a la sorpresa.

—A la mujer de la que estoy enamorado la trataría con respeto, la protegería, la apoyaría en todo, me reiría con ella y lloraría con ella, follaría con ella, mucho; tendría bebés con ella y estaría con ella para siempre. La elegiría a ella cada día. Terese Turani, eres la mujer de la que estoy enamorado. Te quiero. ¿Quieres volver a elegirme? ¿Esta vez, para siempre?

Verla a punto de llorar solía desgarrarme. Normalmente, en cuanto veía que tenía los ojos llorosos ya estaba postrado a sus pies, dispuesto a hacer lo que fuera para ayudarla a estar mejor.

Esta vez ya estaba arrodillado a sus pies, y sus lágrimas me desgarraron de una forma distinta: como si mis propias emociones fueran demasiado inmensas para mi cuerpo y no hubiera forma de que lo mucho que la quería me cupiera en el cuerpo. Como si necesitara una vida entera para descubrir cómo cargar con tanto amor.

Esperaba que Tess me la concediera.

No me quedaba claro a juzgar por su reacción. Aparte de llorar, aún no me había dicho que sí.

—No puedo creer que me estés haciendo esto —gimoteó, lo que no era muy prometedor—. No me he puesto rímel resistente al agua. No es justo.

—De acuerdo, pero… Cariño, sigo esperando una respuesta.

Le agarré la mano y le coloqué el anillo en el dedo, un solitario con un diamante azul deslumbrante (no demasiado grande ni «chillón», como me había ordenado Teyana) engastado en un pavé de platino. Joder, le quedaba espectacular, y ahora que ya se lo había puesto, ni de coña iba a permitir que se lo quitara.

Las lágrimas le empezaron a rodar por las mejillas.

—A tus padres les va a dar un ataque.

Efectivamente, pero ahora prácticamente no tenía relación con ellos. Tenía suficiente familia: mis hermanos, mis primos, el abuelo Irving. Y Tess.

—Que les dé un ataque es un plus adicional. —Me llevé su mano a los labios y le besé los nudillos—. Tu madre, en cambio, estará encantada.

—Estará encantada cuando tenga un nieto. Antes no.

—¿Significa eso que aceptas? —Esta mujer me estaba matando, y no solo porque el suelo me estaba destrozando la rodilla.

—Pues claro, tontito. Sí, me casaré contigo. Te elijo para siempre. Ya te he elegido para siempre. Nada me haría más feliz que hacerlo oficial.

—Nada me hace más feliz que tú.

Estaba a punto de saltar para comérmela a besos, pero, antes de que lo hiciera, Tess se sentó en mi rodilla, me rodeó el cuello con los brazos y me comió a besos.

Y vi todo nuestro futuro juntos en ese beso: una vida entera de grandes momentos, sorpresas, sacrificios y alegrías. Una vida entera con la mujer que me hacía querer ser mejor persona. Una vida entera con la mujer que me hacía querer ser mejor hombre.

Podría seguir besándola así una vida entera.

Sin embargo, al parecer, ella tenía otros planes.

—¿Significa que ahora ya no me vas a chupar ahí abajo? Porque me habías hecho creer que sí y aunque el anillo es bonito y tal…

—Me lo pensaré. ¿Podemos fingir que alguien nos está mirando mientras te lo hago?

—¿Una chica *sexy* que está buscando cobertura?

—Una chica *sexy* y buenorra, eso seguro.

—Pues será mejor que me hagas maullar como un gatito para que tenga motivos para venir a mirarnos.

—Ah, te haré maullar sin problemas.

—Entonces, ¿lo vas a hacer? —Se levantó, expectante, y mientras esperaba mi respuesta, ella misma se levantó la falda y se apoyó sobre la chimenea como antes.

«Joder, y tanto. Para siempre».

Le ofrecí la respuesta con la boca, no con palabras, devorándole ese coño precioso que tenía, chupándoselo mientras ella temblaba, torturándola hasta que chilló al llegar al orgasmo, lo suficientemente alto para que nos oyera nuestra supuesta espectadora y demostrándole que esta era justo la forma en que un hombre trata a la mujer de la que está enamorado.

Nota de la autora y agradecimientos

A principios de 2019, estaba hablando con mi amiga Lauren Blakely sobre nuestras comedias románticas antiguas favoritas, y le confesé que me encantaría, algún día, escribir una adaptación de *Armas de mujer*, porque era una película divertida e inspiradora y porque en ella sale Harrison Ford (qué delicia). Como toda buena amiga, me animó y, a pesar de tener otras cosas en las que se suponía que tenía que pensar, me pasé el siguiente par de días imaginando mi versión y soñando despierta en mi tiempo libre.

Sin embargo, incluso después de elegir las imágenes para las cubiertas y crear los títulos, insistí en que no tenía tiempo suficiente. Justo acababa de empezar otra novela, el inicio de la tetralogía *Slay*, y después de estos cuatro libros, tenía pendiente escribir otros cinco y, como no soy una escritora que pueda considerarse rápida, todo aquello eran unos tres años de publicaciones. No disponía del tiempo necesario en la agenda.

Entonces, Lauren me recordó que soy autónoma y, por tanto, era yo misma quien creaba mi agenda.

Con todo, este recordatorio no me convenció desde el principio (¡Pero si los fans esperan a Cade! ¡Pero si tengo otras series que quiero empezar! ¡Pero si…! ¡Pero si…! ¡Pero si…!), pero después de terminar la escritura de *Slay* y Australia estuviera ardiendo y llegara una pandemia mundial y tanta gente enfermara y muriera, vi con claridad que tenía que hacer un hueco para *Un hombre al mando*. Porque necesitaba escribir una historia que no fuera tan atroz. Y necesitaba escribir algo divertido, ligero y alegre.

259

Tampoco es que, como afirma mi editora, Erica Russikoff, un dueto que aborda el estatus social, una enfermedad agotadora y los prejuicios sociales pueda definirse como «ligero». Tal vez un mundo mejor sea más fácil. Es más fácil porque el esqueleto de la historia ya existía y muchos de los elementos que he incluido no los he tenido que pensar mucho ni investigar porque eran elementos extraídos de mi propia vida. Soy medio iraní. No tengo relación con mi padre. Tengo un máster de una universidad que cuesta miles de dólares en préstamos para estudiantes y aunque muchos de mis compañeros creían que un título tan refinado como ese nos abriría todas las puertas, pronto descubrimos que la vida no es tan fácil. No cuando eres del sexo equivocado y tienes el color de piel equivocado y no conoces a las personas adecuadas. Es desolador la cantidad de personas que han recibido una buena educación y solo pueden encontrar trabajo en sitios como McDonald's. Una vez trabajé en un cine en el que el jefe del equipo de limpieza tenía el título de Medicina en la India. La vida es complicada.

En cuanto a la enfermedad agotadora, también tengo experiencia en este campo. Mi hija mayor (una niña con el coeficiente intelectual de un genio y una pasión extrema por aprender) sufre el síndrome de Taquicardia Postural Ortostática y decir que su enfermedad nos ha cambiado la vida y su potencial para vivir la suya propia es quedarme corta. Como le ocurre a Tess, he experimentado todas esas sensaciones complicadas que provoca el hecho de convivir con una persona discapacitada. Por supuesto, lo peor de todo es ver que alguien querido está sufriendo, pero también comporta otras vertientes negativas y más egoístas. Es frustrante tener que cambiar nuestros planes porque mi hija está «con POTS a tope». Es difícil no estar resentida a veces. Es difícil no sentirte como que tienes que compensar todas esas sensaciones banales tratando de incluir su enfermedad en este libro para que todo el mundo la conozca mejor, aunque eso no cambie nada en nuestra vida familiar.

Como he comentado antes, la vida es complicada.

Nada de todo lo que he comentado hasta ahora son partes de mi vida que hayan sido fáciles, pero como siempre he usado y sigo usando la escritura como terapia, me ha resultado fácil incluir estas cosas en la historia. Me ha resultado fácil decidir que no me importaba si estos retazos de mi historia constituían un buen entretenimiento. Me ha resultado fácil decidirme a escribir esta bilogía para mí y no para un público lector.

Y eso no quita que no espere que hayas disfrutado con ella, porque yo sí que disfruto leyéndola, y mucho.

Eso tampoco quita que no haya disfrutado escribiéndola, porque también lo he disfrutado mucho. Sobre todo me gusta poder abordar temas que en la fuente original de inspiración son irritantes y anticuados, como la noción que solo hace falta ser hombre para allanarte el terreno hasta la cima (cuando incluso dentro del patriarcado hay una jerarquía). Otra temática que me irrita de *Armas de mujer* es el retrato del personaje femenino secundario y decidido como la villana. ¿De verdad? ¿En serio tenemos que convertir a toda mujer que tenga éxito en una cabrona? Yo opino que no es necesario, y después de trabajar en un sector con muchas, muchísimas mujeres decididas que tienen mucho éxito y que también son compasivas, que apoyan a sus compañeras y regalan su tiempo, su dinero y su energía, quería asegurarme de que Kendra no daba la impresión de ser una antagonista sin profundidad. Espero que todas sus capas se hayan hecho evidentes.

También espero que esta versión de la película tan poco ligera y salpicada de trozos de mi biografía te haya proporcionado algo de lo que estabas buscando cuando elegiste el primer libro, aunque solo haya sido emocionante durante unas horas. Espero que me perdones por haber tenido que esperar unos meses para leer la historia de Cade (el libro final de la trilogía *Dirty Universe*). Espero que cierres este libro con una sonrisa en la cara porque durante unas horas te has podido olvidar del mundo y de los problemas y de las complicaciones y de las injusticias de tu propia vida.

Y, aunque escribir esta bilogía ha sido terapéutico a nivel individual, hay muchas personas a quien debo agradecer que ahora esté en tus manos y me gustaría nombrarlas en este apartado.

Gracias a Lauren Blakely (por descontado) por insistirme.

Gracias a Melissa Gaston, Candi Kane, Roxie Madar y Kayti McGee por haber sido mi sistema de apoyo y orfanato y por todo lo que sois para mí.

Gracias a Liz Berry, Rebecca Friedman, Christine Reiss y Jana Aston y a todas las Shop Talkers por ser mujeres decididas y con éxito a las que admiro.

Gracias a Amy Vox Libris por limar asperezas. A Erika Russikoff y a Kim Ruiz y a Michele Ficht por hacer que el estado de mis palabras fuera menos vergonzoso. A Alyssa Garcia por hacer que las palabras escritas quedaran bonitas.

Gracias a los LARCs, a quienes no se lo agradezco personalmente lo suficiente *(mea culpa, mea culpa)*.

Gracias a quienes forman parte de *The Sky Launch* y a todos mis lectores, que siguen apoyándome en todas las cosas que escribo, por increíble que siempre me parezca.

Gracias a mi equipo de mujercitas locas (y maravillosas, brillantes, divertidas y listas) y a mi querido marido, dulce y atento, por mantenerse firme en casa.

Gracias a Open Cathedral, por ser una comunidad fuera de mi comunidad.

Gracias a Dios (y sí, siempre lo menciono en esta sección: la parte de los agradecimientos es mi espacio, así que si eres antirreligioso y no quieres leerlo, pues no te pases por aquí <3) por mandarme adversidades y dificultades, consciente de que para encender un fuego, hace falta una mecha.

Por último, quería invitarte a que te unas a mi grupo de lectura, *The Sky Launch*.

También puedes seguirme en Bookhub y en Instagram.

Da me gusta a mi página de escritora.

Apúntate a mi *newsletter* para recibir un libro gratis de autores éxito de ventas cada mes, solo disponible para mis suscriptores, así como información actualizada de mis últimas publicaciones.

Visita www.laurelinpaige.com y descubre más sobre mí y sobre todas mis obras.

Chic Editorial te agradece la atención dedicada a
Un hombre para siempre, de Laurelin Paige.
Esperamos que hayas disfrutado de la lectura
y te invitamos a visitarnos
en www.chiceditorial.com,
donde encontrarás más información
sobre nuestras publicaciones.

Si lo deseas, también puedes seguirnos
a través de Facebook, Twitter o Instagram
utilizando tu teléfono móvil
para leer los siguientes códigos QR: